Ensemble à minuit

Casterman
Cantersteen 47
1000 Bruxelles

www.casterman.com

Publié aux États-Unis par HarperTeen, une division de HarperCollins,
sous le titre : *Together At Midnight*

ISBN : 978-2-203-15725-5
N° d'édition : L.10EJDN001906.N001

Achevé d'imprimer en septembre 2018, en Espagne, par Black Print CPI Iberica
(Calle Torre Bovera 19-25, 08740 St. Andreu de la Barca, Barcelone)
Dépôt légal : novembre 2018 ; D.2018/0053/461
Déposé au ministère de la Justice, Paris
(loi n° 49.956 du 16 juillet 1949 sur les publications destinées à la jeunesse).

Ensemble à minuit

Jennifer Castle

Traduit de l'anglais (américain)
par Alice Delarbre

casterman

Pour Kathleen Spring,
qui m'a donné l'impression que c'était facile

26 décembre

Kendall

Bon alors, voici une liste :

CHOSES À ACCOMPLIR POUR QUE CETTE NOUVELLE ANNÉE SOIT PARFAITE

O.K., c'est se mettre beaucoup la pression. Je raye *parfaite* et le remplace par *pas trop nulle*, bien consciente que, même là, je vise sans doute un peu haut.

1) Se préparer totalement à retourner à Fitzpatrick

Je ne sais pas trop comment je pourrai me *préparer totalement*, mais le simple fait de l'écrire est déjà un premier pas. J'ai passé le dernier semestre à l'étranger, dans le cadre d'un programme de scolarisation « hors les murs », et je viens de rentrer. Mon lycée est toujours là, pile à l'endroit où je l'ai laissé. Au lieu de, je ne sais pas, moi, s'être désintégré dans une splendide explosion pendant mon absence. À la fin des vacances de Noël, dans sept jours, je devrai m'y refaire une place.

2) Commencer ton livre. Et puis, pour l'amour de tout ce qui est divin, le TERMINER !

Mon roman parle de la fin du monde, et jusqu'à maintenant j'ai trouvé le titre, *Ensemble à minuit*, rédigé les biographies des personnages principaux et réalisé des croquis de chacun d'eux. Du coup, il ne me reste qu'à entamer l'écriture à proprement parler. En somme la partie la moins rigolote, ce qui explique pourquoi je ne m'y colle pas et pourquoi ce point figure dans cette maudite liste.

3) Passer du temps avec Ari.

Ma meilleure amie. Nous n'avons jamais été séparées aussi longtemps, jamais. Nous avons échangé quelques mails pendant mon absence, mais je dois veiller à ce qu'elle sache qu'elle a toujours une place à part dans ma vie. Surtout maintenant qu'elle va partager cette place avec son petit copain. (Soupir.)

4) Reprendre contact avec Jamie.

Je fixe ces quatre mots tout bêtes. Avant d'ajouter :

Le prévenir que je suis rentrée. Organiser un rendez-vous.

Ça ne me semble toujours pas suffisant, alors je complète :

Se mettre en couple. Passer un super printemps ensemble. Aller au bal de promo. TOMBER AMOUREUX.

Non, non, non. Calme un peu le jeu, ma fille. Je raye ces deux dernières lignes.

J'ai rencontré Jamie l'été dernier, quand Ari a commencé à sortir avec un de ses potes, Camden. Ça a tout de suite collé entre nous, et je l'appréciais vraiment, jusqu'à ce qu'il me dise qu'il ne me voyait pas *comme ça*. Et puis, après mon départ pour l'Europe, il m'a envoyé une photo par mail. Je lui ai répondu en faisant pareil. Et ces derniers mois on a entretenu le genre de correspondance qui pousse à consulter sa boîte de réception de façon obsessionnelle. Et même si je déteste ça, mais alors vraiment, eh bien j'adore aussi. Voilà une liste qui va me fournir la motivation nécessaire pour sortir du lit... ou me donner envie de m'enfouir la tête un peu plus profondément sous ma couette. On verra bien. Enfin au moins, elle aura joué le rôle que j'assigne à toutes mes listes : amadouer mes « pensées-vers de terre ». Les faire sortir de leur cachette dans mon crâne en leur chuchotant : *Inutile d'embêter encore Kendall ! Venez vous égayer sur cette jolie page blanche !*

Je pose mon carnet et mon crayon, promène mon regard dans ma chambre. Pendant mon séjour en Europe avec mon lycée itinérant, j'ai vu Paris, Rome, Londres, Saint-Tropez et Monaco, les collines verdoyantes de l'Irlande et les falaises blanches de Douvres. Et aujourd'hui je suis à nouveau enfermée entre quatre murs roses et violets, les yeux rivés sur une affiche de chatons en train de manger des gâteaux. (Les chatons sont toujours aussi mignons qu'à l'époque de mes 11 ans, mais n'empêche.) Comment retrouver ma place dans ce décor ?

Il y a quelqu'un d'autre sous ce toit qui ressent probablement la même chose et qui pourrait me donner des conseils ; je me lève pour aller le trouver.

Avant de sortir dans le couloir, je touche mon énorme valise rouge. Elle se trouve juste à côté de ma porte et sa fermeture Éclair n'est même pas entièrement ouverte.

Depuis trois jours que je suis rentrée d'Europe, elle me met au défi de la vider, et depuis trois jours je me dégonfle.
Mon frère Emerson est étendu sur son lit comme si quelqu'un l'avait lancé dessus, à plusieurs mètres de distance, et qu'il avait atterri dans cette drôle de position. Impossible de savoir, sous la couette, à quoi correspondent les différentes bosses. Et je n'ai aucune envie de toucher ce qui me semble être sa tête… et de me rendre compte que c'est une autre partie de son corps. J'ai déjà commis cette erreur. Je l'observe un moment, avec ses bras et ses jambes qui dépassent du matelas – il avait déjà le même à 12 ans.
L'une des bosses remue. Ah, c'était donc bien sa tête ! Je lui donne une petite chiquenaude à travers la couette.
— Hé ! je chuchote.
Mon frère pousse un grognement d'animal à l'agonie. Un mammouth laineux en train de couler dans un marécage.
— C'est Kendall, j'ajoute.
— Je sais, me répond Emerson. Le shampoing à la fraise.
— J'ai quelque chose à te demander.
— Ken, il est beaucoup trop tôt pour une de tes questions bizarres.
— Comment tu supportes de rentrer à la maison ?
Em pousse un son entre le rire et le grognement.
— Bienvenue dans le reste de ta vie, ma petite.

— Je suis sérieuse, je dis en lui redonnant une pichenette. Je dois savoir avant ton départ.

Il roule sur le côté et rabat la couette pour que je puisse voir son visage. Quand je le regarde j'ai l'impression de me voir dans un monde parallèle, un monde où je serais un garçon. Les mêmes cheveux auburn, le même nez tordu. Sauf que bien sûr, chez lui, c'est réussi. Et chez moi... beaucoup moins.

— Parfois, j'imagine que je ne suis pas vraiment dans mon corps, me dit Emerson. La partie pensante et sensible de mon être flotte près du plafond et observe toute la scène.

— Tu veux dire un peu comme ce qu'on raconte des expériences de mort imminente ?

— Tu devrais essayer.

— À quelle heure Andrew est parti ?

C'est le petit copain d'Emerson. Ils ont beau avoir tous les deux 22 ans et vivre ensemble à Manhattan, mes parents ont beau savoir qu'Em est gay depuis ses 13 ans, et même sans doute bien avant, mon père impose la loi suivante : « Les couples non mariés ne dorment pas ensemble sous mon toit. » Il prétend que c'était pareil quand nos deux autres frères ramenaient leurs petites copines à la maison. Et il dit que changer les règles parce que Andrew et Emerson sont du même sexe reviendrait à faire de la discrimination à l'envers, ce qui se tient, même si aucun de nous n'a voulu le reconnaître à haute voix.

Emerson me décoche son plus beau regard faussement innocent, les yeux écarquillés – expression que je ne maîtrise pas aussi bien, alors que nous avons presque le même visage.

— Oh, allez ! Il t'a rejoint juste après que maman et papa sont montés se coucher, non ?

Emerson éclate de rire.

— Qu'est-ce que tu veux que je te dise ? Je dors mieux avec lui. Il est retourné sur le canapé ce matin, très tôt. Il est quelle heure maintenant ?

Je jette un coup d'œil à l'horloge au-dessus de son lit.

— 8 h 45.

— Zut ! s'écrie-t-il en repoussant sa couette. Le taxi passe nous prendre à 9 heures pour nous conduire à la gare. Tu peux aller voir si Andrew est réveillé ?

Pendant qu'Emerson, complètement paniqué, s'habille, je file au rez-de-chaussée. Je dépasse la chambre de mon frère Walker, qui y passera sans doute l'essentiel de sa journée, à pioncer. Je suis toujours assaillie par une bouffée de marijuana dans cette partie du couloir, et je crois que cette odeur est définitivement incrustée dans le bois de sa porte. Puis j'arrive à la chambre de mon frère aîné, Sullivan, qui n'a pas été ouverte depuis si longtemps que je n'arrête pas d'oublier qu'il ne s'agit pas d'un placard. Avec sa femme, ils sont descendus à l'hôtel pour les vacances de Noël, et c'est l'une des nombreuses raisons pour lesquelles avoir vingt-six ans me semble merveilleux.

Et oui, nos parents nous ont appelés Sullivan, Walker, Emerson et Kendall. Les gens disent souvent pour plaisanter que mon père cherchait à créer un cabinet d'avocats au sein de sa propre famille. En réalité, mes frères ont été prénommés ainsi en hommage à des artistes et écrivains que mes parents admirent. Moi, je suis l'accident de parcours, le bébé qui a fait dire à mes grands frères : « Qui aurait imaginé que nos parents couchaient toujours ensemble ? » On pourrait croire qu'après trois garçons ma mère a bondi de joie en découvrant qu'elle allait pouvoir choisir un prénom de fille, un prénom qui se terminerait par un *y* ou un *a* et qui aurait plein de *i* sur lesquels dessiner des petits cœurs. Mais non. Kendall était le nom de famille de l'enseignant qui lui a inspiré sa vocation de prof d'histoire. Merci beaucoup à toi, le gars-qui-est-mort-juste-avant-ma-naissance.

La porte de la chambre de mes parents reste toujours entrouverte pour permettre au chat d'aller et venir. J'aperçois mon père, endormi, pas ma mère.

En bas, dans la cuisine, Andrew est déjà en train de préparer du café. Je le signale au passage : j'aime beaucoup Andrew.

— Salut, Fripouille ! (J'aime aussi qu'il m'appelle comme ça.) Ton frère est debout ?

— Il vient de se lever. Où est ma mère ?

— Sortie courir, mais elle sera de retour avant notre départ.

Je hoche la tête. Quelle question ! Évidemment que ma mère court ! Janet Parisi n'est pas du genre à laisser les calories de Noël – qui ne servent à rien – s'installer dans son corps.
Soudain, un coup de klaxon nous fait sursauter, Andrew et moi. Il regarde par la fenêtre.
— Oh là là ! Le taxi est en avance.
— Oh non ! hurle Emerson au premier. Il est en avance !
Andrew soupire.
— Je vais aller le prévenir qu'il va devoir attendre un peu.
Il enfile ses chaussures et son manteau, puis empoigne sa jolie petite valise à roulettes avant de filer vers la porte. Un air douloureusement glacial en provenance du monde extérieur s'engouffre dans la maison. Je le regarde manœuvrer sa valise sur le chemin verglacé jusqu'au trottoir. Le chauffeur jaillit de sa voiture et ouvre le coffre, lui prend son bagage des mains.
Je me vois courir jusqu'au taxi, ouvrir en grand la portière et sauter sur la banquette. Une petite minute… Cette scène ne se déroule que dans ma tête, non ?
Je pose une main sur la fenêtre, me force à presser ma paume tout entière contre la vitre froide, si froide. Ça devrait me permettre de rester ici, dans la réalité.
Emerson dévale l'escalier, une immense sacoche en cuir passée en bandoulière, un grand sac en papier rempli de cadeaux de Noël à la main. Ses cheveux, qui ne sont jamais ébouriffés en temps normal… sont ébouriffés.

— Pourquoi tu dois repartir ? je lui demande. C'est Andrew qui a du travail. Tu es en congé toute la semaine…

Le copain d'Em écrit pour un magazine en ligne. Mon frère enseigne les sciences à des sixièmes dans un collège privé. Ils sont ensemble depuis leur deuxième année de fac, et ils sont tellement mignons que c'en est insupportable.

Il secoue la tête.

— J'aimerais bien rester, mais j'ai atteint les limites de ma capacité de détachement mental.

Andrew est revenu le chercher.

— Prêt ?

Emerson attrape la cafetière sur son socle, en avale une longue gorgée à même le récipient en verre, puis la repose et s'essuie la bouche.

— Prêt.

— Ta mère n'est pas encore revenue de son jogging. Elle sera furieuse de ne pas avoir pu nous dire au revoir.

— Je te rappelle qu'on les retrouve, Kendall et elle, dans quelques jours, puisqu'elles ont pris des places pour une comédie musicale.

Andrew récupère le sac avec les cadeaux et tend son manteau à Emerson ; il se tourne vers moi.

— Je suis content que tu sois rentrée, Ken. Et je suis content que tu te sois autant amusée en Europe.

Pour une raison mystérieuse, ça me donne envie de pleurer.

— C'était un bon Noël, je dis en hochant la tête, la main toujours sur la vitre.

— On se voit mercredi.

Je délaisse la fenêtre pour permettre à Emerson de me serrer dans ses bras. Puis c'est au tour d'Andrew, et ils quittent la maison. Au moment où ils ouvrent la porte d'entrée, l'air qui me fouette le visage est horriblement froid, mais je m'en fiche parce que j'ai à nouveau cette vision.

Cette fois, je m'imagine assise entre Emerson et Andrew à l'arrière du taxi. Avant de prendre la mesure de ce que je suis en train de faire, je m'avance sur le perron et crie :

— Attendez !

La vache ! le froid pénètre par mes chaussettes. Andrew, Emerson et le chauffeur se tournent tous vers moi. Ils pensent sans doute que je vais ajouter quelque chose. Alors je hurle :

— Je peux vous accompagner ?

Mon frère et son copain se contentent de me fixer d'un regard aussi impassible que la neige entre eux et moi. Puis Emerson finit par demander :

— Comment ça ?

— Je peux venir chez vous, les gars ? À New York ? Pour quelques jours ?

Emerson fait deux ou trois pas prudents dans ma direction. Il ne quitte pas un seul instant mon visage des yeux. Est-ce que ça se voit ? À quel point j'ai besoin d'être avec lui ?

— On doit partir tout de suite sinon on va rater notre train.
— Donnez-moi deux minutes.
— Maman sera furax. Et ça va la perturber.
— J'en fais mon affaire...
— On a une chambre d'amis maintenant, observe Andrew. Ce serait chouette de l'inaugurer.
Mon frère soupire. Son regard circule d'Andrew à moi.
— D'accord, finit-il par céder en esquissant un sourire.
Je me jette dans l'escalier. Une fois dans ma chambre, je fourre mon portable dans la poche de mon haut de pyjama. Au moment de soulever ma valise, je l'entends presque pousser un petit *Oui !* victorieux. Pour éviter de faire du bruit, je la porte. Elle est affreusement lourde. Elle risque de me tuer.
J'atteins l'entrée, enfile mon long manteau d'hiver et mes bottines fourrées, puis je traîne ma valise dehors.
— Oh, non... souffle Emerson en la découvrant.
Quelques instants plus tard, le coffre est plein, et moi je suis prise en sandwich entre Emerson et Andrew, exactement comme je l'avais imaginé, en route pour la gare de Poughkeepsie.
Voilà un point qui ne figurait pas du tout sur ma liste.

Max

— Si tu changes de chaîne, je te raye de mon testament !
La voix de mon grand-père résonne dans tout l'appartement… et me réveille. Au début, je crois que c'est la voix de Dieu, et laissez-moi vous dire qu'il y a des façons plus agréables de sortir du sommeil. Allongé dans mon lit, j'écoute Dieu se comporter comme un gros enfoiré.
— Cette menace ne marche plus, j'entends mon père lui répondre. Tu pourrais trouver quelque chose d'un peu moins ridicule ?
— S'il te plaît, Grand Chef, ajoute une petite voix suraiguë (elle appartient à ma tante paternelle). Les enfants ne devraient pas voir autant d'images de réfugiés. Ils vont faire des cauchemars pendant des jours et des jours. Juste une demi-heure de dessins animés, d'accord ? Pendant qu'on finit les valises ?
J'entends le bruit d'un objet qui tombe. Ou qu'on jette. Cette pauvre télécommande… Il y a autant de scotch dessus que sur… eh bien que sur un rouleau de scotch.

Mon grand-père, Ezra Levine, surnommé Grand Chef par ceux d'entre nous qui sont contraints de le côtoyer, est d'une humeur d'enfer. Il est cardiaque, a de la tension et deux hanches en mauvais état, mais son plus grand problème, ce sont ses sautes d'humeur incessantes. Ça a toujours été le cas, seulement ça a empiré depuis la mort de ma grand-mère en mars. C'est en son honneur à elle, notre mamie chérie, que nous nous sommes réunis dans l'immense appartement de Grand Chef, sur Park Avenue, pour Noël. Mamie était une Irlandaise catholique qui faisait de cette fête un enchantement pour tout le monde. Surtout pour son mari, un Juif grognon.

Par *tout le monde* comprenez mes parents, ma sœur, ma tante et mon oncle, leurs deux enfants et moi. Ils m'ont collé dans la vieille chambre de mon père avec mes cousins jumeaux, Theo et Ezra. J'ai 18 ans. Ils en ont 4. On se croirait dans le plus petit camp scout du monde, et le plus bizarre.

Je suis impatient de rentrer chez moi. De reprendre le boulot. Et de ne plus avoir à subir les regards appuyés de ma famille élargie. Même mes cousins de 4 ans me considèrent d'un air de dire : « Explique-nous encore une fois pourquoi tu n'es pas à la fac cette année ? »

On frappe à ma porte.

— Max, c'est papa. Tu es réveillé ?

— Ouais.

Il entre et observe la chambre. Il y a toujours le papier peint de son enfance, avec des avions, ainsi que le poster décoloré de Freddie Mercury, du groupe Queen, en débardeur et pantalon blanc moulant, qui agrippe un micro. Je vous l'accorde, le mélange est un peu détonnant.

Mon père prend la petite chaise rangée sous le bureau en bois, très petit lui aussi. Il a dû y passer des heures, à faire ses devoirs pour son école privée réservée à l'élite du pays. Il s'assied dessus et inspire profondément, puis il fixe son regard sur moi. Ça m'inquiète.

— C'était un Noël réussi, je dis.

— Tu as raison. Vu les circonstances…

— Vu que Grand Chef emmerde tout le monde ?

— Montre-toi plus respectueux, Max, me reprend mon père avant de rire. Mais tu as raison, c'est une bonne façon de décrire les choses.

— Tante Suze a dit que son aide à domicile avait démissionné.

— Oui. C'est justement de ça que nous voulions te parler.

Je regarde autour de moi. « Nous », qui ? L'expression de mon père est suffisamment éloquente : je ne vais pas aimer ce qui va suivre.

— Maxie, reprend-il, on a besoin que tu nous rendes un service. Un grand service. Je sais que tu es de taille.

Oh, non… Il va me demander d'aider mon grand-père à prendre un bain.

— Nous allons embaucher quelqu'un, Suze et moi, malheureusement il va nous falloir quelques jours pour trouver la bonne personne. Je dois retourner au travail demain. Et ta tante doit ramener les enfants chez elle, dans le New Jersey.

Les pièces du puzzle se mettent en place. Et le tableau qui se dessine est loin de se limiter à un vieux type tout nu dans son bain.

— Maxie, tu es le seul d'entre nous à ne pas avoir d'obligations cette semaine…

Vas-y, continue à m'enfoncer. Après tout, c'est moi l'abruti qui était sur le point d'étudier à l'université de Brown et puis qui, à la toute dernière minute, une semaine avant la rentrée, a demandé : « Hé, je pourrais pas remettre à plus tard ? »

J'avais une bonne raison de le faire. Et une seconde, très mauvaise. Assez pour éclipser la première. Pour me pousser à regretter chaque jour qui passe de ne pas être à la fac, à Providence. L'administration me garde ma place jusqu'à l'année prochaine, mais je devrais déjà y être. Et occuper cette place que j'ai laissée vacante, jusque dans ses moindres recoins. Pour me sentir « occupé » par elle en retour.

— Nous aurions besoin que tu… poursuit mon père. Non, nous voudrions savoir si tu pourrais rester ici jusqu'à ce qu'une nouvelle aide à domicile puisse prendre son poste. C'est une question d'un ou deux jours peut-être, grand max. Quelqu'un doit vivre dans cet appartement avec Grand Chef, ou au moins rester à proximité, pour le cas où il aurait un problème.

— Grand Chef et moi… je n'arrive pas à aller au bout de ma phrase.

Nous n'avons rien à nous dire. Il pense que son rôle consiste à m'envoyer des articles de magazines qu'il a envie de partager avec moi. Je ne suis même pas certain qu'il m'apprécie.

— Je sais, répond mon père (et il a l'air sincère). Écoute, tu ne seras pas coincé ici toute la journée avec lui. Tu peux sortir, vivre ta vie. Aller au cinéma. Ou au musée. Ne t'éloigne pas trop, simplement, si jamais il a besoin de toi.

Pour être honnête, je n'ai rien de mieux à faire chez moi. Je bosse dans une boîte de télémarketing, pour essayer de mettre un maximum d'argent de côté en prévision de la rentrée prochaine, mais tous les employés ont eu droit à la semaine entre Noël et le jour de l'An. Et puis si je reste ici, je ne verrai ni mes potes du lycée ni mon ex, Eliza. Ce qui me va très bien.

— Bien sûr, papa, je finis par dire. Tu as raison, c'est à moi d'assurer l'intérim.

Il me donne une tape sur l'épaule.

— Tu es un bon fiston, Maxie. On peut toujours compter sur toi pour nous sortir du pétrin.

C'est tout moi. Dès que quelqu'un a besoin de quelque chose, je suis là. Mais où est-ce que je suis lorsque personne n'a besoin de rien ? Là est toute la question, mes amis…

Une heure plus tard, les deux familles ont bouclé leurs valises et sont prêtes à prendre la route.

Moi excepté, bien sûr. Je me suis installé dans la cuisine, devant une énorme tasse de café. Ma sœur, Allie, vient m'en piquer une gorgée. Elle a quinze ans.

— *Vaya con Dios, hermano*, me dit-elle.

— Merci.

Ma mère et tante Suze me serrent brièvement dans leurs bras à tour de rôle. Mes petits cousins aussi, parce que leur mère leur en a donné l'ordre. Mon père me redonne une tape sur l'épaule. Grand Chef s'est endormi dans son fauteuil relax, et je ne sais pas ce qui fait le plus de bruit de la télé ou de ses ronflements. Tante Suze me prend à part pour passer en revue avec moi la liste de ses médicaments.

— Il sait ce qu'il doit prendre, et quand. Vérifie juste avec lui, deux fois par jour, qu'il ne s'est pas trompé.

Elle a retiré du frigo tous les aliments qu'il n'est pas censé manger. Et elle me tend une liasse de menus à emporter de restaurants du quartier. J'ai le droit de lui commander les plats entourés pour son déjeuner et son dîner. Elle me remet ensuite la liste des numéros de téléphone de sa myriade de médecins.

— Mais si ce n'est pas une urgence, appelle-moi d'abord, me dit-elle. Je peux te rejoindre en moins d'une heure.

Je remarque la ride qui se creuse entre ses deux sourcils et mesure pour la première fois combien d'énergie lui demande mon grand-père. Elle doit avoir l'impression d'être la mère de trois enfants et pas deux. Je suis soudain envahi par un sentiment de sympathie et de reconnaissance. Suivi d'un soulagement : je vais servir à quelque chose.

Et tout à coup, je me retrouve seul. Personne n'a voulu réveiller Grand Chef, ils sont donc partis sans lui dire au revoir. Ça pourrait le mettre hors de lui, ou ça pourrait très bien lui être parfaitement égal. Je l'observe quelques instants, sa poitrine se soulève en rythme. Le mouvement paraît si laborieux. Je sais bien que c'est juste un être humain. Il me connaît depuis toujours. On partage le même sang… et le même deuxième prénom.

Pourtant je suis mort de trouille.

Kendall

On court pour attraper le métro qui remonte vers le nord de Manhattan, où se trouve l'appartement d'Emerson et Andrew. Dans l'immédiat, je n'ai aucune envie de repenser aux difficultés que j'ai rencontrées pour traverser la gare de Grand Central avec ma valise. Je suis d'ailleurs en train de me remettre de mes émotions sur un siège collé contre la paroi du wagon. Le type assis à côté de moi porte des Ray-Ban, des mitaines noires et une veste en cuir. Il lit un livre en français, et ça n'a pas du tout l'air de le déranger que son espace personnel soit envahi par une fille haletante et sa valise monstrueuse.

S'il était un personnage de mon roman, il serait comme Judd Nelson dans *Breakfast Club*, le délinquant de la bande ; sauf qu'il serait délégué de classe en même temps. Secret et plein de mystères. Celui dont toutes les filles du lycée se moquent, alors qu'intérieurement elles le trouvent séduisant. Une fille en particulier serait obsédée par ses ongles qui dépassent de ses mitaines, parce qu'ils sont toujours propres et limés.

C'est une manie chez moi : transformer les gens de la vraie vie en personnages de la fiction sur laquelle je travaille. Je les croque dans mon carnet de dessin, puis je note quelques détails. Leur nom, l'endroit où ils vivent, ce qu'ils font, ce qu'ils désirent. Des pensées-vers de terre qui surgissent de nulle part et de partout.

Observer les gens est une des raisons pour lesquelles j'aime autant prendre le métro à New York. Et je suis aussi fascinée par le fait que c'est un endroit à la fois bruyant et silencieux. À l'extérieur du wagon, on dirait que plusieurs univers se fracassent les uns contre les autres, mais ici, à l'intérieur, presque personne ne parle.

Je sors mon téléphone. Je viens de recevoir un texto de ma mère.

À quelle heure rentres-tu ?

On est sur un terrain glissant… Je réponds :

Je passe la nuit chez Emerson, je t'écris plus tard.

Je ne dispose pas de davantage d'informations, ni pour elle, ni même pour moi.

O.K.

Voilà sa réponse. Si deux lettres peuvent avoir l'air en colère, ce sont bien celles-là. Je ne peux pas lui en vouloir. J'ai été absente pendant quatre mois, et à mon retour elle espérait passer du temps avec moi, profiter de moments « mère-fille ». La preuve est faite que je suis horrible.

Elle sait aussi que mon idée est complètement stupide. Qu'est-ce que je vais faire à New York ? Je n'ai presque plus d'économies. Je suis revenue d'Europe avec vingt-quatre dollars en poche et un assortiment de monnaies étrangères : des pièces qui n'ont pas le bon poids, des billets aux couleurs bizarres, avec des visages et des noms que je ne connais pas (sauf celui de la reine Elizabeth, bien sûr). Si je suis vraiment à court d'argent, je les changerai. Pour le moment, j'aime bien les apercevoir dans mon portefeuille, parce que j'ai l'impression que le reste du monde me fait coucou.

J'ouvre un album photos, dans mon téléphone, qui contient vingt-sept images. Je me souviens de l'endroit où je me trouvais quand j'ai reçu chacun des mails auxquels elles étaient jointes et ce que j'ai répondu. L'une des photos représente un arbre embrasé aux feuilles rouge vif, sur fond de ciel bleu éclatant. Une autre montre deux bocaux dans un café, destinés aux pourboires. Sur l'un on peut lire « Devenir invisible », et sur l'autre « Pouvoir voler ». Le premier a plus de succès.

Jamie n'accompagnait jamais ses photos d'aucun message, et tant mieux parce que c'était inutile.

J'ai tellement envie de le voir que je sens quelque chose dans ma poitrine, un peu comme une brûlure d'estomac, en plus romantique. Le point numéro 4 de ma liste me provoque, il est prêt à être coché. Oh ! et pourquoi pas après tout ? Vu que je suis dans le métro avec mon pyjama en polaire décoré de pingouins, je ne pourrai pas me ridiculiser davantage aujourd'hui. Je cherche son numéro dans mon carnet d'adresses et commence à rédiger un message.

Salut, c'est Kendall. J'espère que tu as passé un joyeux Noël. Je suis rentrée. Ça te dit qu'on se voie ?

ENVOYER.

Évidemment, le message risque de ne partir qu'une fois que je serai sortie du métro, mais le plus dur est fait.

— Kendall ! crie Emerson pour couvrir le fracas du wagon. Tu m'as entendu ? On descend au prochain arrêt !

Il me tapote le coude : il sait que c'est un bon moyen d'obtenir mon attention.

— Pigé !

Ce ne serait pas la première fois que je raterais un arrêt. Il y a tellement d'agitation autour de moi, tellement de bruit à l'intérieur de moi, qu'on pourrait croire que cette effervescence me déboussole… alors qu'en réalité je n'ai rien connu de plus apaisant depuis des jours.

Après une nouvelle galère avec ma valise, nous voilà dans la rue. Alors ça y est, me revoici dans la Grosse Pomme. Elle a gagné en magie depuis ma dernière visite. Colorée et éclatante, elle étincelle de mille feux. Incroyable comme les lumières électriques et les décorations de Noël dans les vitrines peuvent transformer un angle de rue quelconque. Deux pâtés de maisons plus loin, et deux volées de marches plus haut, nous sommes arrivés à l'appartement.

— Bienvenue, Kendall, me dit Andrew en ouvrant la porte.

Un chat noir au poil soyeux saute d'un meuble pour se précipiter vers ses maîtres.

— Louis ! s'exclame Em en lâchant son sac pour prendre le chat dans ses bras. Tes deux papas sont rentrés !

L'appartement, petit, est en désordre, mais un désordre qui semble entretenu avec soin.

— Chouette, je lance en regardant autour de moi. C'est vraiment chouette.

Ce que je veux dire par là, c'est que je désire la même chose. Je désire avoir tout ça, moi aussi.

— Tu veux voir la chambre d'amis ? me propose Andrew.

Il se dirige vers une porte et me décoche un immense sourire avant de l'ouvrir en grand.

Un placard.

Avec un lit qui tient tout juste à l'intérieur. Et des tringles chargées de vêtements.

— Euh…

— C'est pour cette chambre qu'on a pris cet appartement, m'explique Andrew, fièrement.

Emerson, qui s'est approché, me dévisage.

— Kendall n'a pas l'air impressionnée.

— Si elle voyait le genre de logement qu'on propose à un couple de jeunes vingtenaires comme nous, elle le serait, rétorque-t-il.

— Mais je suis impressionnée. Vous envisagiez déjà de vivre ensemble à Manhattan cinq minutes après votre rencontre et regardez, c'est arrivé. Vous êtes des adultes.

— Alors ça, ça reste à confirmer... observe Andrew en jetant un coup d'œil à mon frère, qui a enfoui son visage dans la fourrure du chat. En tout cas, on aime bien faire semblant. Et sur ce, je dois me changer et filer au bureau.

Je pousse ma valise dans le placard. Elle peut tenir debout au pied du lit ; en revanche, pas moyen de l'ouvrir... Aucune importance, je me débrouillerai. Après en avoir extrait quelques vêtements et m'être habillée, je vais trouver Emerson, assis sur le canapé du salon. Louis est endormi sur ses genoux, et Andrew est parti.

— Vas-y, Kendall, me dit-il lorsque je m'assieds à côté de lui, regarde ton portable.

— Comment ça ? je lui demande avec un sourire.

— Tu le sors de ta poche toutes les deux minutes... Allez, parle-moi un peu de lui.

— Comment tu sais que c'est un garçon ?

Il éclate de rire.

— Sœurette, j'ai su que tu étais hétéro avant de savoir que j'étais homo.

— Il s'appelle Jamie. Je l'ai rencontré l'été dernier. Il est pote avec le petit copain d'Ari, Camden.

— Ah, encore un élève de Dashwood.

Dashwood est un lycée privé alternatif où Jamie est inscrit.
— Mais attends ! s'exclame Emerson. Ce n'est pas le type qui t'a brisé le cœur en te disant qu'il te considérait seulement comme une amie ?
— « Brisé », c'est peut-être exagéré. Il l'a juste un peu piétiné. Ça va beaucoup mieux maintenant.
L'histoire est plus compliquée que ça, seulement je ne peux pas y penser sans avoir la nausée, or je n'ai aucune envie de vomir sur le canapé beige d'Emerson. Je préfère donc éviter.
— Dis-m'en un peu plus, m'encourage-t-il. J'ai besoin de vivre par procuration.
— Quand j'étais à Paris, j'ai eu la surprise de recevoir un mail. Une photo d'un type penché par une fenêtre, qui se prenait la tête à deux mains. Le message était très clair : il voulait me dire qu'il était désolé. Je lui ai envoyé une photo à mon tour, celle d'une petite fille qui tenait un ballon au bout d'une ficelle et que j'ai prise dans le jardin des Tuileries. Depuis, on a échangé plusieurs photos.
Mon frère hausse les sourcils.
— Juste des photos ?
— Juste des photos. Pas un mot. Pas même une légende.
Emerson se laisse aller contre le dossier du canapé et passe la main dans la fourrure de Louis.
— C'est plutôt fort, ajoute-t-il.

Ouais, carrément fort même. Mais maintenant j'ai besoin de mots, de phrases, de paragraphes entiers. J'ai besoin de tout.
Et presque comme s'il m'avait entendue, mon téléphone choisit ce moment pour émettre une petite sonnerie.

27 décembre

Max

J'attends mon pote Jamie dans un magasin d'appareils photos en cherchant à comprendre comment certaines personnes sont prêtes à débourser 2 000 dollars pour un téléobjectif. À travers la vitrine, je regarde l'humanité défiler. On dit que c'est la semaine la plus fréquentée à New York. Le miracle de la reproduction… Il y a quand même beaucoup de gens dans ce monde.

Lorsque Jamie m'a envoyé un texto, hier soir, pour m'informer qu'il venait à Manhattan pour un rendez-vous avec une fille – avec laquelle il échange des mails depuis quelque temps –, j'ai sauté sur l'occasion : ça me fera un peu de compagnie. Je lui ai même proposé de passer la nuit chez Grand Chef. Mon pote est en retard, mais je ne lui en veux même pas, parce que grâce à lui je suis sorti de l'appartement. Voilà à quoi j'en suis réduit après avoir passé l'essentiel de la journée d'hier devant le foot avec mon grand-père. Je parle de foot anglais, pas américain. Grand Chef adore expliquer à tout le monde que c'est un sport plus subtil. Si par

« subtil » il entend que personne ne marque jamais, alors oui. Oui, ce sport est très subtil.
— Tu vois ce type, Max, le propriétaire de l'équipe ? m'a demandé mon grand-père pendant le match. Je suis allé à l'université avec lui.
Ce n'est pas vrai, évidemment.
— Tu le connaissais bien ?
— Oui, plutôt bien à l'époque. Un gars sympa, même s'il traitait très mal sa petite amie.
Puis je lui ai demandé :
— Comment vous vous êtes rencontrés ?
Grand Chef s'est lancé dans une réponse de vingt minutes : je n'avais jamais entendu un bobard aussi élaboré et détaillé. Dans ces moments-là, je comprends pourquoi il a fait une carrière d'avocat aussi brillante. J'ai déjà assisté à ce genre de discussion entre mon grand-père et mon père, ou ma tante. Et c'est comme ça que je survivrai à mon séjour ici. Je vais lui poser des tas de questions, et je répondrai à toutes celles qu'il me posera par un *oui*, ou une version approchante. Il finira par avoir faim ou sommeil (idéalement le second). On ne parlera pas de ma vie et de la raison pour laquelle « je ne suis pas à la fac ». On n'évoquera pas non plus l'arrivée prochaine d'une nouvelle aide à domicile, ou du projet de l'envoyer dans une maison de retraite et de vendre son appartement pour une tonne de dollars. Je ne lui fournirai pas une seule occasion de balancer la télécommande.

Ça doit être nul de survivre à son épouse, alors que tout le monde s'attendait à ce que ce soit l'inverse. De recevoir ce cadeau de longévité sans savoir quoi faire de tout ce temps, bon sang. D'être un esprit vif enfermé dans un corps mou, fragile et défaillant.

Quelqu'un me donne un coup de coude dans les côtes.

— Salut, mec ! me lance Jamie lorsque je me retourne.

Il a attaché la sangle de poitrine de son sac à dos ; ça lui donne l'air d'un plouc et je ne peux pas m'empêcher de grimacer intérieurement.

— Jamie ! je m'écrie avant d'échanger avec lui une accolade.

Ça me fait vraiment, vraiment plaisir de le voir.

— J'ai du mal à te reconnaître, j'ajoute. Pourtant, ça ne fait pas si longtemps que ça, si ?

— Au moins un mois. Ou plus ? Mec, pourquoi tu ne passes jamais me voir au lycée ?

— Euh... tu sais très bien pourquoi.

— Ah ouais... lâche-t-il en se décomposant. C'est vrai.

Le *pourquoi* a un prénom : Eliza.

— En tout cas, j'enchaîne, je suis ravi que tu restes ce soir, on va rattraper le temps perdu.

Je jette un coup d'œil autour de moi.

— Tu comptes vraiment acheter cette caméra dont tu rêves depuis un moment ?

Jamie hoche la tête en souriant.

— Depuis Noël, je suis riche !

Une vendeuse qui traînait dans le coin surprend notre

échange et ne laisse pas passer sa chance de conclure une vente.

— Notre rayon vidéo est au première étage ! nous informe-t-elle.

— Il y a des rayons ici ? Et un étage ?

Jamie se moque de mon ignorance.

— Viens, Max, je vais te montrer mon univers.

Je me paye souvent sa tête, mais pour être honnête je suis jaloux de Jamie. Il a un truc à lui. Une passion. Une raison de garder les yeux ouverts.

Pour moi, ce rôle a toujours été joué par une fille. Eliza, avant elle Nadine, et encore avant Iris. Je pourrais remonter le fil comme ça. C'est comme une succession de chansons. Et ce n'est que pendant les brefs silences entre elles que j'arrive réellement à m'écouter. Sauf que jusqu'à présent je n'ai rien entendu d'intéressant.

Au rayon vidéo, je suis Jamie qui tripote toutes les caméras sur les présentoirs. Sa gestuelle est franchement obscène. Il les pose dans le creux de sa main et caresse leurs boutons. Je ferais sans doute mieux de lui laisser un peu d'intimité.

— Oh ! gémit-il. La voilà, celle qui me tentait depuis un moment… Elle est encore mieux en vrai !

Qu'est-ce que je vous disais ?

— C'est quand ton rendez-vous avec cette fille ? je lui demande pour tenter de mettre fin à ce film interdit aux moins de 18 ans.

— 13 heures, me répond-il. Au Metropolitan.

— Tu la retrouves devant un musée… classe !

— Il y a une expo photo qui nous intéresse tous les deux.

— Ça a l'air cool. Elle a l'air cool.

Jamie s'immobilise un instant et prend une inspiration : j'ai l'impression qu'il s'apprête à dire quelque chose.

— Alors, qu'est-ce que ça donne ? lance la vendeuse qui surgit de nulle part.

Pendant que Jamie paye la caméra et s'arrange pour se la faire expédier chez lui, je m'approche d'un mur d'écrans vidéo. Je fais un pas de plus et soudain j'apparais sur chacun d'eux. Pas en entier. Ma tête et mes épaules sont coupées, je ne suis pas surpris. Lorsqu'on mesure plus d'un mètre quatre-vingt-dix, on s'habitue à avoir du mal à tenir en entier dans certains endroits comme… les toilettes mobiles. Ou les voitures. Et dans le cadre d'une caméra.

J'étudie ce que je vois. Ce corps qui pourrait appartenir à n'importe qui. Si j'avais oublié que je porte une écharpe écossaise marron, j'aurais cru qu'il s'agissait d'un étranger.

— Oh, la vache, quel pied ! s'exclame Jamie dans mon dos.

Je me retourne vers lui : il brandit son ticket de caisse.

— *Mazel tov* ! je m'exclame. Je vous souhaite beaucoup de bonheur, à ta caméra et à toi.

On éclate de rire. C'est agréable. Les choses sont un peu bizarres entre nous depuis qu'on est séparés, Eliza et moi, et que notre petit cercle s'est brisé.

— Viens, Max. Je n'ai plus que douze dollars sur mon compte, et j'ai l'intention d'acheter des hot-dogs avec.
On sort de la boutique. Le soleil, qui s'est déplacé, tombe pile sur la chaussée, entre les gratte-ciel qui bordent la 7e Avenue, et donne aux éclairages de Noël un aspect un peu irréel – on dirait un décor de comédie musicale. On prend la direction du nord. Lorsqu'on croise un vendeur ambulant, Jamie nous achète à chacun un hot-dog, et j'offre les Coca. On marche lentement et on mange vite.
— Alors, Max, comment va la vie ? me demande-t-il entre deux bouchées.
— Si on excepte le fait que je vis chez mes parents et que mon boulot me donne envie de me crever les yeux ? À merveille.
— Pourquoi tu ne démissionnes pas ? Tu pourrais faire autre chose.
— Ça paie bien, et ça me permet d'économiser pour la fac.
— Il y a d'autres moyens d'y parvenir.
Oui, c'est vrai. Jake, le frère de ma mère, m'a proposé de venir vivre chez lui à Seattle pendant quelques mois. Il pourrait m'obtenir un stage dans sa boîte high-tech. Et on en profiterait pour se balader dans la région. Il a essayé de me vendre le truc à Thanksgiving, en octobre. Je n'en ai parlé à personne, parce que je savais que tout le monde m'aurait poussé à y aller. Puis aurait exigé de comprendre pourquoi j'avais décliné une proposition pareille. Et comment aurais-je réussi à

me justifier alors que je n'arrive même pas à m'expliquer ma propre réaction ? Bref, c'était plus facile de répondre : *non, merci.*

— Je n'en ai plus que pour quelques mois, je finis par lâcher avant de changer de sujet. Comment va Camden ?

— Il est heureux.

La simplicité de cette réponse me cause une douleur physique. Notre pote Camden est tombé amoureux d'une fille qui lui fait du bien. Je ne l'avouerai jamais à personne, mais c'est en voyant à quel point il avait une relation saine que j'ai mesuré combien la mienne ne l'était pas.

Soyons honnête : elle était même carrément tordue.

D'un autre côté, quand on sort avec une fille qui a évolué dans un environnement familial toxique, que peut-on faire ? Dans mon cas, on repousse son entrée à la fac. On accepte de rester chez ses parents, on se convainc que c'est principalement pour prendre un boulot humiliant et mettre de l'argent de côté afin de payer soi-même ses frais de scolarité l'année suivante. On lui donne tout ce dont elle a besoin, émotionnellement et physiquement, y compris le courage de chercher de l'aide et d'appeler une association dédiée aux jeunes qui vivent avec un alcoolique. On l'accompagne même à sa première réunion.

On la regarde commencer à prendre soin d'elle et à s'en sortir.

Et c'est le moment où l'on comprend qu'il faut tourner la page de cette histoire. Sauf que ce moment-là arrive peut-être un peu trop tard.
— Il faut que je rentre voir comment va Grand Chef, je lui dis en atteignant le carrefour suivant. Amuse-toi bien avec cette fille. Préviens-moi par texto quand tu la quittes, je descendrai t'attendre au pied de l'immeuble.
— O.K.
Après une nouvelle accolade rapide mais qui me met beaucoup plus mal à l'aise, je m'éloigne, tout seul. Je sais que je vais devoir m'y habituer.

Kendall

Et voilà Jamie qui monte les marches du Metropolitan en sautillant. Il porte une doudoune bleu marine et une écharpe écossaise bleue. Ses cheveux blonds, bouclés, s'échappent d'un bonnet. C'est lui, le garçon qui a lu mon blog et qui m'a envoyé régulièrement des photos pendant des mois. J'ai eu davantage de nouvelles de lui que de ma meilleure amie, Ari. J'étais loin de tous les gens qui comptent dans ma vie, et j'aimais ce sentiment d'isolement, mais bon... On peut se sentir seule. Grâce aux photos de Jamie, j'avais toujours quelqu'un dans ma poche, partout où j'allais.

Inutile de préciser que je suis folle de joie de le voir. Sauf que ne voulant pas qu'il le sache, je me contente d'un signe de la main.

— Salut.

— Salut, me répond-il.

Il me serre dans ses bras, mais comme nous portons tous les deux des manteaux d'hiver épais, ça n'est pas vraiment très tactile.

— Comment s'est passé ton voyage en bus ? je lui demande.
— Je me suis éclaté à observer les gens dans les voitures. Tu es rentrée quand ?
— Quelques jours avant Noël.
Il hoche la tête. Un silence gêné s'installe.
— On se met dans la queue ? je propose.
Un sourire se peint sur le visage de Jamie.
— La queue ? C'est pour les nuls.
Il sort une feuille de papier pliée en quatre de la poche intérieure de son manteau.
— J'ai déjà acheté les billets en ligne. Je t'invite.
— Tu es drôlement malin… et gentil ! j'ajoute d'un ton aussi naturel que si les relations garçon-fille n'avaient aucun secret pour moi.
Emerson m'avait prévenue, le musée est bondé. Cette foule a un grand avantage, néanmoins : on est obligés, Jamie et moi, de se concentrer pour la traverser, ce qui nous évite de chercher un sujet de conversation. On suit les panneaux pour trouver l'exposition Henry Eisenkraft.
C'est visiblement un photographe archi connu, et même si j'ai entendu parler de lui hier pour la première fois de ma vie, j'ai très bien joué la comédie. Au tout début, avec Jamie, on s'est rapprochés l'un de l'autre à travers la photographie. À l'époque, c'était mon truc. Le problème, c'est que ça a changé. J'aime prendre des photos et en regarder (surtout celles de Jamie), mais je suis passée à autre chose. Il suffit de

suivre un peu attentivement mon blog pour se rendre compte qu'à un moment donné, entre Londres et Bath, j'ai cessé d'en poster dix par jours. Tout ça parce que j'avais eu l'idée du point de départ d'*Ensemble à minuit* – ce qui a provoqué l'effervescence de mes pensées-vers de terre.

Il faut que je précise que c'est une constante chez moi. Je ne cherche pas à me justifier, juste à expliquer un peu les choses.

Dès la première salle d'exposition, je comprends pourquoi Jamie est fan de cet artiste. Eisenkraft s'intéresse à des tas de personnes et de situations auxquelles, en temps normal, on n'accorderait pas un seul regard. Un groupe d'adolescents réunis près du mur en briques d'une usine, en train de fumer des cigarettes. Deux gosses et une vache dans un champ.

— C'est ce que j'adore chez lui, me dit Jamie en s'arrêtant devant la photographie d'une femme avec un bébé, à l'angle d'une rue, entourée de voitures floues. Il s'attache à ces instants volés, qui racontent des histoires.

Son visage s'éclaire tout entier pendant qu'il observe le cliché.

— Alors dis-moi, il raconte quelle histoire, ici ?

Jamie continue à observer l'image le temps de réfléchir.

— La femme attend que quelqu'un vienne la chercher. Son mari peut-être. Elle l'a épousé trop jeune, ou bien elle ne l'aime plus, c'est tout. Elle est coincée à cause des enfants. Et elle est obnubilée par l'idée qu'elle préférerait monter dans n'importe laquelle de ces voitures plutôt que dans celle qu'elle guette.

— C'est déprimant…

— Dans ce cas, la photo a vraiment atteint son objectif. Tu es touchée. Elle t'a changée, ne serait-ce que pour quelques secondes.

On passe au cliché suivant, qui représente deux hommes avec des chapeaux de cowboys et des bouteilles en verre devant la porte de service d'un restaurant. Ils ont l'air, tous les deux, d'avoir envie de pleurer et d'être terrifiés par cette perspective.

— Est-ce que son travail a un versant un peu plus gai ? je m'enquiers. Je ne sais pas, moi, une salle dédiée à ses « années Prozac » ?

Jamie rit.

— Même si c'était le cas, personne ne voudrait la voir.

Après l'exposition, nous passons le reste de l'après-midi dans les étages, à visiter la collection permanente. Nous évoluons chacun à notre rythme d'œuvre en œuvre, sans jamais trop s'éloigner l'un de l'autre. De temps en temps, Jamie s'approche pour me glisser un commentaire ou une blague. Parfois, il se contente de murmurer « ça, j'adore », comme s'il ne s'autorisait cet aveu que devant moi.

C'est une découverte que j'ai faite en Europe, où j'ai visité des tonnes de musées : quand on est sincèrement touché par une œuvre d'art, peu importe qu'un million de personnes l'aient déjà admirée avant. À l'instant où elle prend une signification particulière à vos yeux, elle vous appartient. Je me demande si Jamie ressent la même chose.

Nous venons de nous asseoir sur un banc dans une salle pleine de Monet lorsqu'un groupe de visiteurs l'envahit. La guide commence à leur expliquer comment et quand le musée a fait l'acquisition de ces toiles. Il me faut au moins une minute pour me rendre compte qu'elle parle en français… et que je comprends presque tout ce qu'elle dit.

J'entends soudain le *clic* artificiel de l'appareil photo d'un téléphone portable : je me retourne et constate que Jamie vient de me prendre.

— Pourquoi tu as fait ça ?

— Un instant volé, dit-il avec un sourire malicieux. Qui raconte une histoire.

Ce garçon va me tuer…

Nous sommes en train de traverser une cour couverte lorsque Jamie regarde sa montre. Qui porte encore une montre de nos jours ? Lui.

— Je ne vais pas tarder. Je passe la nuit chez un pote et je suis censé dîner avec lui.

La déception me donne l'impression que quelque chose se dégonfle en moi. *Non…* soupire celle-ci alors que l'air s'échappe. Je n'ai pas envie qu'il parte.

— Il faut aussi que j'y aille, je mens.

— Tu restes combien de temps à New York ?

— Je ne sais pas trop encore. Deux jours, peut-être. Je veux repousser au maximum le retour à la réalité.

Il acquiesce.
— Je te comprends. Malheureusement pour moi, il y a une réalité que je ne peux pas éviter : je pars au ski avec mes parents.
Son regard se déplace sur mon visage, volette de-ci de-là, et je me demande ce qu'il cherche.
— Tu seras ici pour le 31 ?
Ma gorge se serre, mais d'excitation pas d'angoisse. Le 31. À New York. Ça représente un sacré challenge pour moi. Comme plonger dans l'océan alors qu'on vient d'apprendre à nager.
— Oui.
Jamie sourit. Peut-être qu'il a trouvé ce qu'il cherchait sur mon visage.
— Alors retrouvons-nous ici, le 31.
— Ici, au musée ?
— Quelque part à Manhattan. On verra plus tard.
Je manque de m'écrier : « Marché conclu ! », et dieu merci, *DIEU MERCI !* je me retiens à temps.
— Ça me semble bien.
— Ton frère vit où ?
— Tout au nord. Au croisement de la 96e Rue et de la 1re Avenue.
— Mon pote, lui, se trouve à l'angle de Park Avenue et de…
Il vérifie sur son téléphone portable.
— La 82e Rue. C'est dans le même coin ?
— Carrément.
— Allons-y à pied dans ce cas.

Jamie tend la main et, l'espace d'un instant, j'envisage de la prendre, avant de comprendre qu'il m'invite juste à lui montrer la route. Je me contente donc de saisir sa main *mentalement*, et on traverse la 5e. Je le conduis vers Madison.

— Alors, tu as déjà rempli tes candidatures pour la fac ? me demande-t-il.

Ces deux mots côte à côte, *candidature* et *fac*, me donnent des frissons. Je déglutis puis lui apporte la réponse qui risque de changer le regard qu'il porte sur moi :

— Pas encore. Je ne suis pas pressée, je compte seulement postuler à la fac du coin.

Il hausse les sourcils sans avoir l'air horrifié pour autant.

— Ça correspond mieux à mon état d'esprit du moment, je poursuis.

Il y a aussi le fait que j'aime prendre mon temps, mais dans un contexte scolaire ça peut rapidement être assimilé à de la bêtise ou à des difficultés d'apprentissage. Et, pour des raisons assez évidentes, je n'ai aucune envie de lui donner cette impression-là.

— J'ai entendu dire qu'ils avaient un super cursus en art, approuve-t-il.

— Exactement !

Il vient de gagner au moins cinq points pour avoir dit ça – et pour être au courant.

— Ça a été un des arguments déterminants pour moi, j'ajoute. Jusqu'à ce que je consolide mes notes dans les autres matières et que je découvre ce qui pourrait m'intéresser, ça m'occupera.

— Des tas d'élèves de mon lycée passent là-bas, me dit Jamie, avant d'aller dans une autre université.

Sa cote est encore en train de grimper.

— Et toi ? je lui lance.

— J'ai postulé dans sept facs, mais ma priorité c'est Wesleyan. Il faut croiser les doigts pour moi.

Wesleyan se trouve quelque part dans le Connecticut, autrement dit pas trop loin, ce qui nous permettrait d'entretenir une relation à distance. Il peut compter sur moi pour croiser les doigts.

— Alors, parle-moi un peu de ton voyage, reprend-il après quelques minutes de marche en silence. Raconte-moi un truc incroyable !

Je fais taire mon esprit pour qu'un souvenir puisse remonter à la surface, ce qui n'est pas facile pour moi, surtout en ville. Même le chien qui urine contre un tronc d'arbre à quelques mètres de nous provoque un bruit dans mon cerveau. Enfin, l'image d'une cathédrale surgit.

— La visite de Canterbury, pendant qu'on étudiait *Les Contes de Canterbury*.

— Waouh, cool ! Et quoi d'autre ?

Le soleil commence à décliner et les lumières sur les immeubles, dans les arbres et les vitrines des magasins, offrent un éclairage différent, et plus apaisant, qui me semble à la fois artificiel et naturel. Nous tournons à gauche pour remonter vers le nord, et alors

que nous posons un pied devant l'autre, je lui parle des villes et des endroits que j'ai visités.
Il m'écoute comme si ça l'intéressait.
À chaque pas supplémentaire, sa cote grimpe un peu plus.

À l'angle de la 82e, Jamie se fige brusquement et lance un regard vers l'est, en direction de Park Avenue.
— Je crois que c'est par là que je vais, dit-il.
— Et moi je vais prendre un bus pour le reste du trajet, j'ajoute en lui indiquant l'arrêt.
Nous restons plantés là plusieurs secondes. C'est tellement, tellement bizarre. Nous sommes là, sous l'auvent d'une épicerie, devant un étal rempli de fruits et je dévisage un pamplemousse qui va finir par rougir.
— J'ai passé un super moment avec toi aujourd'hui, lâche Jamie.
— Oui, je suis contente qu'on se soit vus.
On dirait les phrases d'un manuel (bleu, petit et épais) : *Que dire à la fin d'un rendez-vous ?*
Ce que je suis fatiguée d'attendre que les garçons m'embrassent. D'espérer, de guetter, d'imaginer... *Rien ne t'oblige à être encore cette fille-là.* Juste après avoir eu cette pensée, je me hisse sur la pointe des pieds pour lui donner un baiser. En premier.
Un baiser rapide. Mes lèvres effleurent les siennes, comme un galet à la surface de l'eau. Celles de Jamie sont froides et légèrement gercées. Surprises, mais pas horrifiées.

Ses yeux papillotent, il me sourit et se rapproche. Ses mains se posent sur ma taille. Laquelle est profondément enfouie sous mon épais manteau en laine. Pour être franche, je suis étonnée qu'il arrive à la trouver. Il agrippe le tissu et m'attire vers lui.

– Jamie ?

Je lève les yeux. Oh. Mon. Dieu.

Jamie redresse aussi la tête, avant de me lâcher et de s'écarter d'un bond.

Derrière lui se trouve un type qui s'appelle Max.

Je suis si abasourdie de le voir, de constater qu'il est là, devant moi, que je fais la chose la plus déplacée qui soit : j'éclate de rire.

Du coup, Jamie se renfrogne, et Max aussi. Le flot d'informations commence à se diposer en petites rangées bien nettes dans mon esprit.

C'est chez Max que Jamie va passer la nuit. Et Jamie ne m'a rien dit parce qu'il sait ce qu'on a fait ensemble, Max et moi, l'été dernier. Si je me fie à l'expression de celui-ci – un mélange de choc et de colère, que j'appellerai *cholère* –, il ignorait que nous étions en contact, Jamie et moi.

Je suis soudain envahie par la *cholère* à mon tour, parce que Max est la dernière personne que j'ai envie de voir dans l'immédiat. Je sens qu'il m'observe, mais je n'arrive pas à croiser son regard, je suis physiquement incapable de tourner la tête même si je le voulais. Il est Méduse et moi ce type dont j'ai oublié le nom. Thésée ? Persée ? Je les confonds toujours. Enfin bref, pourquoi est-ce que je me retrouve à penser à la mythologie grecque, moi ? Parce que je suis mortifiée, voilà pourquoi.

— Hé, mec, qu'est-ce que tu fais là ? lui demande Jamie.

Je n'ai jamais entendu personne forcer à ce point la décontraction. Max brandit un sac en papier.

— Grand Chef avait besoin de lait et d'amandes grillées.

Cette réponse semble satisfaire Jamie, qui hoche la tête. Puis un nouveau silence s'installe.

— Et je nous ai pris des plats au restaurant chinois pour le dîner, ajoute Max, en montrant le sac dans sa seconde main.

— Parfait, approuve Jamie en hochant une fois de plus la tête.

Un autre silence est sur le point de s'abattre sur nous, alors il prend une longue, une très longue inspiration.

— Et merde… Je suis désolé, Max. Désolé de ne pas t'avoir dit que je voyais Kendall.

Max ouvre la bouche pour répondre quelque chose avant de se raviser. Un bus approche de l'arrêt. Je ne sais pas où il va exactement, mais il monte vers le nord, et il m'emmènera loin de cette intersection, ce qui suffit amplement à mon bonheur.

— Il faut que je file, je dis en pointant le pouce vers le bus.

— Attends ! s'écrie Jamie. Tu prendras le prochain !

Son regard est si implorant, si adorable…

— Je ne voulais pas que la journée se termine comme ça, ajoute-t-il. J'aurais dû te dire que je passais la soirée avec Max. C'est juste que j'avais peur que ça crée un malaise et je tenais à profiter de ce moment avec toi.

Je pousse un soupir, jette un coup d'œil au bus. Les gens sont montés à bord et les portes se referment.

— D'accord.

Nous le regardons s'éloigner... Et maintenant ? Jamie continue à me fixer. Quant à Max, il se tient à quelques mètres en retrait et je n'ai toujours pas posé les yeux sur lui.

— Super, me dit Jamie. Merci. Tu peux... Tu peux m'attendre une minute ?

— Pourquoi ?

— Attends-moi, je reviens.

Jamie recule et lève les deux mains comme s'il venait de me poser en équilibre sur quelque chose d'instable. Il s'arrête pour s'assurer que je ne bougerai pas. (Ce qui est le cas.) Puis il pivote et dépasse Max pour s'engouffrer dans l'épicerie.

Max expire longuement et bruyamment.

— Salut... Je ne t'avais pas encore dit bonjour.

— Salut, je lui réponds.

Ça, j'en suis capable.

— Comment ça va ?

— Bien.

Ça aussi, j'en suis capable. Pas de problème.

— Tu rentres chez toi ce soir ? me demande-t-il.

Alors on est partis pour faire la conversation. Enfin, je ne sais même pas si ça mérite ce nom. Une mini conversation. Microscopique même.
— Non, je squatte chez mon frère cette semaine. Je ne savais pas que tu vivais à New York, maintenant.
— Je ne vis pas ici. Je passe juste quelques jours chez mon grand-père.
J'acquiesce d'un signe de tête. On redevient silencieux, le malaise est toujours là. Enfin au moins j'arrive à le regarder. Il n'est pas comme dans mon souvenir de la Nuit de l'Erreur Atomique. Toujours aussi grand, mais ses cheveux châtains me semblent plus foncés, et plus hirsutes aussi. Certaines mèches sont coincées derrière ses oreilles, d'autres se sont échappées. Il a toujours ce qui est, à mes yeux, l'un des nez les plus remarquables que je connaisse : grand, qui structure son visage, avec une bosse pile au bon endroit.
— Tu as vu Ari et Camden récemment ? finit-il par me demander.
— Non. Je... j'étais partie.
— Ah, c'est vrai ! Tu es allée en Europe. C'était génial ?
— C'était génial.
Je n'en ai vraiment, vraiment aucune envie, et pourtant le souvenir surgit, celui du minibus sur le parking de ce festival de BD auquel nous nous étions rendus tous ensemble. *Je pleurais. Jamie venait de me dire qu'il n'avait pas de sentiments pour moi. Max a posé sa main dans mon dos, entre mes deux omoplates.*

J'aimerais réussir à me rappeler qui a embrassé l'autre en premier. Enfin, peut-être ne vaut-il mieux pas.

Je jette un coup d'œil à l'arrêt de bus, où patientent déjà plusieurs personnes. C'est l'une des choses que j'adore dans les villes et les transports publics : cette vague incessante d'usagers, qui vont et viennent... Que fait Jamie ?

Un jeune couple nous dépasse.

— C'était trop gênant ! s'emporte la fille.

— J'avais le droit d'être là ! lui rétorque-t-il sur le même ton.

— Bon, reprend Max, quand tu les verras, dis-leur bonjour de ma part.

Il me faut une seconde pour comprendre qu'il parle toujours d'Ari et Camden. Je m'apprête à répondre lorsque je suis distraite par le jeune couple. La fille s'est arrêtée et elle hausse la voix.

— C'est terminé, tu m'entends ? Tu ne peux pas te pointer comme ça à des soirées où tu n'as pas été invité !

— Si tu n'avais pas zappé mes messages toute la journée, riposte-t-il en martelant le vide avec son index, je n'aurais pas été obligé de le faire !

Il a quelques années de plus que nous, il doit approcher de la trentaine. Il porte un sweat-shirt et un pantalon blanc, ce qui ne paraît pas très approprié en hiver.

— Oh, mon Dieu ! Tu ne te rends vraiment pas compte à quel point tu es un gros con ! hurle la fille.

Plus jeune que le type, elle porte une doudoune longue et des ballerines. Ses chevilles doivent être glacées en comparaison du reste de son corps.

— Et toi, une conne qui dit des horreurs.

Impossible d'ignorer poliment la scène, on est loin de l'ambiance « tout va bien, ça arrive tout le temps à New York ». J'imagine une bulle au-dessus de la tête de tous les passants. *Est-ce qu'il y a un problème ? Faut-il intervenir ?* Rien que des questions, et pas une seule réponse.

La fille marmonne quelque chose puis tourne les talons ; le type la retient par le bras.

— Ne me touche pas ! lui crache-t-elle.

Elle scrute la foule à l'arrêt de bus. Je fais comme elle. Il y a une maman avec un petit enfant dans une poussette. Un couple d'un certain âge avec des sacs de plusieurs magasins. Une femme qui presse une serviette en cuir souple contre sa poitrine. Et un quinquagénaire avec une guitare en bandoulière.

— Luna, tu me fais le coup à chaque fois, insiste-t-il. Je ne te laisserai pas recommencer.

J'observe les gens autour de moi. Personne ne va donc demander à ces deux-là si tout va bien ? Il tend le bras pour empoigner sa copine, mais elle s'échappe.

Max

Le type retient la fille par le coude, sans la brusquer.
— Rentre, lui dit-elle d'un ton radouci. C'est terminé.
Je me demande de quoi elle parle. Leur discussion ? Leur histoire ? Elle me rappelle tellement Eliza par certains côtés. Je ne connais pas ce couple, mais mon intuition me dit qu'ils ont l'habitude de ces scènes. C'est un de leurs moteurs. Des pas qui reviennent régulièrement dans leur chorégraphie. J'ai pris part à une chorégraphie qui ressemblait pas mal à celle-ci, moi aussi.
La fille fond en larmes.
Il y a une poignée d'autres personnes à l'arrêt de bus. L'homme avec la guitare est le plus proche de la fille. Il fait un pas dans sa direction. Il va intervenir. Proposer son aide à la fille, ou dire au mec de se calmer. Bien. Il a raison. Il est plus costaud que moi et pourra se défendre si la situation s'envenime.
Sauf que maintenant le gars à la guitare recule. Pour une raison mystérieuse, j'ai l'impression d'être cloué

sur place. Le type enlace la fille par la taille et l'attire vers lui.

— Je t'ai dit non ! hurle-t-elle en se débattant pour se libérer.

Je me prépare mentalement à intervenir : *Hé ! qu'est-ce qui se passe ? Tout va bien ?*

Sauf que la seconde d'après, elle s'est libérée et s'élance sur la chaussée. Et, une demi-seconde plus tard, résonne le klaxon d'un bus. Suivi du pire bruit qui soit. Un son sourd accompagné d'un froissement de tôle et d'un crissement de freins.

Puis vient un cri, poussé par quelqu'un sur le trottoir.

— Oh, mon Dieu ! hurle un mec qui me dépasse à toute allure.

C'est Jamie. Il tient un bouquet de fleurs qui claque dans le vent. Il se précipite vers la fille et s'agenouille devant le bus à l'arrêt. Lâche les fleurs qui atterrissent aux pieds de celle-ci – je ne vois pas le reste de son corps.

Je recule en chancelant. Oh, non… Non, non, non !

Jamie n'est pas le seul à s'être jeté auprès de la fille. Des gens surgissent de toutes les directions, comme s'ils attendaient tous en coulisses d'entrer sur scène. D'autres ont dégainé leurs téléphones. Avec un peu de chance, certains sont en train d'appeler les urgences et ne se contentent pas de filmer l'accident.

C'est à ce moment-là, seulement, que je pense à chercher le type. Celui qui était avec la fille.

Il est parti.

J'aperçois alors Kendall, qui se tient près de l'abribus, le visage caché dans ses mains. Je la rejoins.

— Non, non, non, non, non, répète-t-elle tout bas.

— Kendall…

Je n'arrive pas à dire autre chose. Ma langue me paraît énorme et desséchée dans ma bouche. Je me rends soudain compte que je tremble.

— Dis-moi que ça n'est pas vrai, ajoute-t-elle avant de se mettre à sangloter.

Soudain, les sirènes retentissent.

Secoue-toi, Max ! Tu ne peux pas rester là sans rien faire !

— Viens, je dis en effleurant le dos de Kendall, par ici.

Je la conduis vers une sandwicherie, dont les clients se sont agglutinés près de la vitrine pour suivre la scène. Je récupère un tabouret et elle s'assied.

— Tu devrais prévenir quelqu'un, je lui conseille.

En contrôlant ma voix, j'arrive à rester calme. Ou plutôt, à faire semblant de l'être. Kendall hoche la tête et sort son portable. Des larmes continuent à couler sur ses joues. Elle parle à un certain Emerson, d'une voix tremblante, bute sur la moitié des mots. Quand elle commence à lui raconter l'accident dont nous avons été témoins, je m'éloigne vers la vitrine. Je ne suis pas prêt à entendre la réalité devenir aussi vite un récit.

L'ambulance redémarre. Jamie nous cherche à l'angle de la rue. Je préviens Kendall, d'un signe, que je ressors et elle hoche la tête sans interrompre sa conversation.

— Alors, elle va s'en sortir ? je lance.

Jamie est naturellement pâle, mais là on dirait qu'un vampire l'a vidé de tout son sang.

— Je ne sais pas. Ils l'ont mise sur un brancard et sont tout de suite partis avec elle.

Un agent de police s'approche.

— Est-ce que l'un de vous deux a vu ce qui s'est passé, les jeunes ?

Jamie secoue la tête, je l'entends déglutir.

— Oui, je réponds.

Le flic sort un bloc-notes.

— Je t'écoute.

J'essaie de lui résumer ce que j'ai vu et entendu, tout en m'interdisant de réfléchir. Les faits, rien que les faits. Le temps que je termine et que le policier se tourne vers un autre témoin, je remarque que Jamie met Kendall dans un taxi. Lorsque la voiture s'éloigne, il va ramasser son bouquet abîmé sur la chaussée. L'examine, le regard vide. Puis le jette dans une poubelle.

J'observe la rue. Mes sacs de courses ont disparu. Je ne me souviens même pas de les avoir posés.

— Viens, je dis en entraînant Jamie et en me répétant intérieurement : *Rends-toi utile*. Partons d'ici.

Quand on atteint la marquise devant l'immeuble de mon grand-père, sur Park Avenue, Jamie s'immobilise et lève les yeux vers le sommet de la façade. Il y a carrément des gargouilles en pierre tout en haut. Il sort son portable pour prendre quelques photos.

Je trouve ça un peu bizarre alors qu'on vient d'être témoins d'un accident peut-être mortel. D'un autre côté, c'est sans doute un comportement tout à fait naturel pour quelqu'un en état de choc. Est-ce que je le suis, moi aussi ?

– Bonsoir, August, je dis au portier.

Il porte un long pardessus avec des pompons sur les épaules. Il travaille ici depuis que je suis gosse.

– Monsieur Levine, me répond-il en appelant l'ascenseur.

– Monsieur Levine ! répète Jamie, plié de rire.

– On vient d'être témoins d'une scène impressionnante, j'explique à August en décochant une tape protectrice sur l'épaule de Jamie.

Tant que je me consacre à lui, je n'ai pas à gérer ma panique – parce que je suis sans doute flippé, moi aussi.

– Ce qui est impressionnant, c'est ce hall, observe Jamie.

Il étudie la mosaïque des murs, le lustre, les banquettes en cuir bien rembourrées où je n'ai jamais vu personne, jamais, s'asseoir.

– On est dans un autre monde, c'est sûr.

Jamie semble tout aussi soufflé par l'ascenseur, qui n'a pourtant rien d'exceptionnel – peut-être qu'il ne sort pas beaucoup. Il prend au moins trois photos de la cabine le temps du bref trajet jusqu'au deuxième étage. Je lui tends les sacs contenant notre dîner, qu'on a acheté dans un autre restaurant en chemin. Ça me permet de me concentrer pour faire un minimum de bruit en glissant la clé dans la serrure de la porte. Je ne sais pas pourquoi j'éprouve le besoin d'être aussi discret : on peut entendre le volume de la télé, au maximum, à travers le mur.

À l'intérieur, Grand Chef roupille dans son fauteuil. Franchement, il n'aurait plus manqué qu'il soit réveillé…

Après avoir rangé les courses pour mon grand-père, je conduis Jamie à la chambre de ma tante avant de me raviser et de lui indiquer une autre porte. Celle de l'ancienne chambre de mon père.

— Tu vas peut-être trouver ça bizarre, mais… Est-ce que tu veux dormir avec moi ? Il y a déjà un matelas gonflable. Je me dis que tu n'as sans doute pas envie de rester seul cette nuit.

— Parce que je suis complètement angoissé ? Ouais, une bonne vieille soirée pyjamas me semble de mise.

On pose les affaires de Jamie dans ma chambre, puis on va manger nos sandwichs dans le bureau.

— Tu veux regarder quelque chose ? je lui propose en prenant la télécommande de la deuxième télé.

Celle-ci semble neuve, miraculeusement épargnée par les doigts rageurs de Grand Chef.

— Bien sûr, me répond Jamie en s'asseyant sur le canapé.

Je fais défiler les chaînes dans l'espoir que l'une d'elles diffusera ce qu'il nous faut. Un film avec des flics amis à la vie à la mort, ou un dessin animé avec des animaux qui parlent. Mais mon regard se perd dans le vide et,

chaîne après chaîne, je ne vois que l'arrêt de bus et des versions alternatives de la réalité.
Dans l'une d'elles, le type à la guitare intervient ainsi que je m'attendais à ce qu'il le fasse. *Clic.* La femme avec la poussette demande à la fille si elle a besoin d'aide. *Clic.* Le couple de personnes âgées leur hurle d'aller se disputer ailleurs. *Clic.* Et enfin moi. Je ne reste pas pétrifié sur le trottoir…
Je dis au type de la laisser tranquille, je lui fais remarquer qu'elle a été très claire sur ce qu'elle voulait. Ou alors je me contente de lui demander de s'éloigner un peu pour la laisser respirer. Il se met tellement en colère qu'il s'enfuit. C'est lui qui traverse sans regarder et se fait faucher par le bus. Non, tant qu'à imaginer une version différente, autant éliminer entièrement la composante tragique. Le type s'en va et disparaît à tout jamais. Et puis la fille se rend compte qu'elle mérite beaucoup mieux. Le lendemain, elle rencontre un gars fait pour elle et ils vivent heureux jusqu'à la fin des temps.
— Tu penses à elle, hein ? me demande Jamie.
— Elle s'appelait Luna. Enfin, en tout cas, c'est comme ça que le type avec lequel elle se disputait l'a appelée. Tu penses aussi à elle ?
— Mec, j'ai son sang sur ma basket.
Mes yeux se rivent sur sa chaussure. Le souvenir de la fille est mille fois plus accablant maintenant.
— Maxie ? hurle Grand Chef.

— J'arrive ! je lui crie avant de me relever d'un bond pour filer dans le salon.
— Je meurs de faim, me dit-il.
Je fais décongeler un plat surgelé et lui sers un verre de lait. Jamie passe la tête par la porte.
— Qui est-ce ? s'enquiert Grand Chef lorsqu'il le découvre.
— Mon ami Jamie, tu te souviens ? Je t'en ai parlé. Il dort ici cette nuit.
Je fais signe à mon pote de nous rejoindre. Son visage a beau clamer « s'il te plaît ne me force pas », il s'exécute.
— Tu ressembles beaucoup à mon fils quand il avait ton âge.
On pourrait prendre ça pour un compliment si mon grand-père ne faisait pas, aussitôt après, la grimace. Peut-être pas si flatteur que ça…
— Tu veux une couverture, Grand Chef ? je lui propose.
Il hausse les épaules. Je sais qu'il en a besoin. Ça le met juste en pétard de ne pas pouvoir se débrouiller tout seul.
Après l'avoir bien emmitouflé, avoir rempli sa bouteille à bouchon sport et avoir ramassé la télécommande tombée par terre, je quitte le salon avec Jamie.
— C'est bien que tu sois là, mec, me dit-il.
Ça pourrait signifier tellement de choses… et je serais heureux si l'une d'entre elles au moins était vraie.

28 décembre

Kendall

Une veste de smoking bordeaux est en train de se payer ma tête.

Elle est suspendue au-dessus de mes pieds dans le placard-chambre d'amis, tout en angles droits, propre et sobre. Moi, je ne suis rien de tout cela, surtout en ce moment.

Je sais que c'est le matin, pas à cause de la lumière – il n'y en a aucune –, mais à cause du bruit de la machine à café et des murmures inquiets qui me parviennent du salon.

Hier soir, Emerson est venu me chercher à la descente du taxi. On est remontés à l'appartement et on s'est allongés sur son lit, tête contre tête.

— Tu veux en parler ? m'a-t-il demandé.

— Non, merci.

En parler, ce serait revenu à lui raconter toute l'histoire, lui expliquer que j'ai assisté à la scène en restant les bras croisés. Cette fille et ce type ont dû se disputer pendant trois bonnes minutes. Je crois qu'il l'a appelée Luna. Trois minutes pendant lesquelles il l'a provoquée, et pendant lesquelles je n'ai pas levé le petit doigt. Enfin, je n'étais pas la seule. Max, non plus. Et une, deux, trois, quatre, cinq autres personnes (je ne compte pas le gosse dans la poussette). Emerson croit que j'ai simplement vu une fille se faire renverser par un bus.

— Tu es peut-être en état de stress post-traumatique, Kendall, m'a-t-il dit. Je suis prof, je suis habitué à gérer ce genre de situation.

— Tu pourrais avoir l'air de trouver ça un peu moins excitant, s'il te plaît ?

Je m'extirpe de mon lit et fais exprès de bousculer la veste de smoking en ouvrant la porte. Une des épaules glisse à moitié du cintre et, déjà, je me sens mieux.

— Fripouille est levée ! s'écrie Andrew lorsque je sors du placard.

— Tu as dormi ? s'inquiète Emerson en fronçant les sourcils.

Oh, non ! On dirait maman quand il fait cette tête ! Je ne pourrai pas échapper à cette famille…

— Plus ou moins, je réponds, ce qui est un mensonge. Emerson ne comprend pas que je ne dors jamais vraiment parce que les pensées-vers de terre m'en empêchent, et elles sont particulièrement déchaînées après une journée et une soirée pareilles.

— J'étais en train de dire à ton frère que je peux activer mes contacts dans la presse pour découvrir ce que cette fille est devenue, m'informe Andrew.

Cette fille. Je préfère presque ça à un prénom, un peu comme si la désigner par un nom commun me la rendait moins proche.

— C'est vrai, tu peux faire ça ?

— Il peut essayer, me répond Emerson. Ils en parleront peut-être aux informations, aussi. Surtout si les journalistes ont pu récupérer des images grâce aux caméras de surveillance.

Une vague d'horreur me balaie. Je vois d'ici le tableau : une vidéo de l'accident qui fait le buzz et nous montre tous impassibles. « Encore une illustration de l'indifférence des New-Yorkais ! De l'inertie moderne ! »

— Je préfère me contenter des nouvelles qu'Andrew pourra dénicher, je dis en me laissant tomber sur un fauteuil.

Le copain de mon frère me sert une tasse de café.

— Il y a des bagels, me propose-t-il.

J'accepte d'un signe de tête, même si je doute de retrouver un jour l'appétit. Mon téléphone, que j'ai oublié sur le plan de travail de la cuisine, vibre pour m'informer qu'un message m'attend. Un texto de Jamie.

Purée, je n'arrive toujours pas à croire que c'est vrai. Je suis complètement flippé. Je repars ce matin. Donne-moi de tes nouvelles.

Je lui réponds.

Ça va, on se parle bientôt.

Mes pensées s'attardent sur lui, même si j'ai l'impression que je n'en ai pas le droit dans ces circonstances. Je revis notre baiser, nos souffles mêlés quelques secondes avant l'intervention de Max. Et avant tout le reste.

À présent, c'est Luna qui occupe mon esprit. Elle a dû échanger un premier baiser avec ce type. À une époque, elle devait être folle de joie à l'idée qu'il la touche, à la perspective de ce jaillissement de possibles.

Luna. Je vais m'autoriser à songer un peu à elle. Elle qui est morte ou dans le coma, ou alors consciente mais en souffrance. Comment peut-on vivre sans savoir ce qu'elle est devenue ? Les histoires ont des fins, bon sang. Elles ne devraient pas se conclure sur une multiplicité d'options.

— Je dois aller au travail, dit Andrew en enfilant son manteau. J'appellerai plus tard si j'ai récupéré des infos.

Nous le regardons, Emerson et moi, enfiler ses gants, doigt par doigt. Ses mouvements d'une grande précision me confirment qu'il est le propriétaire de la veste de smoking railleuse. Il nous embrasse tous les deux.

Dès qu'il est parti, Em me demande :

— Quand est-ce que maman arrive ?

Oh, non ! J'avais complètement oublié sa venue, la comédie musicale, le fait qu'elle est en colère contre moi et, en gros, tout le reste de ma vie. Je vais chercher mon téléphone : elle m'a envoyé un message, elle aussi.

— Elle débarque à 15 heures pour qu'on puisse manger un morceau avant le spectacle.

Je ne peux pas parler à ma mère de l'accident et je ne peux pas expliquer pourquoi.

— Je vais faire la tournée des boutiques pour retourner toutes les horreurs que j'ai reçues à Noël. Tu veux m'accompagner ? me lance mon frère.
Je ne peux pas non plus lui parler à lui, parce qu'il n'était pas présent et que j'ai déjà omis des détails cruciaux dans mon récit. J'ai très envie d'appeler Jamie, mais je crains qu'évoquer Luna avec lui ne gâche le souvenir des bons moments passés ensemble hier. Et je veux les préserver. Serait-ce égoïste, et superficiel, de ma part ?
Soudain, je comprends ce qu'il me reste à faire.
— J'ai un truc de prévu, je lui dis. Je peux te retrouver plus tard ?

Je prends la direction de l'ouest. Il fait froid, pourtant il y a du soleil et il ne reste de la neige tombée avant Noël que quelques petits tas noircis ici et là.
Je grimace à l'arrivée de chaque bus et me tiens à un bon mètre cinquante du rebord du trottoir quand j'attends que le feu passe au rouge pour traverser. Chaque fois que quelqu'un élève la voix dans mon dos je me pétrifie et me retourne pour savoir qui a parlé. La ville poursuit son activité, en dépit de la tragédie qui s'est déroulée la veille. D'un autre côté, les tragédies arrivent partout, tout le temps.
Ça me fait du bien d'être dans la rue, de prendre part à la vie normale, même si, bien sûr, ce n'est pas *ma* vie à moi. Je me contente de l'emprunter le temps de trouver la mienne.

L'intersection de Park Avenue et de la 82e se trouve à quinze blocs de là, et il me faut moins de temps que prévu pour m'y rendre. Un immeuble d'habitation se dresse à chacun des quatre angles, et j'ignore quel est celui que je cherche.

— Bonjour, je dis au portier du premier. Un certain Max vit-il ici ?

Ma question me semble encore plus bizarre que lorsque je l'ai formulée dans ma tête. Le portier me considère avec une perplexité teintée d'une légère lassitude, comme si j'étais précisément le genre de visiteur qu'on leur apprend à affronter lors de leur formation.

— Je veux dire que... je cherche un ami. Il loge chez son grand-père, et je ne connais pas son nom de famille.

Le portier secoue la tête avec une fermeté qui ne laisse aucune place au doute.

— Je le saurais si quelqu'un logeait chez son grand-père, désolé.

— D'accord. J'ai dû me tromper d'immeuble, alors. Merci.

Je me livre à un échange comparable dans l'immeuble suivant, et je suis très tentée d'y voir le signe qu'il vaut mieux renoncer à mon idée...

— Vous voulez sans doute parler de M. Levine ! s'exclame le portier dans le troisième immeuble.

— C'est le nom de Max ? Ou juste de son grand-père ? je m'enquiers.

— Les deux. Il vous attend ?

— Non.

Je m'apprête à expliquer la situation mais le portier a déjà décroché le combiné de son téléphone. Je me tourne vers le gigantesque miroir et observe mon reflet.

— Il descend tout de suite, m'informe le portier dès qu'il a raccroché.

Je m'assieds sur une banquette en cuir. Ce hall me rappelle la salle d'un château français que j'ai visité, avec mon lycée itinérant, dans la vallée de la Loire.

L'ascenseur teinte.

— Kendall ?

Max a l'air étonné et intrigué, sans que ce soit une mauvaise chose, apparemment.

— Salut.

— Jamie est parti il y a environ une demi-heure pour prendre son bus.

— Je sais.

Un nouveau silence s'installe. Si je n'arrive même pas à en parler avec Max, alors que je n'ai rien à perdre, qu'est-ce que je fais ici ?

Il s'approche de la banquette où je suis vautrée, un petit sourire aux lèvres, un sourire teinté de tristesse. Il se penche vers moi, et ce mouvement a quelque chose de protecteur, même s'il doit être contraint de se baisser très souvent.

— Quoi ? je lui demande en m'asseyant bien droite.

— Tu as passé une aussi mauvaise nuit que moi ?

Le soupir qui m'échappe ressemble beaucoup à un sanglot.

— Si la tienne était proche de l'enfer, alors ouais.

Il éclate de rire, il a l'air soulagé.

— Je suis tellement content de pouvoir partager ça avec quelqu'un.

Pas besoin d'expliciter le sujet dont nous parlons – de toute façon, il n'y a pas vraiment de mots pour le décrire.

— Tu veux qu'on aille prendre un petit déj ? me propose Max.

Ne pleure pas, grosse nulle, je t'interdis de pleurer !

Je hoche la tête, en me mordant la lèvre si fort qu'elle se met à saigner.

Nous nous dirigeons vers Lexington Avenue et je sens le silence m'oppresser de l'intérieur. Je ne suis vraiment pas douée pour le silence, même dans des situations aussi gênantes que celle-ci. Ou plutôt surtout dans des situations aussi gênantes que celle-ci.

Quand je ne supporte plus ce poids, je lui demande :

— Alors, tu passes du temps avec ton grand-père jusqu'à la reprise des cours ?

— Eh bien… oui et non. Je ne reprends pas les cours. J'ai repoussé mon entrée à la fac d'un an.

— Oh ! je ne savais pas…

Encore un silence. Mince, il va me forcer à lui poser la question. Peut-être que je réussirai à me contrôler.

— Et qu'est-ce que tu as fait depuis la rentrée dans ce cas ?

Pour le contrôle de soi, on repassera.

— Pas grand-chose.

Je sens le poids des sous-entendus dans cette phrase. Max en dit long même s'il donne l'impression inverse.

— Comment va Eliza ? j'ajoute, parce que tout le monde a déjà compris que j'étais incapable de me contrôler.

Au bout de quelques secondes, Max répond :

— Je crois qu'elle va bien. On ne s'est pas parlé depuis un petit moment.

Je manque de m'emmêler les pieds, m'arrête, puis repars.

— Vous vous êtes séparés ?

— À Halloween.

— Je suis désolée pour vous.

Et c'est sincère. Parce que j'ai sans doute joué un rôle dans cette rupture.

— Sa fête préférée de l'année… Pas le moment idéal en somme, mais c'est la vie.

Je lui coule un regard discret, et il fait exactement la même chose au même moment. Zut ! Après quelques instants de gêne, nous détournons les yeux.

— Tout va bien maintenant, on est amis, ajoute-t-il.

Puis il s'arrête et me montre un café, dans son jus, avec banquettes en skaï et éclairage aux néons fluos comme dans les épisodes de *Seinfeld* dont je regarde des rediffusions avec mon père. Max m'ouvre la porte et nous nous précipitons vers une table près de la vitre.

— Jamie m'a dit qu'avant l'accident vous aviez passé un chouette moment ensemble, lance Max en dénouant son écharpe écossaise et en la posant sur la banquette à côté de lui.

— Il a utilisé ces mots-là ? Un chouette moment ?

Max prend le temps de réfléchir.

— Il a plutôt dit *génial* ou *géant*. Un adjectif très positif qui commence par *g* en tout cas.

— O.K., ça me va.

Je repense aux fleurs que Jamie m'avait achetées. Je me concentre de toutes mes forces pour l'imaginer en train de les choisir, de tendre au vendeur un billet avec un sourire nerveux. Je refuse de les revoir dans sa main quand il s'est précipité vers la fille, et encore moins quand il les a abandonnées sur la chaussée.

Peut-être que si j'avais fait quelque chose pour aider Luna, ou même pour pousser quelqu'un à intervenir, cette matinée serait différente. Je serais assise à côté de Jamie à cette heure.

Une serveuse vient nous demander ce que nous voulons boire.

— Un café, lui répond Max.

Je lui adresse un signe de tête et il ajoute :

— Mettez-en deux.

Lorsqu'elle s'est éloignée de notre table, il se penche vers moi. Ses yeux sont si larges et si ronds. J'avais oublié qu'il avait des yeux de chiot. Difficile de s'en détourner.

— Le café est immonde, me murmure-t-il, mais j'adore l'atmosphère. Ma grand-mère m'emmène ici depuis que je suis tout petit. Enfin, elle m'emmenait. Elle est morte au printemps.

Je m'apprête à lui sortir le « je suis désolée » de circonstance, quand la serveuse revient avec une cafetière pour remplir nos deux tasses. Je prends la mienne à deux mains, et même si elle est à peine tiède, c'est agréable.

— Elle s'appelait Luna, je lance abruptement.

— Toi aussi, tu l'as entendu, alors ?

Nous n'avons pas besoin de préciser le contexte de notre conversation, ce qui est à la fois formidable et tragique.

— C'est ce qu'il m'a semblé, ajoute-t-il. Je n'étais pas certain, mais tu étais plus près d'eux.

— Qu'est-ce que je suis censée comprendre ?

Contre toute probabilité, les yeux de Max s'agrandissent encore un peu plus, et il secoue la tête.

— Rien ! Seulement que tu étais mieux placée que moi pour entendre. Pas que… tu aurais dû…

— D'accord. Désolée.

Je viens de trahir la culpabilité qui me ronge. Et étonnamment ça m'est égal. Je suis soulagée, même. Max ouvre la bouche pour dire quelque chose, puis il se ravise. J'avale une gorgée de mon café, et il a raison, il est très mauvais. Certainement pas assez bon pour combler ce silence gêné. Alors je m'en charge moi-même.

— Le copain de mon frère se renseigne pour savoir ce qu'elle est devenue. Où ils l'ont emmenée. Comment elle va. *Si* elle est toujours quelque part…

Max pose sa tasse de café sur la table et glisse ses mains vers les miennes. Il ne cherche pas exactement à les attraper, mais la tentation est là. Ses mains sont gigantesques, ses ongles rongés jusqu'au sang. Un flash me revient, celui de ces mains sur mes joues au moment où on s'est embrassés l'été dernier. *Repousse cette image, Kendall, repousse-la !*

— Tu me tiendras au courant si tu as des nouvelles ? me demande-t-il, la gorge nouée. Je vais te laisser mon numéro.

Il sort un stylo de la poche de son manteau et inscrit les chiffres sur un coin du set de table en papier, avant de le déchirer et de me le tendre. Je le range dans mon sac à main.

Un nouveau silence, qui me met au supplice. On pourrait me planter des couteaux dans les oreilles ou m'étrangler, je suis prête à parier que ce ne serait rien en comparaison.

Le plus dingue dans tout ça, c'est que je n'ai pas envie de partir.

Max

Je viens vraiment de donner mon numéro à Kendall ? Je crois que quand on se trouve pris dans un évènement comme celui qui a touché Luna, les règles tombent à l'eau. Oui, à partir de maintenant, lorsque je penserai à hier soir, je penserai *Luna*. C'est beaucoup mieux que *l'accident* ou *ça*. C'est moins bête. Et moins lâche. Dire son prénom, même dans ma tête, revient à lui donner une minuscule fraction de l'attention que je lui ai refusée à ce carrefour.

Et si Kendall sort avec Jamie, il va bien falloir qu'on trouve le moyen de cohabiter. Peut-être même qu'on finira par parler de ce qui s'est passé dans le minibus. Peut-être qu'on deviendra amis.

— On pourrait être amis, je lâche en bafouillant.

Kendall plisse le nez, et le motif constitué par ses taches de rousseur dessus se déforme. Puis elle éclate de rire.

— On devrait carrément être amis.

— On commence maintenant ? je lui demande.

C'est ce que je disais à l'instant : finies les règles.

Elle rit à nouveau, avant d'enrouler une mèche de cheveux auburn autour de son index avec un sourire. Je prends ça pour un oui. Tout ce temps, j'ai fait beaucoup d'efforts pour ne pas regarder ses lèvres. Parce que je les ai embrassées. J'avais trop bu et c'était un jour d'une bizarrerie épique, mais si je prétendais que je ne me souviens pas de leur goût, je mentirais. Je m'en souviens très bien. Chacune de ces minutes avec elle sont gravées dans ma mémoire.

Peut-être qu'un jour j'arriverai à y repenser sans que surgisse l'image du visage d'Eliza, qui me fixait à travers la vitre du véhicule. Enfin y aura-t-il vraiment un jour où je ne penserai plus au visage d'Eliza ? À sa colère ? Et à toutes ses autres expressions (elle en avait beaucoup de très différentes) ?

La serveuse revient prendre notre commande et nous optons tous les deux pour le petit déjeuner du jour. Kendall vide une troisième dosette de crème dans son café. J'ai tenu le compte, oui. Ma grand-mère en prenait toujours quatre. Je suis très curieux de voir si Kendall atteindra le même score.

— Je n'arrête pas de me repasser le film de ces dernières secondes, je lâche.

Elle hoche la tête. Puis ses yeux s'embuent de larmes (des yeux verts, lumineux, même dans un minibus sombre sur un parking d'hôtel). Elle se contente de baisser les paupières et de dire simplement :

— Moi aussi.

— J'aurais pu faire quelque chose. Non, j'aurais dû.

Kendall acquiesce à nouveau d'un signe de tête, les yeux toujours fermés.
— Pareil.
— J'ai fait des recherches en ligne hier soir. Il y a un syndrome qui s'appelle l'effet du témoin. Plus le nombre de spectateurs d'un événement grave est élevé, plus les chances que quelqu'un intervienne sont faibles.
Elle rouvre les yeux d'un coup.
— C'est tordu.
— Il y a eu des études. Chacun pense que quelqu'un d'autre va intervenir. J'ai cru, moi, que le type à la guitare gérait la situation.
Elle se décompose. Elle avale une gorgée de son café puis le repose. Attrape une quatrième dosette tout en disant :
— Et moi j'ai cru que la dame d'un certain âge allait leur tirer les oreilles… Ça me soulage un peu de savoir qu'il y a un nom pour ce qu'on a fait. Enfin *pas* fait plutôt.
Je prends le temps d'y réfléchir. Je ne suis pas sûr que ça me soulage, en revanche ça me donne le sentiment d'être humain.
Je regarde par la fenêtre. Le ballet des voitures et des piétons dans la rue est synchronisé avec la musique diffusée dans le café. Je pourrais vivre à New York si c'était toujours comme ça. Une éternelle scène de cinéma.

— Je donnerais n'importe quoi pour changer le passé, lâche Kendall avant d'avaler une gorgée de café.

La serveuse nous apporte nos œufs. Ils ont une odeur parfaite. C'est le petit déjeuner idéal. Je me rends compte que je suis affamé.

— Ce serait génial de pouvoir changer le passé, j'approuve en pensant non seulement à Luna ou au minibus, mais aussi aux quatre derniers mois.

— On pourrait peut-être changer le présent, suggère Kendall, la voix empreinte d'une énergie nouvelle. Faire ce qu'on aurait dû faire hier soir, pour quelqu'un d'autre.

— C'était une situation assez unique. Tu veux faire des patrouilles, traquer les couples qui se disputent ?

— Tu as sans doute raison...

Elle se tourne vers la vitre pour regarder dehors, puis ajoute :

— Je crois que je cherche un moyen d'apaiser ma culpabilité. Tu aurais dû me voir donner de l'argent à tous les SDF que j'ai croisés aujourd'hui.

Ma grand-mère était pareille. Un billet de cinq dollars tout neuf pour tous ceux qui faisaient la manche, et pour beaucoup d'autres. Mais seulement lorsque Grand Chef n'était pas avec nous. Il était contre l'aumône. S'ils passaient devant un mendiant ensemble, ils ne lui accordaient pas un seul regard.

— Offrir un peu de monnaie à des inconnus, ce n'est pas vraiment la même chose qu'empêcher quelqu'un de se faire renverser par un bus.

Après coup, seulement, je me rends compte que c'était une remarque d'enfoiré.

— Je sais, convient Kendall, clairement démoralisée. J'aimerais juste aider quelqu'un, je crois. Être gentille. Personne ne l'est assez.

— Parle pour toi. Je le suis sans arrêt, moi.

Elle hausse un sourcil alors je poursuis :

— Prends mon grand-père. C'est moi qui m'occupe de lui jusqu'à ce qu'on puisse embaucher une nouvelle aide à domicile.

Et j'ai repoussé mon entrée à la fac pour Eliza, suis-je tenté d'ajouter. Et aussi : *je t'ai aidée ce soir-là dans le minibus, quand je t'ai écoutée pleurer sur Jamie.*

— C'est tout à ton honneur, dit Kendall, mais ce n'est pas la même chose que tendre la main à un inconnu. Ou faire quelque chose d'inattendu, sur l'instant.

— Des bonnes actions désintéressées.

Elle hausse les épaules.

— Tu trouves ça cucul, j'imagine.

Je considère l'idée de ces *bonnes actions désintéressées…*

— De quels genres d'actions on parle exactement ? Offrir un café à un inconnu ? Lui payer son ticket de métro ?

Kendall prend le temps de réfléchir, puis secoue la tête.

— L'argent est une solution de facilité. La vraie gentillesse est ailleurs.

— La vraie gentillesse est facile, aussi.

— Tu crois ?

— Il suffit de décider de l'être.
— Ça a l'air si simple à t'entendre, dit-elle dans un éclat de rire.
— C'est simple.
Kendall secoue la tête cette fois.
— Je ne suis pas d'accord.
— Et moi non plus, ajoute une voix.
On relève tous les deux la tête. La serveuse est en train de débarrasser la table voisine de la nôtre. Elle a laissé traîner une oreille. Elle s'approche de nous, les bras chargés de vaisselle sale.
— C'est étonnamment difficile d'être gentil. Et je parle en connaissance de cause, je sers une centaine d'inconnus par jour.
— Tu vois ? me lance Kendall.
J'observe la serveuse. Son badge indique *Erica*. La quarantaine, des cheveux bruns coupés très courts, presque en brosse. La monture de ses lunettes est noire à pois blancs. Ses boucles d'oreilles pendantes ressemblent à des boules de Noël vertes.
— J'aimerais pouvoir vous donner tort, je dis, dans l'espoir de réussir à la congédier sans lui manquer de respect.
— Et j'aimerais aussi beaucoup que tu le fasses, rétorque Erica, l'œil allumé d'une soudaine lueur.
Elle dépose la vaisselle sur notre table pour mettre les mains sur les hanches. Pleine d'une assurance froide.
— Vous savez quoi ? Vous adorez les défis, vous, les jeunes, non ?

J'échange un regard avec Kendall. On est comme ça ?
— Bien sûr, répond-elle.
— Entendu. Je vais vous en donner un, alors. Je vous mets au défi d'accomplir des bonnes actions désintéressées aujourd'hui, avec des inconnus, et de me faire ensuite un compte rendu.
— Aucun problème, je lui réponds. Vous en voulez combien ?
Erica hausse les épaules, et Kendall sort de son sac un petit carnet. Ses croquis sont vraiment très réussis. Complexes. Jolis. Elle récupère le stylo que j'ai laissé sur la table et commence à écrire.
Une mère avec une poussette.
Un couple âgé.
Une femme avec une serviette en cuir.
Un type avec une guitare.
Max.
Moi.
Je revois tous ces visages pétrifiés. Je sens la crispation sur le mien. Cette attente généralisée, chacun de nous se demandant qui interviendrait le premier. Qui serait le héros.
Kendall pousse le carnet vers moi.
— On était sept témoins hier, me dit-elle avant de lever les yeux vers Erica.
— Très bien. Je vous mets au défi d'accomplir sept bonnes actions.
L'étincelle dans son regard s'est transformée en embrasement.

— En un jour ? demande Kendall.
La serveuse réfléchit.
— Pourquoi pas d'ici la fin de l'année ? Avant minuit le 31 décembre. Ça vous laisse quatre jours.
— Et on est d'accord qu'on n'a pas le droit de donner de l'argent ?
Kendall semble prendre cette histoire très au sérieux.
— Pas d'argent.
— Tant mieux, je n'en ai pas de toute façon.
— Et qu'est-ce qu'on gagne si on réussit ? je demande à Erica.
Elle considère la question un moment, puis un sourire se dessine sur ses lèvres.
— Si vous revenez ici le 1er janvier avec des preuves, notre cuisinier vous préparera un petit déjeuner d'anthologie, et pas un de ceux qui figurent au menu. Et je veillerai à ce que vous trouviez une place sur le mur.
Elle nous indique, d'un mouvement du menton, les photos encadrées derrière le bar. Elles représentent les habitués et les stars qui ont fréquenté l'établissement au fil des années. Ma grand-mère aurait donné n'importe quoi pour figurer sur ce mur. Quand le propriétaire a appris qu'elle avait un cancer, il a affiché son portrait. J'imagine le mien à côté du sien : on serait réunis pour l'éternité dans ce lieu qu'on aimait tant. Et pour une raison qui la rendrait très fière.
— D'accord, je m'entends répondre. Défi accepté.
Kendall avale un peu de café, pose bruyamment sa tasse. Elle est théâtrale. Drôle.

— Moi aussi.
— Prépare-toi à une victoire par K.O., j'ajoute.
— Et toi à affronter la Mohammed Ali de la bonne action, enchérit-elle.
Erica éclate de rire.
— Vous avez illuminé ma journée, les jeunes, et je n'en suis encore qu'au service du matin.
— Alors comment on fait pour gérer le... euh, le score ? demande Kendall.
— À vous de me le dire, lui répond Erica.
— Je suppose qu'il va falloir passer une sorte de contrat de confiance. Mais est-ce que ça vous irait si on récupérait une preuve à chaque fois ? ajoute Kendall. Par exemple une photo. Une trace matérielle qu'on pourrait s'envoyer par texto ?
— Mettez-vous d'accord, conclut Erica en sortant une addition de la poche de son tablier et en la posant sur la table.
Puis elle s'éloigne avec la vaisselle sale.
— Est-ce qu'on vient de s'engager, là ? me lance Kendall.
— On ne la reverra jamais, alors pas vraiment, non. Pas si on ne veut pas.
— C'était juste de la politesse de ta part ?
— Ouais. Je crois qu'elle nous taquinait.
Je pose la main sur l'addition et ajoute :
— C'est pour moi.
— Merci.
Un nouveau silence pesant.

— Je devrais sans doute y aller, reprend-elle en se contorsionnant pour sortir de la banquette. J'ai rendez-vous avec mon frère… Merci pour le petit déjeuner. Ça m'a fait du bien. Pas la nourriture, je veux dire…

— Je sais ce que tu veux dire.

Kendall hoche la tête et je remarque qu'elle a du mal à déglutir. Elle enfile son manteau, en laine rouge vif et fermé par des crochets noirs. Ça devrait jurer avec ses cheveux auburn et pourtant ce n'est pas le cas. Elle remet son bonnet et prend le temps d'entortiller son écharpe autour de son cou – elle fait trois tours complets –, avant d'enfiler des gants dépareillés. L'un d'eux a l'air trop grand, comme si c'était un modèle pour homme.

— À plus tard, lance-t-elle en quittant le café.

À travers la vitre, je la regarde traverser au milieu de la rue et se perdre dans la foule sur le trottoir d'en face. Elle a à peine touché à son assiette.

Je l'attire vers moi et me munis de ma fourchette.

Luna

Il y a beaucoup de lumière.
Pas vraiment éblouissante. Juste une tonne de lumière, la vache. Elle est partout.
Genre, à l'intérieur de ma tête.
Luna, me dit cette lumière. Peut-être que ce n'est pas elle qui parle. Parce que ce serait débile, une lumière qui dirait mon prénom. Et puis de toute façon, c'est une voix de mec. Je n'y avais jamais réfléchi jusqu'à cette seconde précise, mais je sais que la lumière n'aurait pas une voix de mec.
Il répète mon prénom d'un air de penser que j'ai des ennuis. Ce qui est évidemment le cas.
Je le sais aussi.
Des ennuis.
Du genre sérieux.
Ouais, aucun doute sur ce point.
Parce que je ne peux bouger ni la tête ni les bras.
— Luna, répète le mec.
Et encore une fois, mais avec une intonation plus aiguë sur la dernière syllabe, comme une question.

— Luna ?

Hrrrrr, je réponds. C'est le premier truc qui me vient à l'esprit. Et c'est aussi le seul son que je sois capable de faire.

— Luna, est-ce que vous m'entendez ? Je suis le Dr Effron. Vous êtes à l'hôpital.

Hrrrmmmm. Ça s'améliore.

— Vous avez été victime d'un accident. Vous pouvez ouvrir les yeux ?

Si je peux ouvrir les yeux ? C'est quoi cette question ! Ils sont déjà ouverts enfin ! Ils sont ouverts et je suis dans une pièce blanche où des milliers de couleurs se réfléchissent sur les murs. Le résultat est assez cool. Soudain je me souviens. Les pièces ont des portes, non ? Je sens comme un tiraillement à l'intérieur. Il faudrait que j'ouvre la porte. Il devient tout à coup super important que j'ouvre la porte. Le médecin m'attend de l'autre côté et il a vraiment, vraiment envie de me voir.

Je cherche une poignée à tâtons. Il doit forcément y en avoir une. Je passe une main sur la surface lisse et froide d'un mur, puis sur un autre, et un autre, et un autre. Quatre murs, ça fait une pièce. Alors pourquoi il n'y a pas de porte, enfin ?

Je décide de pousser plutôt. Brusquement, le mur cède, on dirait que j'ai déniché pile l'endroit où il y a un trou. Celui-ci s'agrandit à mesure que j'enfonce ma main. Ça y est, je suis en train de déchirer le mur.

Maintenant il y a vraiment de la lumière partout. Beaucoup, beaucoup, beaucoup trop de lumière. Et de douleur.

Tellement. De. Douleur. C'était une mauvaise idée.

— Luna, répète le médecin.

Il a l'air content.

O.K., maintenant que je suis ici… donnez-moi une bonne raison de rester.

Kendall

Le vent qui dévale Lexington Avenue fait danser les câbles où sont suspendus les feux de circulation. J'enfonce mon bonnet et remonte mon écharpe sur mon nez, tout en pensant au mauvais café que j'ai bu sur cette banquette bien douillette, en face de Max. Je regrette de ne pas avoir pu rester plus longtemps, et ce sentiment me prend au dépourvu, parce que c'était vraiment un peu dingo d'être assise là avec lui. Et pourtant, maintenant que je suis à nouveau seule, et dehors, sa présence me manque. Une chose peut-elle être à la fois pénible et réconfortante ?

Je prends le métro pour rejoindre Emerson au rayon « arts de la table » de Macy's. (Pas de bus pour moi pendant un petit moment… voire plus jamais.)

Je retrouve mon frère avec la cafetière à piston que Sullivan leur a offerte, à Andrew et lui, pour Noël. Il compte l'échanger parce que, bah ! ils en ont déjà deux !

— Eh, Emerson, ça t'arrive d'accomplir de bonnes actions désintéressées ? je lui demande sans autre forme d'introduction.

— Je suis prof, Ken, me rétorque-t-il avec un petit reniflement dédaigneux. Bien sûr que j'accomplis de bonnes actions désintéressées. Par exemple, chaque fois que je me retiens de gifler un ou une élève qui le mériterait.

Emerson se fige aussitôt et jette un regard furtif autour de lui.

— Je ne devrais pas faire ce genre de blague en public, hein ?

— Je suis très sérieuse. Qu'est-ce que tu penses du concept ? Quelqu'un vient de me mettre au défi d'accomplir de bonnes actions désintéressées pour des inconnus, au prétexte que c'est plus compliqué qu'il n'y paraît.

— Je dois reconnaître que je partage cet avis. « Bonnes actions désintéressées », ça ferait un très bon slogan pour autocollant ! Enfin au fond ça veut dire quoi vraiment ? La bonté n'est pas une notion objective tu sais. Ce qui est de la gentillesse pour l'un s'apparente pour l'autre à…

Emerson s'interrompt. Ses yeux sont tombés sur une cocotte en céramique très chic. Il passe son index sur les crénelures du récipient, et quelque chose doit lui déplaire, parce qu'il retire brusquement son doigt et s'éloigne.

— De l'ingérence, finit-il par conclure.

— Mais est-ce que ce n'est pas à cause de ce type de raisonnement que les gens finissent par rester les bras croisés et laissent les tragédies arriver ?

— Peut-être bien... D'un autre côté, comment pourrais-tu savoir que quelqu'un a besoin de ta bonté ? Si tu ne connais pas la personne, c'est très difficile à deviner.

Il a raison, bien sûr. Je promène mon regard autour de moi, dans le grand magasin. Tout le monde m'a l'air lessivé.

— On est tous tellement habitués à faire face, poursuit mon frère. Personne ne montre ses faiblesses.

— C'est vrai...

— « Soyez gentils avec tous ceux que vous croisez, car chacun affronte des épreuves. »

Je retiens Emerson par le bras.

— Quoi ?

— C'est une affiche dans le bureau du conseiller d'orientation au collège, m'explique Emerson.

Son expression se radoucit lorsqu'il ajoute :

— Je la cite souvent à mes élèves, quand ils manquent de compassion.

À cet instant précis, je suis submergée par le sentiment qu'Emerson est un formidable enseignant et que ses élèves doivent l'adorer.

— Je suis obligé de me le rappeler en permanence, tu sais, poursuit-il. Tout. Le. Temps.

Il s'éloigne et me laisse réfléchir à cette parole de sagesse. *Chacun affronte des épreuves.* Oui, j'en suis convaincue. Je m'assieds sur l'un de ces lits miniatures dont, petite, je croyais qu'ils appartenaient aux lutins vivant dans les grands magasins – et qui ne sortaient que la nuit.

Quelques minutes plus tard, Emerson réapparaît avec un énorme oreiller et me fait signe de le suivre à la caisse.

— Tu échanges une cafetière contre un oreiller ?

— Il est vraiment extraordinaire, tu sais, se justifie-t-il.

— C'est à ça qu'on voit que tu aimes vivre dangereusement, Em.

Cette attitude me semble si mature... On sait qu'on est devenu un véritable adulte quand on achète son propre linge de lit.

La queue est interminable. Un type vient se placer immédiatement derrière nous. Il porte un bébé sur le torse. Il tient aussi une petite fille par la main, et est chargé d'un énorme édredon en plume.

Il soupire, comme s'il était énervé qu'on soit arrivés avant lui, et ça m'énerve qu'il soit énervé.

— Aïe ! crie la gamine. Tu me serres trop fort !

Elle se libère et secoue la main.

— Très bien, lui dit-il. Si tu arrives à être une grande fille, tu peux rester à côté de moi sans me donner la main.

Elle hoche la tête et nous patientons tous en silence pendant une dizaine de secondes.

Puis elle s'échappe.

— Bon sang ! Sophie ! lui crie son père.

Elle revient lentement sur ses pas pour reprendre sa place dans la queue, et enfonce son doigt dans son

oreille comme pour en extraire un trésor. Quelques secondes plus tard, elle s'éloigne à nouveau. J'ai l'impression de me voir il y a dix ans.
— Je te préviens, Sophie, tu vas avoir de sacrés ennuis quand je le répéterai à maman, la menace son père.
La petite frappe le sol avec son pied, mais revient dans la queue. Emerson me coule un regard en biais.
— Andrew aimerait avoir des enfants un jour, me murmure-t-il. Je préférerais un chien.
Je jette un coup d'œil au père et suis mortifiée de constater qu'il nous dévisage. Il est évident qu'il a entendu mon frère. Il n'a pas l'air vexé pourtant, juste terriblement triste.
— Bonne idée, dit-il à Emerson.
On éclate tous de rire, y compris le bébé. Le type tourne brusquement la tête : son radar paternel a dû se déclencher. Et évidemment, sa fille a encore filé.
— Je vais la tuer ! marmonne-t-il avant de poser sur nous un regard gêné. Enfin, pas littéralement. Je reviens…
À son retour, une minute plus tard, il est accompagné de sa fille, qui pleure.
— Mais je m'ennuie TELLEMENT !
— Désolé, ma chérie. Dès que j'aurai payé, on ira t'acheter un bonbon, je te le promets.
La queue avance, et Emerson ne bouge pas : il fait signe au père de passer devant nous.
— Merci, lui dit-il.
J'empoigne mon frère par le bras.

— Hé ! C'était une BAD !

Il lui faut une seconde pour comprendre que ce sont les initiales de Bonne Action Désintéressée. Il éclate de rire.

— Tu as raison.

— Et ce n'était pas du tout difficile, si ?

— Tu l'aurais fait de toi-même ? me demande-t-il.

— Oui ! Enfin, je crois…

L'attente recommence et la petite fille me regarde avec de grands yeux implorants. Oh, mon Dieu ! Je sais tellement ce qu'elle ressent… En tant que petite sœur de trois grands frères, j'ai souvent été trimballée dans tous les sens. Et j'ai beaucoup attendu. Quand maman nous emmenait tous faire les magasins, je me cachais dans les portants de vêtements pour garçons, les jeans raides formaient des murs. Je me fabriquais aussi des forts avec les chaises pliantes autour des terrains de basket. Et j'ai dû cueillir des fleurs autour de tous les terrains de baseball du pays.

Soudain, sans réfléchir, je sors mon portable de la poche de mon manteau et j'ouvre une application.

— Tiens, je dis à la petite fille, pourquoi est-ce que tu ne prendrais pas des photos de nous ? Je m'appelle Kendall, et lui, c'est mon frère, Emerson.

Sophie récupère mon téléphone et me montre le bébé.

— Lui, c'est mon frère Aidan. Mais il dort et il est ennuyeux.

Je croise le regard du père.

— Ça ne vous dérange pas ? je lui demande en désignant mon téléphone.
D'un geste de la tête, il me répond que non.
Je passe un bras autour des épaules d'Emerson et grimace, pendant qu'il me fait des oreilles de lapin. Sophie a l'air de n'avoir jamais rien vu d'aussi drôle. Elle prend au moins vingt-sept photos.
— Très bien, maintenant il nous en faut une autre, comme ça, je dis en faisant une clé de cou à mon frère.
Sophie pousse de nouveaux gloussements de plaisir et plusieurs personnes dans la queue se tournent vers nous pour regarder la scène. Elle braque ensuite le portable sur son père et prend une photo de lui, souriant.
— Fais-en une seconde, lui dit-il. Je n'étais pas prêt.
Il retire le petit bonnet en laine du bébé pour le poser sur sa propre tête. Sa fille en devient hystérique.
Un caissier lui fait signe d'avancer. Sophie ne le suit pas, préférant rester près de moi. Je lui montre une application qui permet de déformer les photos qu'elle vient de prendre. Pendant que son père s'occupe de son édredon maous, elle transforme les traits de mon visage en tourbillon, comme l'eau au fond de la cuvette des toilettes.
Son père finit par nous rejoindre.
— Encore merci, me dit-il.
— Aucun problème.
Et c'est vrai que ça ne m'a pas dérangée.
— Viens, ma puce.

Il prend Sophie par la main et l'entraîne. Il la serre si fort que ça doit être douloureux.

Mon portable est couvert d'empreintes de doigts sales et poisseuses, pourtant je ne peux retenir un sourire. Je cherche le numéro de Max dans mon sac et lui envoie un message.

Tu sais quoi ? Je vais relever le défi d'Erica. J'ai déjà accompli une bonne action.

Il me répond quelques secondes plus tard.

Sérieux ?

Est-ce que c'était sérieux ? D'accord, je me suis contentée de divertir une gamine pendant quelques minutes, mais elle en avait besoin. Et j'aurais pu rester plantée là et la laisser continuer à taper sur les nerfs de tout le monde. Oui, je considère que ça compte.

J'ai des preuves photos et un témoin, j'écris à Max.

Je m'apprête à lui suggérer de relever le défi, lui aussi, quand je reçois un autre message. Il provient d'Andrew cette fois.

Ken, j'ai des infos sur cette fille. Appelle-moi.

Brian Cheng

Je suis un bon mari, et c'est d'ailleurs pour ça que j'ai proposé de sortir avec les enfants aujourd'hui. Stephanie a du sommeil en retard. Et elle va dormir dans notre lit avec la couette sur laquelle les enfants, et les chats, ont fait pipi une centaine de fois. Je lui en ai acheté une autre, mais elle n'était pas de la bonne taille, parce que je suis un abruti qui ne connaît pas les dimensions de notre matelas. Stephanie a du sommeil en retard parce qu'elle s'est épuisée à la tâche pour que les enfants aient un Noël parfait. Et moi, je lui ai offert un cadeau qu'il faut changer. Bien joué, gros malin.

J'ai besoin de dormir, moi aussi. Qu'est-ce que je ne donnerais pas pour passer ma journée devant *Breaking Bad* en sous-vêtements... Parfois, j'en viens à souhaiter de tomber très malade pour pouvoir être hospitalisé pendant quelque temps.

Mes problèmes sont loin d'être originaux. Il y a cinq milliards de familles à New York, et on essaie tous de s'en sortir. « Déménagez en banlieue », voilà le conseil de certains. « C'est mieux là-bas ! » Stephanie ne partira pas de Manhattan. Elle ne peut pas. Elle a grandi ici et elle est convaincue qu'elle doit aussi y élever ses enfants.

Pour l'heure, la paternité se résume en gros à ça : Aidan dort, pleure et son porte-bébé me tue le dos ; Sophie, elle, m'adore jusqu'à ce qu'elle me déteste et me lance : « Va te faire voir, papa ! » C'est apparemment dans la bouche du concierge qu'elle a découvert cette jolie expression.

Et je suis si fatigué… En permanence. Le genre de fatigue qui vous donne l'impression d'être aspiré vers le noyau terrestre.

Malgré tout, je continue à guetter les moments joyeux. Quand mes enfants rient. Quand je vois la vie à travers leurs yeux, que je suis confronté à une expérience que j'ai déjà vécue mille fois, qui m'a paru stupide et qui soudain m'apparaît géniale. Je crois que les enfants existent pour nous rappeler que tout n'est pas vain. Qu'il reste des choses à découvrir dans le monde.

Mais en dépit de ces éclats de bonheur, la plupart du temps je cherche le village qui devrait être là pour m'aider à élever ma famille. Je ne l'ai pas trouvé. Ou peut-être que si, et que les villageois m'en ont chassé avec des torches. Parce que j'ai faux sur toute la ligne. Je n'ai pris que de mauvaises décisions et mes enfants sont des sales gosses pourris gâtés qui ne s'amélioreront pas.

De temps en temps, quelqu'un pose sa torche et me tend la main. Comme ce frère et cette sœur dans la queue chez Macy's.
Voilà le monde que je veux léguer à mes enfants.
Ensuite, je me mettrai au lit pour regarder *Breaking Bad* pendant, je ne sais pas, moi, cinq semaines d'affilée.

Max

Eliza hurle mon nom. Je ne peux pas la voir, seulement l'entendre.

Elle a peur. Elle a mal. Elle souffre vraiment, elle ne fait pas semblant. J'ai appris à distinguer les deux.

Je ne sais pas si quelqu'un s'en est pris à elle physiquement. Je ne sais pas où elle se trouve précisément. Je suis dans la cour du lycée et, au début, je l'entends devant moi. Puis derrière moi. Puis quelque part au-dessus de ma tête.

Histoire de rendre les choses intéressantes, et bien que ça ait un côté cliché, un énorme serpent vient s'enrouler autour de l'une de mes chevilles. Il serre de plus en plus fort.

Je me réveille dégoulinant de sueur. Le radiateur près de la fenêtre siffle. Le soleil du milieu d'après-midi se déverse par la fenêtre, diffracté par la vitre en un million de grains de poussière. Et il y a bien quelqu'un qui m'appelle. Pas Eliza, mais mon grand-père.

Je ne comptais pas m'endormir. Quand je suis rentré à l'appartement, après le petit déjeuner avec Kendall,

Grand Chef était dans les choux. Je me suis allongé dans la chambre de mon père pour lire. J'ai dû sombrer lorsque le café a cessé d'agir.

— Max !

Je m'assieds d'un coup et chasse les derniers vestiges de ce rêve de mon esprit. Même si je n'ai pas réussi à voir Eliza dans mon sommeil, son visage est gravé sur mes pupilles. Ses longs cheveux noirs, si raides qu'ils me faisaient toujours penser à un rideau. Sous un certain éclairage, ils semblaient parsemés de mèches bleues. Ses yeux sombres qui paraissaient toujours implorants. Chaque fois qu'elle voulait faire croire qu'elle n'avait besoin de rien, ses yeux la trahissaient. Ça ne m'a pas échappé une seule fois.

Je vois alors la peau pâle d'Eliza. Puis je la sens. Douce et toujours un peu fraîche. Ses doigts qui effleurent mon bras. Sa bouche dans mon cou. Le sang afflue de tout mon corps vers elle.

Et maintenant j'ai une érection. Génial.

Non, je dis à la Eliza-dans-ma-tête. Tu n'as plus ce genre de pouvoir sur moi.

Je suis juste excité, seul et paumé. N'importe quoi me ferait cet effet. *N'importe qui.*

Je me lève et enfile un sweat-shirt supplémentaire. Il ne manquerait plus que Grand Chef remarque ce qui se passe dans mon pantalon. Même si ça l'amuserait sans doute beaucoup. Et qu'il me raconterait des histoires que j'écouterais avec un mélange de fascination et d'effroi.

— Maxie !
— Une seconde !
Je le trouve dans la cuisine. Debout, sur ses deux pieds.
— Grand Chef ! je m'écrie en me précipitant vers lui.
Ma réaction est excessive : il se tient au plan de travail.
— Je voulais me servir un café, mais il n'y en a pas de prêt.
— Je me suis endormi, désolé. J'ai eu une nuit difficile.
Je lui approche un tabouret, et il s'assied. L'espace d'un instant, je me demande si le siège ne va pas se casser. Il a quelques heures de vol et Grand Chef a toujours été grand. Comme mon père, et comme moi. Maintenant, il a un sacré tour de taille en prime. Ce qu'il a bien mérité. Je suis impatient d'avoir le droit d'être gros à mon tour.
— Vous vous êtes couchés tard, ton ami et toi ? me demande-t-il.
— Ouais. On a été témoins d'un accident, dans la rue, qui nous a pas mal secoués.
Dès que les mots ont franchi mes lèvres, je regrette de ne pas pouvoir les ravaler. Grand Chef n'est pas le confident idéal. Il n'est pas du genre à dispenser de sages conseils. Ni même à me gratifier d'un commentaire qui me paraîtra énigmatique sur le moment et prendra tout son sens plus tard. Il n'y a que les papis de télé et de cinéma pour faire ça.
Je lui prépare du café. J'ai beau connaître les lois de l'univers, je ne peux m'empêcher d'espérer qu'il me demandera des précisions. *Raconte-moi ce qui s'est*

passé, Maxie. Mon grand-père a passé l'essentiel de sa vie à Manhattan. Il a dû en voir des choses. Il pourrait partager avec moi son regard sur la vie.

Mais non, il se contente de me dire :

— Si j'avais su, je vous aurais donné de l'argent pour aller boire des coups à ma santé au pub.

Je m'apprête à enfoncer des portes ouvertes : on n'a pas l'âge de boire, Jamie et moi ; et je n'aime pas les bars. Sauf que cela irait à l'encontre de la politique du *Oui*, à laquelle on m'a demandé d'adhérer sans réserves.

— On se serait bien amusés, je réponds donc.

— Tu sais que j'ai rencontré Mickey Mantle dans ce pub un jour ?

Je suis sûr que ce sont des craques.

— Ça devait être génial.

— Tout à fait.

Grand Chef se lance dans le récit détaillé de la soirée où il a rencontré le joueur légendaire de baseball et je feins, de mon mieux, d'être intéressé. Mes yeux lui lancent des *oui oui oui* en rafale. Je lui témoigne mon respect en agissant ainsi. Voilà ce que je me répète comme un mantra.

Je lui sers son café une fois qu'il est prêt : noir avec une quantité de sucre qui doit représenter l'équivalent d'un champ de canne. Je pousse la tasse vers lui et il l'enveloppe de ses gigantesques paumes. Ce geste me fait penser à Kendall. Assis en face d'elle tout à l'heure, je l'ai vue atomiser son pauvre café à coup de dosettes de crème. Et je suis aussitôt envahi par une sensation de mieux-être. Je suis plus à l'aise par rapport à ce qui s'est passé entre elle et moi l'été dernier, ce fameux soir. Les regrets, la honte, la nécessité d'arranger la situation avec Eliza alors même qu'à l'époque, déjà, j'avais la certitude intime que tout était terminé entre nous.

Alors maintenant, que faire de ce défi de bonnes actions désintéressées ?

Je sais pourquoi c'est aussi tentant. J'éprouve le besoin d'aider quelqu'un, de faire quelque chose pour oublier que je suis resté les bras croisés hier. Peut-être que ça explique mon rêve au sujet d'Eliza.

Je ne réussirai pas à ne plus m'inquiéter pour elle. Jamais.

Mes maudits doigts. Les voilà qui se mettent en mouvement tout seuls, qui filent pour chercher son foutu numéro dans mon foutu téléphone. Je vais m'enfermer dans la salle de bains.

— Salut, dit Eliza quand elle décroche.

Sa voix ne trahit jamais rien. Elle pourrait être occupée à n'importe quoi, son ton ne me fournirait aucun indice. En train de monter à cheval, de lire le journal ou même de faire l'amour.

— J'appelais juste pour savoir... Comment s'est passé Noël ?

Je ne peux pas lui dire que j'ai rêvé qu'elle avait des ennuis.

— Rasoir. Comme je les aime.

Elle n'a pas besoin de développer. « Rasoir » est une autre façon de dire que ses parents ne se sont pas disputés. Que sa mère est toujours aux Alcooliques anonymes.

— Tu as vu Eileen cette semaine ?

C'est sa psy. Je me sens obligé de poser la question. Comme si elle attendait encore ça de moi.

— Oui, monsieur, me répond-elle. Alors toi, tu gardes ton grand-père ?

— Tu as parlé à Jamie ?

— Ouais, hier. Il m'a dit qu'il allait à New York pour passer du temps avec toi.

Donc il ne lui a pas parlé de Kendall. Dieu merci, il a de la jugeote. Je l'entends retenir son souffle.

— J'aimerais beaucoup faire pareil. Venir te voir. Ton visage d'imbécile me manque.

Son visage d'imbécile me manque aussi. Ce visage exaspérant, cruel, lumineux.

— On n'a qu'à en reparler d'ici quelques jours. Si mon père et ma tante n'ont pas trouvé de nouvelle aide, je serai encore là.

Parce que où est-ce que je pourrais bien aller ? Il me reste neuf mois jusqu'à ma rentrée à Brown. Un immense vide, que j'aimerais remplir avec autre chose que du temps perdu et des incertitudes.

— Et pour le Nouvel An ? me demande-t-elle. Si tu es toujours là-bas, je pourrais venir.

— Je ne crois pas que ce soit une bonne idée.

— Trop de casseroles ?

— Euh… juste un peu.
— Max, tu n'as pas le monopole de New York. Tu ne peux pas m'en interdire l'accès.
Non, je ne peux pas la bannir. Et je n'en ai aucune envie. Ce que j'aimerais, c'est passer le 31 avec elle au lieu de manger des harengs marinés et des crackers devant la télé, en répétant en boucle le même mot : *oui oui oui.*
— Je dois filer, je murmure, parce qu'il me faut convoquer toutes mes forces pour lui résister. On se reparle vite.
Nous nous disons au revoir. Je prends une profonde inspiration. Et soudain je suis assailli par une prise de conscience qui scintille de plus en plus fort devant mes yeux.
Abruti, me dit ma voix intérieure. *C'est de Luna que tu as rêvé.*
Grand Chef est prêt à regagner son fauteuil. Je le regarde avancer d'un pas lent mais assuré. Il ne veut pas qu'on le touche, à moins que ce ne soit une question de vie ou de mort. Je suis donc censé me contenter de l'observer et de me tenir prêt à… quoi ? Appeler les pompiers s'il tombe ? Je ne me suis jamais senti inutile à ce point.
Une fois qu'il est installé, je lui remets la télécommande. Remplis sa bouteille d'eau.
— Je sors faire un tour. Appelle si tu as besoin de quoi que ce soit.

Il ne me répond pas parce qu'il est déjà concentré sur la télé. J'enfile mes chaussures, attrape mon manteau au vol. Je prends la fuite le plus vite possible.

J'ai atteint le hall de l'immeuble quand mon portable sonne. Le nom de Kendall apparaît sur l'écran.

— Max ? lance-t-elle lorsque je décroche.

— Hé !

Mon enthousiasme est beaucoup, beaucoup trop perceptible. Je m'empresse d'ajouter :

— Tu as vraiment fait une bonne action ?

Elle éclate de rire.

— Oui.

Elle me raconte ce qui s'est passé et je regrette de ne pas avoir été là. J'aurais fait la même chose. Je crois. J'espère.

— Classe, je dis. Un point pour toi.

— Écoute, j'ai des nouvelles concernant Luna. Elle est en vie.

— Comment tu le sais ?

— Le copain de mon frère est journaliste. Il a contacté les services de communication de tous les hôpitaux de Manhattan, on lui devait un service. Il n'a pas pu obtenir davantage de précisions. Elle est dans un état critique, mais stable.

— C'est formidable, je dis.

— Oui, enfin elle est peut-être dans un très très sale état.

— Concentrons-nous plutôt sur le positif.

— On n'en saura peut-être jamais plus.

— Ce n'est pas l'idéal, je te l'accorde. Enfin, c'est mieux que rien.

Kendall soupire.

— Oui, tu as sans doute raison.

— Tu as annoncé la nouvelle à Jamie, aussi ? Il sera content de l'apprendre.

— Je lui ai laissé un message.

Un nouveau silence. Mince… Ma langue se met alors à former des mots d'elle-même, sans mon autorisation. Je le jure !

— Qu'est-ce que tu fais, là ?

— Je me prépare à sortir dîner avec ma mère. On va voir une comédie musicale ensuite. Pourquoi ?

— Tu as des projets pour demain ?

Kendall ne répond pas immédiatement.

— Non.

— On pourrait se retrouver.

Un nouveau silence.

— Tu t'attaquerais au défi avec moi ?

— Bien sûr.

Si ça me donne une bonne excuse pour sortir de l'appartement, il n'y a aucune hésitation à avoir. Kendall se tait pendant quelques instants. J'ai vraiment envie qu'elle accepte. Je ne tiens pas à passer une nouvelle journée tout seul, je n'ai aucun don pour ça.

— D'accord, finit-elle par dire. Je sais où on va aller. Tu me retrouves à l'angle de Park et de la 50e ?

Après avoir convenu d'une heure pour notre rendez-vous, nous raccrochons. C'est bien. Je me sens mieux.

Puis me revient en flash un souvenir de ce matin : le visage de Kendall. Les taches de rousseur sur son nez, les cheveux auburn enroulés autour de son index, ses yeux verts se fermant lentement, avant de se rouvrir.

Le sang se remet à affluer.

La vache, je suis sacrément perturbé.

Kendall

— C'est un placard, décrète ma mère.

— C'est une chambre d'amis *et* un placard, lance gaiement Emerson. Un *chamcard*. Hé, Andrew ! Je viens d'inventer un nouveau mot !

Mon frère s'éloigne vers la cuisine, nous laissant seules, ma mère et moi, sur le seuil du réduit. Elle me jette un regard dubitatif, puis elle pénètre dans la minuscule pièce et s'assied sur le lit. Je vois bien, à la façon dont les commissures de ses lèvres frémissent, qu'elle m'en veut toujours.

— En quoi es-tu mieux ici qu'à la maison ? demande-t-elle d'un ton parfaitement neutre.

— Euh… Parce que c'est une ville où il y a des tas de trucs amusants à faire ? Et parce que ça me permet de passer un peu de temps avec Emerson. Je ne le verrai pas beaucoup une fois que j'aurai repris les cours.

J'avais préparé cet argument et il a l'air de faire son effet : l'expression de ma mère se radoucit.

— Je suis heureuse que vous preniez du bon temps ensemble. Tu arrives à dormir, ici ?

J'arrive à y dormir à peu près aussi bien que n'importe où ailleurs, autrement dit pas bien du tout. Je hausse les épaules et elle soupire, parce qu'elle est très douée pour traduire les haussements d'épaules en langage courant.

— Tu as apporté de la mélatonine? Je peux t'en acheter sinon.

— Ce serait super, merci.

J'essaie de ne pas en prendre tant que je n'y suis pas obligée, mais parfois je n'ai pas le choix. Comme ce soir, où je sais que des pensées-vers de terre se faufileront dans mon esprit dès que je fermerai les yeux: Luna, les témoins de la scène et le bruit de ce bus, quand il a freiné tel un barrissement d'éléphant, et aussi Jamie et Max. Jamie au musée, et Max au café. Oh! et puis ce père et sa fille, Sophie. Je pourrais continuer sur ma lancée. C'est en général ce qui se passe.

Le regard de ma mère se pose sur ma valise, qui est en quelque sorte une troisième personne dans la pièce.

— Je n'ai toujours pas très bien compris pourquoi tu ne l'as pas défaite à ton retour.

— J'ai été trop occupée à faire mes courses de Noël.

Ce qui est vrai, sans être une justification suffisante, et nous le savons toutes les deux. Comment lui expliquer ce que je suis incapable de m'expliquer à moi-même ?

— Mais tu dois avoir des affaires sales ?

— Raison de plus de se réjouir que le Père Noël m'ait apporté de nouveaux sous-vêtements et de nouvelles chaussettes, non ?

Elle secoue la tête et soupire à nouveau. Je vois bien qu'elle tient à ce qu'on passe une soirée mémorable, même si ça lui casse les pieds d'avoir une fille excentrique et imprévisible.

— En tout cas, tu as une jolie tenue, reprend-elle.

Je porte une robe vintage des années 1970 que j'ai achetée aux puces de Saint-Ouen, à Paris. Elle est en soie bleu marine avec de minuscules pois et une ceinture blanche. Je l'ai prise en me disant que je la porterais pour ma rentrée, parce que c'est le genre de vêtements que j'ai toujours rêvé de mettre au lycée. Mais à présent que je l'ai enfilée, je sais que c'est absolument exclu. Dans cette robe, on dirait que je cherche à être quelqu'un d'autre. Bien sûr, tout le monde aspire à être un autre, et pourtant on n'est pas supposé le clamer de façon aussi ostensible.

— Merci, je lui dis avant de sortir chercher mon manteau.

Au restaurant, une serveuse nous conduit à un box, et je suis à peu près certaine que nous avions le même il y a deux ans. C'est une tradition pour ma mère et moi, à cette période de l'année : un dîner de bonne heure et un spectacle à Broadway. On revient tous les ans, même si on reçoit de la famille ou s'il fait mauvais. Elle s'arrange toujours pour qu'on puisse venir. Je lui en suis extrêmement reconnaissante, pourtant, bien sûr, je ne le lui dis jamais.

On s'assied et ma mère déplie sa serviette pour la poser sur ses genoux, ce que j'aurais oublié de faire sans elle.
— Alors comment tu t'es occupée depuis que tu es arrivée ? me demande-t-elle.
— Je suis allée au Metropolitan hier, je lui réponds, tout en effectuant un tri rapide dans mes expériences de ces dernières quarante-huit heures.
Ma mère me signifie son approbation : pour elle, je n'ai pas perdu mon temps. Maintenant que je lui ai brossé un tableau positif, je me lance et tente ma chance :
— J'aimerais rester pour le 31, si tu es d'accord.
Elle se décompose et s'apprête à me donner une réponse que je n'ai pas envie d'entendre, mais elle est interrompue par un serveur. Elle lui commande un verre de vin et moi un Shirley Temple, un cocktail sans alcool – c'est toujours ma boisson des grandes occasions, surtout pour la cerise confite.
— Comment il s'appelle ? lâche maman après le départ du serveur.
— Qui ça ? je lui rétorque, sans comprendre.
— Kendall, s'agace-t-elle en levant les yeux au ciel. J'ai élevé trois fils. Deux d'entre eux étaient obsédés par les filles, et le troisième par les garçons. Je sais quand il y a anguille sous roche.
L'ennui avec les parents, c'est qu'ils arrivent à donner à l'expression « anguille sous roche » un côté dégoûtant.
— C'est Jamie, un gars que j'ai rencontré l'été dernier. On est restés en contact pendant que j'étais à l'étranger. On est devenus amis.

Je m'efforce de masquer l'excitation et l'espoir dans ma voix – sans vraiment y parvenir sans doute.
Ça doit faire tout drôle à ma mère : j'ai presque 18 ans et pas un seul petit copain à mon actif. Sullivan et Walker étaient des demi-dieux au lycée. Il y avait tellement de filles qui allaient et venaient chez nous qu'à 12 ans j'avais déjà de quoi remplir une trousse de maquillage. Emerson, lui, a été un séducteur monogame de la troisième à la deuxième année de fac : il a eu un petit copain différent par an, de septembre à juin, jusqu'à sa rencontre avec Andrew.
Par chance, ma mère ayant déjà transmis tous ses conseils sur les hommes à Emerson, elle n'a pas vu d'un trop mauvais œil mon absence de vie sentimentale.
— Tu aimes les garçons ou les filles ? m'a-t-elle demandé un jour, l'année de mes 14 ans.
Ari avait passé la nuit chez nous et je regardais la voiture de ses parents s'éloigner, par la fenêtre.
— Les garçons, sans le moindre doute, ai-je répondu.
— Ce n'est pas un problème si tu préfères les filles. Emerson a déjà ouvert la voie, tu sais. Ou si tu aimes les deux, d'ailleurs. Ou même si tu n'es pas sûre.
— Maman ! Arrête d'être aussi moderne. J'aime les garçons.
— Je suis contente pour toi que tu sois fixée.
Pourtant une question continuait à tourner dans sa tête, je la voyais, c'était comme si elle était inscrite dans une bulle de BD. *Mais alors où sont les garçons ?*

Il se trouve qu'ils étaient en Irlande. Enfin, au moins l'un d'eux. Un garçon qui s'appelait Declan et qui arrivait à rendre les maillots de foot craquants. Un garçon qui avait repéré notre petit groupe, logé dans l'auberge de jeunesse du coin, et qui a compris qu'il tenait une occasion d'ajouter une Américaine à la liste de ses conquêtes. Il a d'abord jeté son dévolu sur mon amie Chloe, un jour qu'on était tous au pub, seulement son ami Daniel a eu plus de succès avec elle. J'étais la suivante dans sa ligne de mire. Parfois, on est contente de s'y trouver, même en seconde position.

Si ma mère était différente, ou si je buvais un Monaco – la version européenne et alcoolisée du Shirley Temple, que je descendais aussi vite que des sodas –, je lui parlerais de Declan et de la couverture sur la pelouse. Je lui dirai que Chloe s'en veut d'avoir couché avec Daniel, contrairement à moi, qui n'ai aucun regret. Je savais que ce ne serait pas comme dans les films, et puis ça m'a plu. Ce qui m'a surtout plu, c'est que c'est une chose de faite ; et il me reste de chouettes photos de lui dans mon téléphone.

Nos boissons arrivent et on les déguste. J'ai peur que ma mère cherche à me cuisiner au sujet de Jamie et que je sois incapable de lui en parler sans lui déballer l'histoire de Luna, alors que je n'ai aucune envie de m'aventurer sur ce terrain dans l'immédiat. Il me faut une diversion.

— Qu'est-ce que j'ai raté à la maison ces derniers jours ?

Une ombre passe sur son visage et elle se redresse sur sa chaise. Pour elle, le savoir-vivre commence toujours par le maintien.

— Eh bien, voyons voir, dit-elle en déposant délicatement son verre sur la table. Il y a eu une énorme dispute entre Walker et Sully juste après votre départ. Sully et Amy sont repartis plus tôt que prévu pour Baltimore. Et Walker est enfermé dans sa chambre depuis.

— Oh, non ! Je suis désolée, maman.

— Tu connais Walker...

Je pourrais compléter la phrase à sa place. Tu connais Walker, mon fils qui a abandonné l'université et vit toujours sous mon toit, qui travaille dans un entrepôt de nourriture industrielle.

— Il finira par trouver sa voie, je lui dis.

Elle hoche la tête en se mordillant la lèvre. Je viens de lui servir un cliché tellement creux que j'ai envie de lui donner de la consistance, de l'ancrer dans la réalité.

— Tu n'es pas contente que je sois partie ? J'ai des chances de ne pas finir comme lui...

La réalité n'est pas toujours réconfortante. Ma mère est au bord des larmes maintenant. Je suis vraiment idiote parfois.

— Kendall, dit-elle en se tamponnant les yeux avec le coin de sa serviette. Je suis heureuse que tu aies vécu cette expérience. Mais Walker et toi vous êtes très différents.

Bien sûr qu'on l'est, ce qui ne nous empêche pas d'avoir un point commun... peu réjouissant. Les médecins

ont diagnostiqué le trouble du déficit de l'attention de Walker l'année de ses 8 ans. Il a fallu attendre mes 12 ans pour qu'ils décèlent le même problème chez moi, parce que je ne sautais pas sur les chaises ni ne plantais de crayons dans l'entrejambe des autres enfants (mon frère avait une passion pour cette activité). Je ne faisais de mal à personne, d'ailleurs c'était même le contraire : je pleurais tous les soirs parce que quelqu'un m'avait dit quelque chose qui m'avait blessée. Le matin, je ne voulais pas aller à l'école, j'en avais assez de faire autant d'efforts qui aboutissaient trop souvent à des échecs, je savais que j'étais la plus bête de ma classe. J'ai pris de plus en plus de retard scolaire, surtout en maths et dans les matières qui exigeaient un travail de mémorisation. On me traitait de rêveuse, de tête en l'air, on me reprochait de me disperser. Enfin un nouvel adjectif a surgi, « inattentive » : il expliquait les choses sans les arranger pour autant.
Le traitement de Walker était un vrai cocktail. Ce qui marchait un temps finissait par devenir inefficace. Parfois, les médicaments étaient au contraire trop efficaces et mon frère devenait l'ombre, docile, de lui-même. Il a fini par avoir des ennuis parce qu'il revendait ses comprimés à ses potes. Après tout ce qu'ils avaient déjà traversé, mes parents n'ont pas eu envie de rouvrir la boîte de Pandore avec moi. Peut-être que quand j'aurai 18 ans, je déciderai de faire ma propre expérience d'un traitement chimique.
— Bien sûr qu'on est très différents, je dis.

— Oui. Et vous suivez des chemins qui n'ont rien à voir.

Là-haut, dans Kendall Land, une pensée-ver de terre cherche à se frayer un chemin vers la lumière.

Si ça marche avec Jamie, ce sera un million de fois plus facile de rentrer à la maison et de retourner à Fitzpatrick. Je sais que ça ne résoudra pas tous mes problèmes – je ne suis pas aussi naïve, Dieu merci –, mais ce sera un point d'ancrage. Une fille avec un copain s'intégrera mieux. Si ça ne marche pas, au contraire, peut-être que je n'aurai pas besoin d'y retourner tout de suite… ou même jamais. Je pourrais rester à New York avec Emerson et Andrew. Trouver un boulot pour contribuer au loyer. J'aménagerais le *chamcard* pour en faire un truc chouette, et je travaillerais pour décrocher mon diplôme de fin de secondaire. Emerson est prof en plus ! Il m'aiderait. Ça ne m'empêcherait pas d'aller à la fac, plus tard, à mes conditions, quand je me sentirais totalement prête.

Ce serait la solution la plus maligne, la plus sage, et pas du tout une forme de procrastination. Je le jure.

Wicked est une comédie musicale incroyable. À l'entracte, je feuillette le programme et pense à tous ceux que je collectionne à la maison. De retour des toilettes, ma mère s'affale sur le siège en velours rouge à côté du mien et je remarque qu'elle a encore pleuré.

— Je veux bien croire que la queue était longue, mais j'ai du mal à imaginer que c'était aussi traumatisant…

Ma blague la fait rire.

— J'ai réfléchi pendant que j'attendais, Kendall. À propos de ce que tu m'as dit sur ton séjour à l'étranger et sur le fait de ne pas finir comme Walker. Je n'ai pas hésité une seule seconde à te laisser partir. Et je sais combien ça va être compliqué pour toi de retourner à Fitzpatrick.

Ça doit être à cause de *Wicked*. Brusquement, elle me voit sous les traits d'Elphaba, la Méchante Sorcière de l'Ouest, avec sa peau verte et son chapeau bizarre, la fille qui n'est à sa place nulle part.

Je tiens une occasion en or : c'est le moment de lui exposer mon idée de rester à New York avec Emerson. On est bien là, toutes les deux, au chaud, détendues, et même si elle ne me donnera pas son accord dans l'immédiat, la graine sera plantée.

Malheureusement les lumières s'éteignent déjà, et elle me prend la main pour la serrer dans la sienne.

— Passe le Nouvel An ici, me dit-elle. Et profites-en bien.

Je serre sa main moi aussi. C'est tout ce que je peux faire, à cet instant, pour exprimer les choses que je veux et devrai lui dire un jour.

29 décembre

Max

Je descends Park Avenue, plus exactement les trente-deux blocs qui séparent l'appartement de Grand Chef de la 50ᵉ, et je me délecte de chaque pas sur le béton froid mais ensoleillé. Tante Suze me relaie aujourd'hui, elle va faire passer des entretiens à de pauvres candidats innocents pour le poste d'aide à domicile. Je suis tellement heureux d'avoir quitté l'appartement que je pourrais pleurer.

Kendall m'attend à l'angle, comme convenu.

— Salut, je lui lance dès qu'elle m'aperçoit.

— Salut.

Et voilà, ça recommence. Kendall scrute le trottoir, et je ne sais pas quoi faire. Il me reste à espérer qu'on réussira à traverser cette horrible phase de gêne pour passer à celle de l'interaction sociale normale. Bien plus agréable.

— Est-ce qu'on va vers la 5ᵉ ? je finis par lui demander.

Elle hoche la tête et on se met en route.

— Tu avais un endroit particulier en tête, non ? j'ajoute.

— Oui. Saint-Patrick. Je veux allumer un cierge pour Luna.

Cette pensée si délicate me serre le cœur. Littéralement, je veux dire.

— Et puis, poursuit Kendall, il y a toujours beaucoup de monde dans ce coin-là pendant les fêtes de fin d'année. On devrait avoir des tas d'occasions d'accomplir des bonnes actions désintéressées.

— Tes deux idées me paraissent excellentes, j'approuve.

Elle sourit. Le silence s'installe à nouveau pendant le trajet. Kendall dévisage de nombreux passants. Si le lien entre nous n'était pas aussi tordu et bizarre, je lui demanderais : *À quoi tu penses ?*

Au lieu de quoi, j'arrive seulement à lui lancer un petit :

— Ça va ?

Elle opine avant d'éclater de rire.

— Quoi ?

— Il y a tellement de monde, dit-elle en secouant la tête. Ça laisse songeur quand même…

— Euh… Qu'est-ce que tu veux dire exactement ?

— Eh bien, on a à peu près tous deux yeux, un nez et une bouche, non ? Comment ça se fait qu'il y ait autant de variations, que chacun ait un visage parfaitement unique ?

J'observe les gens qui nous croisent. Avec les touristes, les trottoirs sont beaucoup plus bondés qu'en temps normal. Les visages sont de toutes les tailles, de toutes les formes, de toutes les couleurs. Constitués des mêmes éléments de base, et pourtant si différents, tous. Je n'y avais encore jamais réfléchi...

— C'est vrai que c'est fou...

Nous redevenons silencieux. Kendall prend une profonde inspiration, et je me rends brusquement compte que ces blancs dans la conversation la mettent aussi mal à l'aise que moi. Je pourrais proposer de lancer le concours de celui qui réussit le mieux à combler ces trous gênants.

— Et aussi, poursuit-elle, ça ne te fait pas bizarre de penser que toutes les personnes qu'on croise ont des rapports sexuels ?

— Pardon ?

Kendall ne se tourne pas vers moi, elle ne remarque pas la surprise sur mon visage, le rouge de la gêne.

— Des fois, je regarde autour de moi, et je ne vois que ça, du sexe, me répond-elle très sérieusement. Je ne vois pas quelqu'un qui se promène dans la rue, avec des vêtements, mais deux personnes nues en train de le faire.

Je suis son regard, rivé sur un vieil homme voûté qui descend la rue sur le trottoir d'en face. Soudain, l'image surgit dans mon esprit, celle de deux êtres sans nom et sans visage en train de coucher ensemble. Il y a sans doute très, très longtemps. Enfin, n'empêche...

— C'est très perturbant.

— Je sais ! me rétorque-t-elle en éclatant à nouveau d'un rire cristallin. Ça fait du bien de se perturber soi-même parfois.

Elle s'immobilise, s'extrait du flot de piétons et s'adosse à la façade d'un immeuble après avoir sorti un carnet. Elle écrit quelque chose. Je n'aperçois que trois mots : *MORTY, 82 ans.*

— C'est qui, Morty ?

— Juste un nom que je viens d'inventer pour ce vieux. Je rassemble des personnages pour le roman sur lequel je travaille.

Elle feuillette devant moi les pages de son carnet. Sur chacune se trouvent un nom et un croquis. Accompagnés, parfois, de notes. On dirait un peu des personnages de manga. Kendall est vraiment douée.

— Je ne savais pas que tu écrivais. Je croyais que tu aimais la photo, comme Jamie.

Son attitude change aussitôt, à croire que cet aveu la met mal à l'aise. Alors que le fait de raconter qu'elle pense au sexe quand elle croise des inconnus, pas du tout.

— Avant, oui. On pourrait dire que je suis passée à autre chose. C'est une mauvaise habitude chez moi, je change sans arrêt de centre d'intérêt. Enfin, ça n'est pas pareil avec mon roman. Je suis vraiment impliquée cette fois.

On redevient silencieux. J'entends des gens qui parlent français derrière nous. Et sur notre gauche, une femme avec un accent du Sud très prononcé.

— Alors qu'est-ce qu'on cherche exactement ? lance soudain Kendall. Hier, je me suis rendu compte que c'est plus difficile qu'il n'y paraît de savoir si un parfait inconnu a besoin d'aide.

— Tu t'en es très bien tirée avec cette gamine dans le grand magasin.
— Un coup de chance.
Devant nous, il y a une femme avec un chien minuscule au bout d'une laisse. Il s'arrête pour renifler un énorme pot dans lequel est planté un arbre, puis s'accroupit.
— On pourrait proposer de ramasser les besoins de ce chien, je suggère.
— Tu penses que ça ferait vraiment une différence ? me demande Kendall.
— Qui sait ? Peut-être que sa maîtresse passe une journée horrible et que cette crotte va être la goutte d'eau qui fera déborder le vase…
— D'accord, vas-y.
— Tu es une fille. Si je lui propose, je risque de la faire flipper.
Kendall lève les yeux au ciel, mais elle sait que j'ai raison, je le vois bien. Les filles oublient souvent que tout mec, lors de ses interactions sociales, doit prendre en compte le risque de passer pour un tordu. Surtout s'il est aussi grand et maigre que moi. Je consacre une grande partie de mon énergie à ne pas avoir l'air menaçant.
La femme sort un sac en plastique et le secoue pour le déplier ; Kendall se prépare à intervenir en prenant une profonde inspiration. S'approche.
— Voulez-vous que je m'en charge pour vous ? demande-t-elle avec un geste flou en direction du petit tas de crottes fumantes.

La femme pose sur Kendall un regard horrifié.

— Quoi ? Mais pourquoi ?

— Pour rien, lui répond-elle avant de me jeter un regard nerveux. Pour être sympa…

La femme s'écarte de Kendall, et le chien aussi.

— Non, merci, je vais très bien.

Kendall me rejoint, complètement abattue.

— Eh ben, grommelle-t-elle.

Je regarde la femme plonger la main dans son sac en plastique, ramasser les déjections de son chien, puis retourner le sac et s'assurer qu'il est fermé bien hermétiquement. Comme s'il s'agissait d'une substance toxique. Ou précieuse. Elle nous foudroie du regard, clairement déconcertée.

— Ne le prends pas pour toi, je dis à Kendall. Les gens ne sont pas habitués à ce genre de proposition.

— Je te rappelle que tu affirmais que c'était facile d'être gentil. *Il suffit de le décider.*

Elle m'imite avec une grosse voix débile. Je ne peux pas m'empêcher de rire.

— D'accord, j'ai été un vrai abruti sur ce coup. Ça m'arrive souvent. Tu veux qu'on annule tout ?

— Non, rétorque-t-elle avec détermination. Ça m'a fait du bien, hier, avec la gamine. On devrait peut-être revoir notre objectif à la baisse.

— Tu veux dire moins de sept bonnes actions ?

— Peut-être pas sept chacun, plutôt. Erica n'a pas précisé que c'était sept par personne, si ?

Kendall s'interrompt et se tapote la lèvre du bas avec son index ganté de rouge.

— Ça pourrait être sept au total plutôt ? propose-t-elle. Et on les ferait ensemble ?

Le mot *ensemble* reste suspendu dans l'air entre nous, chargé de bien plus de sens que ses trois petites syllabes ne le laissent supposer. Il implique de passer du temps tous les deux. Il implique que, peut-être, nous sommes devenus amis.

On atteint l'angle de la 50e et de Madison Avenue. Pendant qu'on attend que le feu passe au vert, le téléphone de Kendall émet un petit bruit. Elle lui jette un coup d'œil, approche l'écran de son visage et plisse les yeux. Perplexe. Au bout d'une seconde, elle se détourne de son portable avec une grimace.

— Ahhhh !

— Quoi ? Qu'est-ce qui se passe ?

— Mon frère… Il vient de m'envoyer le message le plus bizarre du monde.

En piquant un fard, elle me tend le téléphone. J'ai presque peur de regarder. C'est la photo d'un jeune mec torse nu, qui sourit. La vache ! Il est beau gosse. Il faut que je me mette sérieusement à faire de la muscu.

Un message accompagne la photo :

Salut Brian ! Hâte d'être à tout à l'heure.

— C'est ton frère ? je demande.

Kendall hoche la tête en fermant les yeux de toutes ses forces.

— Ton frère vient de t'envoyer un message sexy par accident ?

Elle hoche à nouveau la tête et j'éclate de rire. Sérieux, c'est hilarant. Kendall, elle, me jette un regard noir, très noir.

— Tu ne comprends pas, Max. Emerson a un *Andrew* dans sa vie, pas un *Brian*. Ils vivent ensemble.

Mon envie de rire passe aussitôt.

— Ah…

Elle pose sur son téléphone le même regard assassin que sur moi.

— Je ne comprends pas.

— Tu comptes lui répondre ?

— Je risque de vomir.

— Ne vomis pas.

Le feu est passé au vert maintenant. Je pose une main sur son dos, délicatement. C'est un geste instinctif. Si je la retire brusquement, ce sera encore plus gênant. *Va jusqu'au bout, Max.*

— Viens, on traverse, je lui dis.

Kendall me laisse la pousser en avant.

Kendall

Quand on arrive de l'autre côté de Madison Avenue, Max s'arrête brusquement.

Un type est assis en tailleur sur une couverture étalée sur le trottoir, il est adossé à un immeuble en granit. Il a de longues dreadlocks, plusieurs couches de vêtements sales, des godillots déchirés. Une boîte de café vide est posée devant lui, avec une pancarte qui dit : SDF VÉTÉRAN, J'AI FAIM. DIEU VOUS BÉNISSE.

— C'est en train d'arriver ! hurle-t-il. Vous n'êtes pas au courant parce que vous ne posez pas de questions ! Ils comptent là-dessus ! Mais je peux vous le dire, moi, c'est en train d'arriver et ça va tout changer, pour tout le monde !

Une femme âgée s'arrête devant la couverture, extirpe un billet d'un dollar de son porte-monnaie et le jette dans la boîte en métal.

— Je vous donnerai toutes les informations dont vous avez besoin, lui lance le SDF avec un mélange de reconnaissance et d'excitation.

La femme lui fait signe de la main : *Non, merci.* Elle lui sourit poliment, puis s'éloigne en pressant le pas. Max se renfrogne en la regardant filer. Je vois les rouages de son cerveau tourner à plein régime, et même si je ne sais pas ce qui les alimente, je dis :

— Tu sais que ce n'est pas vraiment un ancien combattant, hein ? Et qu'il n'est pas croyant ? Je crois que ces types font des études de marché pour savoir quels panneaux leur rapportent le plus d'argent.

— Oui, je sais tout ça, me répond Max.

— J'ai lu un article sur un gars qui fait la manche et qui gagne des milliers de dollars par mois.

— Je l'ai lu, moi aussi.

— Et rappelle-toi, on a dit qu'on n'avait pas le droit de donner de l'argent…

— Oui !

Il a pratiquement crié.

— Alors qu'est-ce qu'on fait là ?

— Je ne sais pas très bien, lâche Max, qui ne quitte pas des yeux le SDF. Je me disais juste… Et si on écoutait ce qu'il a à dire ? Personne d'autre ne lui prête l'oreille.

— Parce qu'il délire ?

Max me jette un regard en coin, allumé d'une lueur malicieuse.

— Tu en es sûre ?

On observe tous les deux le « SDF vétéran » qui, lui, fixe le sol. Il semble passionné par les pieds des passants. J'imagine que ça doit être délicat pour lui de décider où poser les yeux. Ce n'est pas comme s'il pouvait jouer avec un portable ou lire un magazine pour se donner une contenance.

Max finit par faire un pas vers le type et s'accroupir.

— Bonjour, je m'appelle Max.

Le SDF lève la tête vers lui. Lui tend une main sur laquelle il a superposé deux gants – tous deux si usés qu'on voit au travers.

— Josh, se présente-t-il. Ça va ?

Ah... Je ne lui aurais jamais donné ce style de prénom. Ronald, peut-être, ou Horatio. Un truc dans le genre. Je réfléchis déjà au croquis que je ferai après.

— Qu'est-ce qui est en train d'arriver ? lui demande Max. Quelles questions ne veulent-ils pas qu'on pose ?

Le SDF – enfin je devrais dire Josh, non ? – se montre circonspect, observe Max avec méfiance et, honnêtement, je le comprends.

— Les caméras, lâche-t-il.

Je me rapproche d'eux.

— Quelles caméras ?

— Les toutes petites qu'on trouve sur tous les bâtiments, me répond Josh en pointant le doigt autour de nous. Sur toutes les voitures. Les plaques de rues. Les bouches d'incendie. Les boîtes aux lettres. Les arbres. Les feux de circulation. Elles sont sur tous les endroits imaginables.

On en reste tous cois un moment. Je réfléchis à ce que je pourrais dire...

— Qui les a mises là ? lui demande Max.

— Des boîtes privées. On penserait plutôt au gouvernement, non ? Ces entreprises… Ce sont elles qui ont le plus à gagner grâce à cet espionnage généralisé. Elles veulent savoir ce qu'on porte, ce qu'on mange, ce qu'on regarde.
— Je dois dire que si c'est vrai, je ne vois pas trop où est le problème, rétorque Max. Je n'ai rien à cacher. En quoi est-ce différent des enquêtes de consommation auxquelles on est soumis en permanence ?
— Il a raison, je souligne. Et même, parfois, les images des caméras de sécurité permettent à la police d'arrêter des criminels.
— Mais c'est une violation de nos droits, proteste Josh en me fixant de ses yeux très clairs. Écoute, je sais de quoi je parle. J'appartenais à une équipe de surveillance à longue distance.
— Alors tu es bien un vétéran, lâche Max.
— J'ai passé dix-neuf mois en Iraq.
— Tu dors où ?
— Dans un refuge.
— L'État ne t'aide pas ? insiste Max.
Après un silence, Josh répond :
— C'est une longue histoire.
— Que fais-tu de l'argent que tu gagnes ici ? je lui demande.
Max me considère avec sévérité, mais un immense sourire se peint sur les lèvres de Josh.
— Je consacre l'essentiel de mes gains à faire des photocopies.

Il plonge la main dans un sac en toile pour en sortir un prospectus de sa composition, autrement dit une feuille A4 de papier jaune pliée en deux. Il me la tend, puis en attrape une seconde pour Max.

Le moindre centimètre carré de la première page est couvert de poèmes écrits à la main. J'ai du mal à ouvrir le prospectus avec mes gants. À l'intérieur se trouvent d'autres poèmes imprimés, dans des typographies manuscrites de tailles différentes. Difficile de savoir où se termine un poème et où commence le suivant... C'est peut-être le but. Mes yeux s'arrêtent sur celui qui est écrit plus gros que les autres et dont les lettres sont penchées.

On s'envole dans la nuit
Sans savoir où l'on atterrit
Au beau milieu d'une bataille
Ou en morceaux dans le sable

Je jette un coup d'œil à Max, qui est aussi en train de lire.

— Tu es doué, mec, dit-il à Josh.

Un policier se fraie un chemin à travers la foule.

— Vous comptez revenir tous les jours ? demande-t-il à Josh.

Il hausse les épaules, imperturbable.

— C'est un bon emplacement.

— Un emplacement interdit par la loi.

Josh soupire, se lève et commence à rassembler ses affaires.

— Vous voulez qu'on appelle votre refuge ? lui lance le policier.

Il a desserré les mâchoires et, derrière ses lunettes de soleil qui lui mangent la moitié du visage, je perçois de la compassion.

— Non, non, monsieur, répond Josh. Je suis attendu quelque part.

Il ramasse sa pancarte, sa boîte à café et son sac. Max se baisse pour récupérer la couverture, qu'il plie en deux, puis en quatre. Ça ne semble pas le déranger que ses fibres soient saturées de crasse. Je lui proposerai du gel désinfectant pour les mains quand on se sera éloignés.

— Merci, mon grand, lui dit Josh en prenant la couverture.

— De rien.

— Je veux dire : merci de t'être arrêté, précise-t-il en baissant la voix.

— Je t'en prie, lui répond Max avec un sourire.

Ils se tournent tous les deux vers moi.

— Bon courage !

Je regrette aussitôt de ne pas avoir trouvé quelque chose de moins bête. Josh s'éloigne et se mêle à un groupe de gens. Lorsque celui-ci se disperse, il a disparu. Max me regarde et j'aimerais le connaître mieux pour être capable d'interpréter ce que je lis dans ses yeux.

— Tu crois qu'il nous en veut de ne pas lui avoir donné d'argent ? je lui demande.
— Il avait l'air de nous en vouloir ?
— Non.
— Il semblait heureux qu'on se soit arrêtés, non ? Qu'on ait pris la peine de parler avec lui.
Heureux est peut-être un peu excessif. Disons que ça a eu l'air de le rendre moins triste... Soudain, je comprends où Max veut en venir.
— Tu veux savoir si ça compte.
— Non, je suis d'avis que ça compte à cent pour cent.
— En quoi était-ce une bonne action désintéressée ?
Max laisse échapper un soupir d'exaspération.
— En quoi n'en était-ce pas une ?
— Je n'ai pas l'impression de l'avoir aidé. On s'est contentés de l'écouter parler.
— Exactement !
Le sourire de Max dégage une telle énergie que c'est difficile de ne pas se laisser gagner par son enthousiasme. Dans ma vie, j'ai dû dépasser des centaines de SDF. Pas seulement à New York, chez moi aussi. Il y en a un qui vit quasiment sur la rue principale avec son chariot et son pitbull, Lulu. Et puis en Europe aussi. Un si grand nombre que j'ai appris à maîtriser à la perfection l'art de détourner le regard sans me sentir coupable. Je ne me suis jamais interrogée sur eux en tant que catégorie de personnes en général. Je sais maintenant que ce SDF en particulier a un nom, qu'il a des idées et qu'il écrit des poèmes pas géniaux.

— Oui, je finis par conclure. Ça compte.

— On en a deux, alors.

— On en a deux, j'approuve. Mais on n'a pas de photo pour prouver cette bonne action-là.

— Erica devra nous croire sur parole, dans ce cas. Et on a quand même le prospectus.

Je fais brusquement halte.

— Je peux toujours garder une trace autrement. Attends.

Je m'approche de la façade d'un immeuble, sors mon carnet et un stylo, puis je retire mon gant. En prenant appui sur le pierre froide, je griffonne le nom de Josh, l'endroit où on l'a rencontré, ce qui s'est passé. Une fois que j'ai terminé, je range le tout dans mon sac et remets mon gant. J'ai l'impression d'avoir écrit la page d'un roman.

On reprend la direction de la 5e Avenue. Mon téléphone sonne et mon cœur fait aussitôt un bond : c'est peut-être un message de Jamie. Non. Emerson…

Je crois que je t'ai envoyé un texto destiné à quelqu'un d'autre.

Je m'arrête un instant, en gardant Max, vraiment immense, dans un coin de mon champ de vision.

En effet, je réponds.

Quelques secondes s'écoulent.

Merde ! Oh… Appelle-moi.

D'accord, mais plus tard. Suis occupée.

Mmmh, occupée… c'est le moins qu'on puisse dire.

Josh

Seul parmi des milliers
Je suis mon meilleur ami
Ensemble contre notre

Oh, merde. Je raye ce dernier vers.

Je galère sérieusement pour écrire la suite, parce que je ne trouve pas de bonne rime pour « milliers ». J'ai essayé « centaines » et « millions », mais ça ne m'inspire pas plus. Ouais, merci, je sais que les poèmes ne sont pas obligés de rimer, seulement c'est mon truc. Dans l'armée, j'étais connu pour mes talents de rappeur. Ça tient pas tant aux rimes qu'au sens du rythme.

Mes jours aussi sont rythmés.

Marqués par des temps forts, des objectifs :

– me faire autant de liquide que possible avant d'être viré de mon emplacement ;

– manger des protéines ;

– essayer d'éviter le gluten, même quand je ne trouve dans la poubelle qu'un gros morceau de pain italien, avec du beurre ;

– m’hydrater suffisamment sans boire au lavabo des toilettes publiques où il y a un panneau « eau non potable » ;
– ne pas uriner en public même lorsque l’envie est plus que pressante ;
– résister à la tentation d’appeler à la maison ;
– résister au souvenir de la voix de ma mère me suppliant d’appeler à la maison ;
– aller au service des anciens combattants et reprendre mon traitement.

Je réussis à atteindre tous mes objectifs, sauf le dernier. Je le garde quand même dans ma liste, il continue à faire partie de mon rythme, ça doit bien signifier quelque chose.

Ces jeunes…

Ils se sont arrêtés.

C’était sans doute parce qu’ils avaient un devoir pour le lycée. Ou parce qu’ils voulaient pouvoir raconter un truc à leurs amis.

Et alors ? Ça ne me dérangerait pas.

Allez-y, le grand échalas et la rouquine. Racontez cette histoire. Répétez ce que je vous ai dit sur les caméras. Tant pis si vos potes ricanent tant que l’information se faufile dans leurs oreilles et va se lover dans leurs cervelles. Parce qu’un jour ils se souviendront ; ils se souviendront que j’avais vu juste.

Et ce jour-là, où que je sois – même si j’ai renoncé à l’idée de rester en vie –, je n’aurai pas tout à fait disparu.

Max

Nous entrons dans la cathédrale de Saint-Patrick par la petite porte sur la 50e. On ne peut pas dire que nous soyons protégés de la foule ici : il y a encore plus de monde que dans la rue. Les gens arpentent les allées en traînant les pieds, s'affalent sur les bancs, regardent leurs portables. Mais en levant les yeux vers l'immense plafond voûté et les vitraux, tout disparaît. Ce n'est pas parce que je suis juif que je ne peux pas être ébloui par l'une des maisons de Dieu.

Kendall tire sur ma manche et incline la tête en direction d'une femme assise seule sur un banc. Elle a les yeux fermés et se concentre sur sa respiration : inspirer par le nez et expirer par la bouche.

— À quoi pense-t-elle, à ton avis ? me murmure Kendall.

La femme se penche en avant, abandonne son front entre ses mains.

— Moi, je dirais que son mariage traverse une crise, ajoute-t-elle.

— La vache ! Tu imagines tout de suite le pire ! Et si elle avait simplement la migraine ?

— Ce serait rasoir.

— Ouais. Eh bien, certaines personnes le sont, tu sais. On ne mérite pas tous de devenir des personnages de ton roman.

Kendall se décompose. Mince, je lui ai fait de la peine.

— Je ne voulais…

— T'inquiète, me répond-elle. Tu m'as juste rappelé un truc que Jamie a dit l'autre jour : que chaque instant volé raconte une histoire.

Ça me fait tout drôle qu'elle mentionne Jamie maintenant. Mais d'un autre côté, pourquoi se l'interdirait-elle ? Et puis je l'ai entendu dire la même chose, moi aussi.

Kendall tire à nouveau sur ma manche et m'entraîne vers le cœur de la cathédrale. On dépasse un premier autel, un second. Soudain elle s'arrête.

— C'est là, dit-elle.

Il y a deux présentoirs chargés de cierges allumés et, entre eux, une statue en bronze de sainte Thérèse, qui veille sur ces flammes. Je ne sais pas très bien si elle est censée inspirer de la culpabilité ou de l'espoir. Peut-être les deux. (Le mélange serait assez efficace d'ailleurs…)

L'église demande une offrande de deux dollars pour un cierge, et j'ai le sentiment que le principe de confiance fonctionne assez bien dans ce cadre. Je sors deux billets d'un dollar de ma poche et les glisse dans la fente de la boîte. Je choisis une petite bougie blanche et la plante dans l'un des bougeoirs en verre bleu. Puis je prends une tige en bois et l'approche de la flamme d'un cierge pour allumer le mien.

C'est pour ma grand-mère.

Tu me manques vraiment, mamie. Tu aurais adoré les décorations de Noël dans les rues, cette année. Ah, et Grand Chef est particulièrement pénible. Tu pourrais nous donner des conseils ?

Après avoir éteint ma tige dans un récipient rempli de mousse, je remarque que Kendall compte des pièces dans le creux de sa main.

— J'ai un billet d'un dollar et quatre-vingt-sept cents.

— Je suis sûr que l'église te fera grâce de la différence.

Kendall insère son argent dans la boîte et grimace chaque fois qu'une pièce atterrit avec un petit bruit. Ça ne semble déranger personne d'autre. Elle se munit ensuite d'un cierge et d'une tige en bois. Examine les deux présentoirs. Comme s'il fallait qu'elle choisisse le bon. Elle fait un pas vers la droite et bouscule un garçon. Il doit avoir 10 ans.

— Oh, pardon ! s'écrie-t-elle.

— C'est bon.

Il observe les flammes, qui font briller les larmes dans ses yeux.

— Ça va ? je lui demande.

— Tu es tout seul ? ajoute Kendall.

Sa question est plus pertinente que la mienne.

— Ma mère est juste là, répond-il en indiquant une femme sur le banc le plus proche, accaparée par son téléphone. On vient d'entrer pour qu'elle puisse écrire un mail.

Il fixe à nouveau les bougies.

— Tu comptes en allumer une ?

Il secoue la tête en réponse à la question de Kendall.

— Je voulais, pour mon père, mais ma mère n'a pas voulu me donner d'argent pour lui.

Kendall se tourne vers moi et hausse un sourcil. C'est drôle qu'on arrive déjà à communiquer sans mots. Je ne la connais pas vraiment, au fond. Et pourtant, je sais très bien à quoi elle pense.

Kendall observe la mère, toujours absorbée par sa correspondance électronique. Elle remet son cierge au garçon.

— Tiens. J'ai déjà payé, il est pour toi.

Il se mordille la lèvre et secoue la tête. Il a une longue frange qui lui tombe dans les yeux. Il fixe Kendall à travers celle-ci.

— Mon père n'est pas mort. Il est juste… parti.

Nous restons silencieux un instant. Essayant de tirer les conclusions de cet aveu. Il pourrait impliquer une centaine de choses différentes qui reviennent pourtant toutes plus ou moins au même.

— Parfois, c'est pire que la mort, lui dit Kendall en hochant la tête. Tiens, prends. Vite, avant que ta mère ne remarque quelque chose.

Il jette un regard discret en direction de la femme sur le banc. S'empare du cierge et l'allume. La flamme met du temps à grossir. Au point que je crains, dans un premier temps, qu'elle ne s'éteigne et que le garçon n'y voie un mauvais signe. Mais elle finit par prendre et s'élever.

— Bien joué, lui dit Kendall quand il lui rend la tige en bois.

Le garçon fixe son cierge. Une expression de soulagement se peint sur ses traits. Il inspire profondément.

— Winston ?

Ça y est, la mère entre en scène. Elle prend son fils par les épaules. J'étais décidé à la détester. Et maintenant que je vois son visage… eh bien, c'est impossible. Elle a l'air aimante, bien qu'épuisée.

— Viens, mon chéri, dit-elle en lui prenant la main.

Il se laisse faire. Tout le temps où elle l'entraîne, j'attends qu'il se retourne vers nous. Nous lance un sourire. Articule un « merci ». N'importe quoi. Allez, Winston. Donne-nous un signe.

Trop tard, ils sont partis.

— C'était bien, dit Kendall, les yeux rivés sur la flamme.

Il me faut quelques secondes pour saisir le message.

— Ah… Tu voudrais que ça compte.

Elle me jette un regard exaspéré, comme si j'étais un môme de 10 ans, moi aussi.

— On ne va pas avoir ce débat chaque fois que l'un de nous fait une bonne action. Évidemment que ça compte, Max !

— Peut-être que son père est un criminel. Ou le plus gros enfoiré du monde. Et si ce gosse avait besoin de couper le cordon et qu'on l'en avait empêché, hein ?

Kendall hausse les épaules.

— C'est possible.

Elle observe sainte Thérèse en se mordillant la lèvre. J'aurais préféré qu'elle choisisse un autre autel, placé sous un patronage moins écrasant.

— Ce qui est aussi possible, reprend-elle, c'est que ça l'ait aidé, justement, à couper le cordon. On ne saura jamais. Tu as vu l'expression sur son visage ? Ce cierge était important à ses yeux. Rien d'autre ne compte. Elle est tellement sûre d'elle. Je n'ai pas d'autre choix que la croire, si ?

Winston

Le cierge brûle, et la première chose à laquelle je pense, c'est le briquet de papa.
Il s'en servait pour allumer le barbecue dans le jardin.
Cet été, il avait promis de me laisser l'utiliser tout seul.
Il disait que j'étais assez grand.
Ses copains sur des chaises longues autour du barbecue.
Certains fumaient, et pas seulement des cigarettes.
Papa ne faisait jamais ça. En tout cas pas quand j'étais là. Ils sortaient leurs guitares pour chanter et m'encourageaient à les imiter. Je refusais, sous prétexte que je ne connaissais pas les paroles. Sauf que, bien sûr, c'était un mensonge.
Le cierge brûle et j'imagine que papa sent la chaleur de la flamme où qu'il se trouve. Qu'il la voit vaciller dans un coin de son champ de vision. Lorsqu'il pivote vers elle, elle disparaît. Mais il comprend ce que ça signifie. *Winston est toujours là.*
Maman pense que je ne peux pas comprendre. Elle dit qu'elle m'expliquera mieux quand je serai plus grand. Elle dit que la seule chose que je dois savoir

c'est qu'elle m'aime et qu'elle ne me quittera jamais de la vie.

Elle me traite comme si j'avais 8 ans et pas 11. Elle ne s'imagine pas que je lis ses textos et ses mails lorsqu'elle oublie son téléphone dans la salle de bains, alors que ça lui arrive tout le temps. Et évidemment que j'en profite ! Elle emploie beaucoup de gros mots sur son téléphone, surtout pour parler de mon père. Elle devrait se laver la bouche avec du savon.

Il est parti, et autant éviter de penser à lui. Voilà ce qu'elle dit, et ça ressemble aussi à des gros mots pour moi. Elle peut m'empêcher de le voir aujourd'hui, mais plus tard ça ne marchera plus. Déjà, elle a du mal à me prendre dans ses bras, je deviens trop grand.

Je marche trois pas derrière elle, en direction du métro. Retour vers Staten Island.

Le cierge brûle, même si ça ne durera sans doute pas – peut-être qu'ils les éteignent tous avant de fermer la cathédrale pour la nuit.

Le cierge brûle et je veillerai à ce que mes souvenirs continuent à brûler eux aussi.

Kendall

Nous nous frayons un chemin jusqu'au fond de la cathédrale et nous dépassons la boutique de souvenirs pour sortir, enfin, sur la 5e Avenue. Sur le trottoir d'en face, ils ont carrément installé des barrières pour canaliser tous les gens qui veulent entrer dans le Rockfeller Center.

Max se fige sur la première marche de la cathédrale, l'air terrifié.

— Tu as peur du monde ? je lui demande.

— Pas pour moi. Je suis un géant… Je m'inquiète pour toi.

— Parce que je suis petite ?

— Parce que…

Il hésite à nouveau.

— Tu veux rire ? Je ne sais pas pourquoi je m'inquiète. Eliza flippait toujours quand il y avait de l'affluence.

— Il faut dire qu'elle est minuscule.

Une scène fantasmée surgit aussitôt dans mon esprit. Eliza est piétinée par une foule, personne n'entend ses hurlements. Dans le domaine des mini-fantasmes, celui-ci est particulièrement satisfaisant.

— Et puis c'est Eliza.

De toute évidence il donne à ces mots une signification très différente de ceux qu'ils ont pour moi.

— Enfin, de façon générale, je m'inquiète. Pour tout le monde, conclut-il.

— Je suis plus solide qu'il n'y paraît.

Je suis à peu près convaincue que c'est le cas. Après m'avoir observée, Max me sourit.

— Parfait, dans ce cas. On va où ?

Je cherche la direction la moins encombrée.

— Par là, je dis en lui indiquant le nord. Le zoo de Central Park.

— Bien, madame !

Il me tend sa main et je la prends, en m'efforçant de ne pas trop réfléchir à la signification de ce geste, et en échouant lamentablement. *Comment réagirait Jamie s'il voyait ça ?* me souffle une pensée-ver de terre.

On est amis, pensée-ver de terre. Grandis un peu.

En chemin, Max me lâche la main et on remonte un bloc en silence. Soudain, il lâche :

— Alors quand tu vois beaucoup de gens réunis dans un endroit, tu imagines des tas de copulations partout ?

— Oh là là, tu formules ça de façon tellement sexy !

Il éclate de rire. J'aime faire rire les gens en général, mais encore plus Max. Voilà un garçon qui a clairement besoin de sourire davantage.

— De mon côté, je vois de potentielles versions futures de *moi*, dit-il.

Il me montre un type à quelques pas devant nous, avec un long pardessus camel et une sacoche en cuir.

— Je pourrais finir comme lui par exemple, me chuchote-t-il. Je me demande quel métier je ferais pour avoir un sac pareil…

— Je suis prête à parier, moi, qu'avec un sac pareil tu serais célibataire.

— À ton tour, me rétorque-t-il en me donnant un coup de coude.

Je scrute les environs puis incline la tête en direction d'une femme avec une queue-de-cheval très serrée et une poussette hors de prix.

— Ça pourrait être moi, je dis. Ça doit être chouette d'avoir des enfants. D'un autre côté, cette poussette est flippante. On dirait qu'elle cache un œuf d'extraterrestre et pas un bébé humain.

Max ricane et se fige pour éviter de bousculer un type qui sort d'un café. Barbe, moustache, lunettes, bonnet, chemise à carreaux, doudoune, immense gobelet en carton à la main. Max me lance un coup d'œil en coin.

— Non, par pitié ! Ne deviens pas un hipster !

— Est-ce que j'ai le droit au moins d'apprécier le café ?

— D'accord. Mais un truc simple et classique. Du lait et du sucre. Pas un truc chichiteux.

— Je vois que tu as réfléchi à la question.

— L'Europe, je réponds en guise d'explication. Pour moi, c'est café au lait.

Max sourit. Il incline la tête comme pour me voir sous un autre angle, comme si un ajustement de quarante degrés pouvait lui révéler quelque chose. Puis il se remet en route et je lui emboîte le pas.

— Raconte-moi quelque chose sur ton séjour.

Je réfléchis un moment.

— On a appris quelques notions d'architecture pendant notre visite de la tour Eiffel. Puis on a fait un concours, on devait chacun en construire une à partir de matériaux recyclés.

— Tu as engrangé des tas d'expériences en quelques mois.

Sa voix est si basse qu'on croirait qu'elle vient de très très loin.

— Peut-être que pendant tes études à la fac tu pourras passer un semestre à l'étranger.

— Ouais, peut-être.

J'ai beaucoup parlé de moi, j'aimerais lui laisser l'occasion de s'exprimer.

— C'est super dur d'être accepté à Brown, tu dois être fou de joie, non ?

Max hausse les épaules, comme pour suggérer que c'était un pur accident. *Oups ! J'ai glissé, je suis tombé et j'ai postulé dans une des meilleures facs du pays, qui m'a accepté.* Je vois bien qu'il préfère minimiser son intelligence, qui doit être exceptionnelle – alors qu'il n'est même pas au courant de mes problèmes. Il me faut une éternité pour boucler un simple devoir à la maison. Peu importe le nombre de personnes qui m'ont parlé des différents rythmes d'apprentissage, qui ont insisté sur le fait que chacun avait le sien. Ça n'en reste pas moins une source infinie d'embarras. Max ne sait pas non plus que je voulais, à une époque, m'inscrire dans son lycée, où on laisse les élèves planifier leurs propres enseignements.

— Tous les tarés vont là-bas, a décrété Emerson, un jour que quelqu'un évoquait l'établissement.

Moi, j'ai aussitôt pensé : *Peut-être que tous les tarés me gardent une place.* Avant mes multiples rendez-vous avec les gens de Dashwood, j'avais fait des recherches. Je voulais tellement intégrer cet endroit que j'ai imprimé des pages et des pages du site web. J'ai supplié mes parents, je leur ai fourré les documents dans les mains. Ils ne se sont pas laissé convaincre par la philosophie « école démocratique ». Pour eux, ce genre de liberté n'était pas adaptée à quelqu'un comme moi – quelqu'un à qui il fallait, tous les soirs, rappeler trois fois de se laver les dents. C'est à ce moment-là que ma mère a entendu parler du programme de formation itinérante, qui me permettrait de recevoir, pendant un semestre, des enseignements sur le terrain, tout en obtenant à la fin une équivalence avec un lycée classique. Le compromis semblait idéal à l'époque. Maintenant que cette expérience est derrière moi, j'aimerais bien ne pas avoir le sentiment de me tenir au bord d'une falaise.

Nous nous arrêtons le temps que le feu passe au vert.

Je laisse le bout de mes orteils dépasser du trottoir et regarde mes pieds. Peut-être qu'au fond une falaise n'est pas très différente d'un coin de rue. Parfois il faut faire un pas, et parfois il faut sauter. Dans un cas comme dans l'autre, ce qui compte vraiment, c'est de ne pas rester immobile.

Max

— Merci, me dit Kendall quand je lui tends une entrée pour le zoo de Central Park. Je te rembourserai.

— Ne t'en fais pas, c'est pour moi.

J'ai touché un salaire plus qu'honorable grâce à mon travail dégradant des quatre derniers mois. À quoi d'autre je vais bien pouvoir le consacrer de toute façon ? Ah, ouais. La fac. Enfin bon, dans l'immédiat, le zoo, ça me paraît plus important.

Une fois qu'on a passé le contrôle, on tourne aussitôt à droite pour aller voir les otaries. Kendall accélère et se précipite vers la rambarde. Une otarie est en train de faire des cabrioles sous l'eau.

— Salut ! lui lance-t-elle.

Elle s'accroupit pour voir l'otarie à travers la vitre. Lorsque Kendall agite la main, celle-ci rive ses immenses yeux de personnage de dessin animé sur elle.

Un souvenir me revient soudain. Ma grand-mère et moi, regardant les gardiens du zoo lancer du poisson aux otaries. Elle me tient par la main, ma sœur est dans ses bras, en appui sur sa hanche.

— Difficile de broyer du noir quand on est avec des otaries, je dis.
L'une d'elles jaillit du bassin pour monter sur un rocher. Je suis sûr qu'elle le fait cent fois par jour, et pourtant ça a l'air de la réjouir.
— Je me sens déprimée, murmure Kendall en suivant du regard les formes noires qui évoluent sous l'eau. Ça me rend triste que leur enclos soit aussi petit.
— Je crois que la plupart des animaux ici sont nés en captivité. Ils ne connaissent sans doute rien d'autre. Ils ne savent pas qu'ils devraient vivre à l'état sauvage.
— C'est encore plus triste !
En l'observant avec attention, je remarque combien elle ressent les choses profondément, cette fille. Ça ne doit pas être marrant pour elle.
— Je sais ce qu'il te faut, suis-moi !
Juste à côté se trouve la maison des manchots. Ça pue là-dedans… Genre, l'infection ! Une odeur de fientes et de « fauve », si on me passe l'expression.
Mais ça n'est vraiment pas grave parce que, bon, les manchots en valent le coup. Kendall et moi, on colle nos nez contre la paroi en verre au niveau de la surface de l'eau. Ils plongent et nagent à quelques centimètres de nos visages. Je n'arrive pas à savoir si Kendall est toujours triste.
— Je me demande ce qu'ils pensent de nous, chuchote-t-elle.
— Peut-être qu'ils croient que c'est nous qui vivons

derrière une vitre. Peut-être qu'ils ont de la peine pour nous.

Après être restée silencieuse quelques secondes, Kendall lance :

— Ils auraient bien raison...

Il faut que je donne une autre tonalité à cette conversation.

— Hé ! on va faire un selfie avec les manchots.

Je dégaine mon portable et, sans lui laisser le temps de se préparer, je l'attire contre la vitre et m'accroupis jusqu'à ce que nos deux visages apparaissent dans le cadre. J'attends qu'un manchot passe au-dessus de nos têtes et je prends la photo. Je la montre à Kendall pour avoir son approbation. Elle a l'air perdue, et moi, gêné. Bah ! au moins, j'ai réussi à saisir l'humeur du moment...

— Envoie-la-moi, me dit-elle contre tout attente.

Ce que je fais. Soudain, je sens une pression à l'arrière de mes jambes. En baissant les yeux, je découvre une petite fille qui cherche à s'approcher des manchots. Je m'écarte pour lui céder ma place de choix. Puis je vais m'appuyer contre le mur à l'autre bout de la salle. Je mesure une taille délirante depuis mes 12 ans. Et je fais ça constamment, m'effacer, depuis je ne sais combien de temps. Je ne m'en rends même plus compte. Pour moi, c'est devenu normal. C'est une obligation, une responsabilité qui m'incombe parce que je suis grand. Mais au fond, si j'y réfléchis bien, j'ai surtout l'impression que je m'excuse d'être celui que je suis.

Au bout de quelques minutes, Kendall approche. Elle s'adosse au mur à côté de moi.

— Toujours déprimée ? je lui demande.

— Quoi ?

— Est-ce que les manchots t'ont remonté le moral ou est-ce que tu continues à méditer sur le dilemme moral posé par les animaux en captivité ?

— Ah… Je ne sais pas.

Elle semble surprise par ma question, comme si elle avait déjà oublié notre discussion. Qui remonte à moins de cinq minutes…

— J'étais en train d'inventer une histoire avec les manchots. Tu vois le grand sur l'espèce d'iceberg ? Il est à la tête de leur mafia.

J'éclate de rire, c'est plus fort que moi.

— Tu écris ce genre de trucs ? je lui demande en inclinant la tête vers son sac, où elle a rangé son carnet.

— Ça m'arrive, ouais. Mais parfois c'est juste des histoires qui me passent par la tête. En toute honnêteté, si j'écrivais toutes les idées tordues qui me traversent l'esprit, je ne serais pas capable de vivre une vie normale.

J'ai déjà rencontré des gens qui tiennent ce genre de discours. Des gens qui se connaissent bien, qui ont conscience de leur différence. Et là, moi, je dis respect.

Kendall déplie la carte du zoo et pose l'index sur la serre de la forêt équatoriale.

— Allons là, maintenant.

Et on y va. Pénétrer dans cet endroit chaud et humide, c'est comme recevoir un électrochoc. Dément. Je retire mon manteau. Je m'apprête à proposer à Kendall de prendre aussi le sien sur mon bras, mais elle le plie en deux et le noue autour de sa taille. Tant pis.

Un autre souvenir. Je me perds dans cette serre volontairement. Je déambule entre les plantes, j'imagine que je suis un explorateur égaré dans la jungle. J'entends ma grand-mère qui m'appelle, paniquée. Et ça me plaît. De savoir qu'on me cherche. Que mon absence crée un vide.

Les oiseaux font un boucan d'enfer, c'est toujours le cas ici.

Et quelque part, quelqu'un pleure. Il ne s'agit pas d'un souvenir, cette fois. Quelqu'un, pas loin, est en train de sangloter. De brailler.

Au détour d'un virage, on découvre une femme, sur un banc : elle tient une petite fille qui se débat. Je crois, au début, que la gamine est victime d'une crise d'épilepsie ou un truc du style. Ouais, elle gigote à ce point. Mais je remarque que la femme la tient avec une poigne de fer et lui fait les gros yeux.

— Je suis désolée pour toi, mais tu ne peux pas hurler aussi fort. Tu ne peux pas !

La femme doit avoir la soixantaine, et la petite 5 ans environ. Elle parle une langue qui n'a pas l'air d'être de l'anglais. À moins que… Peut-être que si. De l'anglais de « crise de nerfs ».

Kendall m'attire à l'écart et me regarde d'un air interrogateur. Elle n'a plus besoin de parler. Tous les autres visiteurs de la serre passent en faisant semblant de ne pas voir, de ne pas entendre cette scène digne de *L'Exorciste*, qui se déroule sous leur nez. Évidemment qu'on va s'arrêter pour s'en mêler, du coup.

Kendall se rapproche du banc, mais pas trop, et demande :

— Tout va bien ? Vous avez besoin d'aide ?

La femme lève la tête vers Kendall et son visage crispé se détend une micro seconde. Puis l'exaspération revient en force.

— Ça va très bien, merci.

— Vous êtes sûre ? insiste Kendall.

— Oui, lui dit la femme d'un ton définitif. Nous sommes déjà venues ce matin, et je lui ai acheté un léopard en peluche à la boutique de souvenirs. Elle l'a oublié ici, on est revenues pour le chercher et on ne l'a pas trouvé. Il a disparu.

— Quelqu'un me l'a pris ! vagit la petite fille.

— Vous êtes allées voir aux objets trouvés ? je hasarde.

— Oui, soupire la femme avec une expression dédaigneuse qui clame : *Bien sûr qu'on l'a fait, imbécile…*

La gamine est habillée comme ces poupées Corolle que ma sœur collectionnait plus petite. Des chaussures en cuir vernis noir, des collants blancs et un manteau en laine rose.

— C'est la vie, Charlotte, lui dit la femme. On perd

des choses et d'autres gens les trouvent. Tu as déjà une centaine de peluches à la maison, de toute façon.

Elle se tourne vers nous pour ajouter :

— À dire vrai, elle en a bien plus que ça. Bien plus.

Impossible de savoir si c'est sa grand-mère ou sa nounou. Je la trouve hyper vache, mais j'imagine que Charlotte est une sale gosse. Et si elle l'est, c'est sans doute parce que ses parents ne s'occupent jamais d'elle. Une sorte de cercle vicieux de négligences et de caprices... Bref, pour être honnête, je suis soulagé qu'elles ne veuillent pas de notre aide. Kendall ne peut pas s'empêcher d'insister, pourtant.

— Si vous avez perdu la peluche ce matin, vous pouvez sans doute tenter votre chance à la boutique de souvenirs. Les vendeurs accepteront peut-être de vous en donner une autre, par simple gentillesse.

La femme se met à rire. Un éclat de rire si sincère qu'on dirait qu'elle n'a pas ri d'aussi bon cœur depuis longtemps.

— Oh ! ma belle, c'est une idée charmante, mais je ne crois pas, non.

— Pourquoi ça ? rétorque Kendall. Ça ne coûte rien de poser la question. Regardez-moi toutes ces larmes, poursuit-elle en montrant le visage rougi et mouillé de Charlotte.

Celle-ci est vraiment dans un sale état.

— Non, assène la femme d'un ton plus ferme.

Même la petite se tait pour la dévisager.

— Et vous feriez mieux de vous mêler de vos affaires, ajoute-t-elle.
— D'accord, d'accord, dit Kendall en reculant, les deux mains levées. J'espère que votre journée va s'arranger.
Elle me tire par la manche et m'entraîne un peu plus loin sur le chemin. Dès qu'on ne les voit plus, elle s'arrête brusquement. Ses yeux sont brillants.
— C'est pour ça, dit-elle en essuyant une larme, c'est pour ça que les gens n'interviennent jamais.
— Parce qu'ils risquent de tomber sur quelqu'un de désagréable qui pourrait leur répondre « mêlez-vous de vos affaires » ?
— Je me sens nulle.
— Moi aussi. Mais, parfois, ça vaut le coup de prendre ce risque.
— D'un point de vue intellectuel, oui. D'accord. Sauf que sur le moment, on se contente de réagir au comportement des autres. On reste dans sa bulle, parce que c'est le meilleur mécanisme de défense pour ne pas se sentir nul.
Elle n'a pas tort.
— Et comment faire pour changer ça, alors ? je lui rétorque. Nous, on essaie, à cause du défi que nous a lancé Erica. Qu'est-ce qui se passerait dans une situation normale, sans le défi ?
Kendall observe un lémurien. Il nous observe lui aussi. Il ressemble terriblement à Grand Chef, avec ses poils blancs et son air désabusé.

— Je ne sais pas, finit-elle par lâcher. Je crois que c'est justement tout l'intérêt du défi.

Le lémurien saute de branche en branche. Kendall le regarde se déplacer. Et moi, je la regarde, elle. Elle est en train de se décourager, je dois intervenir.

— Alors, je dis en pointant mon pouce sur le lémurien-papi. Au sein de la mafia, il joue quel rôle ? Éminence grise ?

Elle fronce le nez.

— Non, répond-elle, alors que l'ombre d'un sourire se dessine sur ses lèvres. C'est leur meilleur tueur à gages.

Cora

Ça fait trente-huit ans que je suis mère, et dix que je suis grand-mère. J'ai vu des tas d'enfants insupportables. Et croyez-moi sur parole, celle-ci n'est pas la pire. Et de loin.

Elle, elle peut être un vrai rayon de soleil. Je l'ai déjà vue éclairer le monde autour d'elle, avec autant de puissance qu'une vraie source de lumière. Mais tout joue contre elle. Son père, mon fils, doit passer une soirée sur dix à la maison. Sa mère fait des journées de douze heures. Il m'arrive de ne pas regagner avant vingt et une heure l'appartement qu'ils m'ont acheté, à cinq rues du leur.

Un appartement avec cheminée et baie vitrée, où je peux lire des romans historiques. Un endroit à moi, pour la première fois de ma vie. M'occuper de Charlotte est un petit prix à payer en échange. Mon fils voulait que sa fille soit élevée par un membre de la famille, pas par une nounou. Et mon fils est très, très doué pour obtenir ce qu'il veut.

C'est comme ça qu'il s'est retrouvé propriétaire d'un appartement-terrasse avec je ne sais combien de pièces – il y en a même trois dont ils ne savent pas quoi faire. Elles sont encore vides. Ils vont en transformer une en studio de danse pour Charlotte. Quelqu'un va venir installer des miroirs et une barre, la semaine prochaine.

Je vais vous faire un aveu : je savais qu'elle avait oublié son léopard dans la serre. Au bout de trente-huit ans, j'ai développé un sixième sens : dès que quelque chose cloche, je le perçois. Au moment de sortir, quand j'ai remarqué que Charlotte n'avait pas la peluche dans les bras, j'ai jeté un coup d'œil par-dessus mon épaule et j'ai vu celle-ci sur le banc.

Elle avait l'air étonnamment libre. Elle n'avait plus de maître. Je me suis surprise à l'envier un instant. Puis je me suis retournée et je me suis éloignée.

Cette petite n'a pas besoin d'une peluche supplémentaire. Elle a besoin de se familiariser avec le sentiment de perte. Elle a besoin d'apprendre que les règles valent pour tout le monde, y compris pour elle. Et que ce sont des règles injustes. Parce que, de toute façon, elle a une vie de favorisée. Franchement, elle peut bien supporter une petite injustice de temps en temps.

Je sais que ces jeunes m'ont trouvée cruelle.

Mais ça ne me dérange pas qu'ils n'aient eu accès qu'à un minuscule fragment de l'histoire.

Kendall

On est devant l'entrée du zoo, sur la 5ᵉ Avenue, quand le portable de Max vibre.
— Il faudrait que je rentre, dit-il en le consultant rapidement. Tu veux que je te raccompagne chez ton frère ?
— Non, ça va aller.
Ce n'est pas tout à fait vrai. Parce que mon frère est sans doute chez lui et qu'il voudra parler du fameux texto.
— Je vais me promener un peu dans le parc.
Max hoche la tête, et on reste plantés là. J'ai l'impression que dix minutes s'écoulent, alors qu'en réalité ça doit faire trois secondes. Il finit par lâcher :
— Je t'appelle plus tard. On pourrait se revoir demain, non ?
— Bien sûr.
Il recule de quelques pas avant d'agiter la main. Je l'imite. Il pivote sur ses pieds pour s'éloigner puis s'arrête et se retourne.
— Déjà trois ! me crie-t-il.
— Quoi ?
— On en a déjà trois ! Plus que quatre !

Je lève les deux pouces, et il disparaît. Je regrette qu'il soit parti, et comme ça me fait bizarre de ressentir ça, je me dis que c'est juste parce que j'ai besoin d'une présence à mes côtés. Du coup, je reformule mon souhait : j'aimerais que Jamie soit avec moi. Il aurait pris de super photos des animaux et peut-être même qu'on se serait embrassés devant un panda roux.

J'entre dans Central Park et passe un long moment à errer sans but, à suivre un chemin puis un autre, à trouver de nouveaux personnages pour mon livre. Ça sent la neige, le ciel pâle a un air coupable, on dirait qu'il s'excuse d'avance de ce qu'il va nous faire. Je finis par diriger mes pas vers l'appartement. J'ai mal aux pieds, les températures sont en train de baisser, et le *chamcard* me paraît soudain extrêmement douillet.

Tu rentres quand ? m'écrit Emerson.

Suis en route, je réponds.

Il m'attend au pied de l'immeuble, une cigarette à la main. Il ne fume pas, pourtant.

— Salut ? je lance.

Ça sort vraiment comme ça, comme une question. Emerson m'attrape par le poignet et m'entraîne dans une rue perpendiculaire. Il jette sa cigarette et l'écrase sous son après-ski.

— Pour ta gouverne, dit-il en montrant le mégot, c'est quelque chose que je fais à l'occasion, dans les situations de stress ou de gêne.

— D'accord.

— J'ai tellement honte, je ne sais pas quoi dire. Je ne sais même pas quoi te dire, à toi.

J'essaie d'oublier l'image de son selfie allumeur, mais non, impossible, je n'arriverai jamais à l'effacer de mon esprit. Le silence s'étire quelques instants, jusqu'à ce que je comprenne qu'il attend que je l'interroge. Très bien.

— Qui est Brian ?

Il grimace, ferme les yeux.

— Un type que j'ai rencontré il y a quelques semaines. Il ne sait pas que je suis en couple.

Il ouvre un œil pour me regarder.

— Qu'est-ce que tu penses de moi, là, tout de suite ?

— Je ne comprends pas. Il y a de l'eau dans le gaz entre Andrew et toi ?

— Non, pas du tout.

Il a l'air un peu déçu quand il dit ça.

— Tout a l'air si parfait entre vous.

— C'est bien le problème ! soupire Em avant de secouer la tête.

Il se met à marcher en rond devant moi.

— Andrew a déjà tout planifié. Il veut qu'on se marie, qu'on ait des enfants, qu'on achète une maison… La totale ! Il dit qu'il est sûr de lui, mais franchement, comment il peut affirmer un truc pareil ? On s'est connus à 19 ans ! Je l'adore, je suis vraiment heureux de l'avoir rencontré… Mais il me fait complètement flipper.

Bon, je comprends ce qui se passe. C'est un problème récurrent avec mon frère : il ne se rend jamais compte de ce qu'il a, ne mesure pas sa chance. Au lycée, il décrochait toujours les félicitations, il était capitaine de l'équipe de foot et il avait un million de potes. Pourtant, il se plaignait presque constamment de ne pas être assez intelligent, assez rapide ou assez populaire. J'ai souvent rêvé de le gifler, et ce serait d'ailleurs l'occasion de le faire s'il n'avait pas l'air aussi paumé.

— Tu devrais lui parler, je lui dis.

— Je ne peux pas. Il réagit super mal quand j'aborde ce genre de sujet.

— Tu as raison, c'est beaucoup mieux de le tromper.

— Je ne l'ai pas encore fait ! J'ai juste... un peu dragué.

— Mais tu as l'intention de te taper ce mec.

Mon frère se mordille la lèvre, et j'insiste :

— Avoue.

— Je ne peux pas parler à Andrew, répète-t-il comme si c'était l'excuse du siècle.

Puis il m'observe attentivement.

— Attends... Toi, tu pourrais.

— Je te demande pardon ?

— Oui, parle-lui, toi. Dis-lui que tu es inquiète pour moi, que je t'ai dit deux trois trucs. Il ne se sentira pas agressé si ça vient de toi. Il essaiera de sauver la face. Mais tu auras planté la graine, et peut-être qu'on pourra enfin avoir une conversation sérieuse sur le sujet.

Je m'éloigne de lui.

— Non, non, non. Je n'ai pas l'intention de m'en mêler.

— Allez, Kendall ! Tu as une dette envers moi ! On t'accueille dans notre chambre d'amis pendant que tu fuis la réalité.

— C'est un placard.

— Oui, mais papa et maman n'y sont pas.

Un point pour lui.

— Oublie cette histoire de dette, reprend Emerson.

Ses traits s'adoucissent et ses épaules s'affaissent un peu.

— C'est juste que… ça m'aiderait beaucoup.

Aider… Le verbe qui a guidé toute notre journée, à Max et à moi, qui a défini notre mission au milieu d'une mer d'inconnus. Devant moi se trouve quelqu'un que j'aime infiniment, et qui me réclame mon secours. Qui me supplie. Et moi, qu'est-ce que je réponds ? « Je n'ai pas l'intention de m'en mêler. » Il y a tout un tas de raisons pour lesquelles mon intervention peut sembler tordue, mais je n'ai pas le temps de m'attarder dessus dans l'immédiat. Ça commence à cailler pour de bon.

— Et tu ne retrouveras pas cet autre type ce soir ? je demande à Em.

— Je vais repousser notre rancard.

— Tu vas le *repousser* ?

Il se contente de hausser les épaules comme si c'était censé tout expliquer. Le seul couple de mon entourage dont je pensais qu'il avait une relation saine est précisément menacé parce que cette relation est trop saine… Et maintenant c'est à moi d'arranger la situation.

— Entendu. Je vais lui parler.

— Merci, Kendall. Je t'aime, tu sais.

Il me prend la main et la couvre de baisers.

— Si tu le dis, je réponds en essayant de ne pas sourire.

Il est si irrésistible… Qu'il soit maudit ! Il me tend un billet de vingt dollars.

— Je vais à la salle de sport. Invite Andrew à prendre un café. Il n'osera pas criser en public.

— Attends. Tu veux que je le fasse maintenant ?

Emerson hausse les épaules avant de tourner les talons et de s'éloigner au petit trot dans la rue, son sac de gym rebondissant dans son dos.

Mince.

***

Le mec au comptoir appelle Andrew, qui se lève pour aller chercher notre commande. On s'est installés dans un café « Dirt », et je me demande si les propriétaires n'ont pas poussé le bouchon un peu loin… Ils ont vraiment envie qu'on pense à de la terre ou de la boue quand on déguste nos boissons ?

Andrew revient avec deux énormes cappuccinos et en dépose un devant moi. Un cœur blanc est dessiné dans la mousse. Je suis sûre que tous les clients ont droit à la même chose, mais j'ai envie d'y voir un message. Je plonge mes yeux dans ceux d'Andrew, d'un bleu acier.

On souffle en silence sur nos mugs.
Un couple est assis à côté de nous. La cinquantaine, sans doute, avec des vêtements de randonnée, pour un trek peut-être, ou au moins une ascension difficile. Ils détonnent étrangement dans ce décor. Ils ont pris chacun une boisson et un cupcake, et ils ne s'adressent pas la parole. C'est sans doute la chose la plus triste que j'ai vue aujourd'hui, et je me surprends soudain à être beaucoup moins sévère à l'égard d'Emerson.
— Alors, lâche Andrew. Pourquoi tu voulais m'emmener prendre un café ?
Il est loin d'être bête.
— Je m'inquiète pour mon frère, je réponds en faisant semblant de ne pas avoir discuté avec ledit frère de son mal-être mais d'être le genre de personne qui passe ses journées à se soucier du bonheur de ceux qu'elle aime.
Andrew opine du chef. Il n'a pas l'air étonné, et ça me surprend.
— Moi aussi. Il est très à cran, ces derniers temps.
— Il t'a dit pourquoi ?
— Il a vaguement évoqué son travail.
Aïe. Ça s'annonce délicat, cette affaire.
— Pourquoi ? reprend Andrew. Il t'a parlé, à toi ?
Je sais ce que je dois répondre, il me suffit de réciter mon texte.
— Oui.
Andrew pâlit aussitôt.
— Je t'écoute.

Je prends une profonde inspiration. Ça devrait être facile, il suffit de dire la vérité, sans détour. De répéter ce qu'Emerson m'a expliqué.

— Il flippe. Au sujet de l'avenir. De votre avenir, ensemble. Il t'aime, mais... peut-être qu'il a le sentiment que vous êtes un peu trop installés, et que c'est allé un peu trop vite pour lui.

Andrew me fixe à nouveau avec ses yeux de mannequin. Pourquoi est-ce que je fais ça ? Et si j'étais en train de contribuer à la rupture de mon frère avec ce type ? J'ai envie de passer mes doigts dans ses cheveux blonds, en tout bien tout honneur, et il me laissera peut-être le faire si je ne l'énerve pas.

— Un peu trop vite, répète-t-il en déglutissant.

Il laisse ensuite tomber son menton vers sa poitrine. Oh, non ! il est dévasté.

— Mais il t'aime comme un fou ! j'ajoute.

Andrew redresse la tête. Il n'a pas l'air contrarié, non, il a l'air... soulagé.

— Je sais parfaitement ce qu'il ressent, dit-il avant de prendre une profonde inspiration et de s'adosser à la banquette.

— Vraiment ?

— Je panique à mort.

— Emerson est persuadé que tu as tout planifié. Que tu sais ce que tu veux.

— Il y a des jours où j'en suis convaincu. Et il y en a d'autres, où je ne sais plus du tout. On s'est connus à 19 ans !

— Bon, vous devez en discuter tous les deux. Emerson a l'impression que tu n'as pas envie d'en parler.
— C'est vrai.
— Mais il faut que tu le fasses, Andrew.
Il hoche la tête et tend les mains vers moi. Il m'attrape les poignets. Qu'est-ce qu'ils ont, tous ces mecs, avec ça ?
— Merci, Kendall.
En réalité, je n'ai pas fait grand-chose, mais j'accepte ses remerciements. Après tout, je suis là, non ? J'imagine Max assis dans un coin du café, bras croisés, en train de secouer la tête. *Ne va pas t'imaginer que ça compte.* Non, ça ne compte pas pour le défi que nous a lancé Erica. Mais ça compte à un niveau plus important.
— Tu es la sœur que j'ai toujours rêvé d'avoir, ajoute Andrew en avalant une gorgée de cappuccino.
— Mais tu as une sœur…
— Exactement.
On éclate de rire. Ouf ! L'ambiance est nettement plus détendue maintenant.
— Et moi, j'ai déjà trois frères, je peux bien en avoir un de plus. Adjugé vendu ! Évite juste de m'envoyer des selfies sexy par accident.
Andrew se renfrogne et pose son gigantesque mug. Ouais… J'ai perdu une occasion de me taire, moi.
— Qu'est-ce que tu veux dire ?
— Rien, c'était une blague débile.
Il me dévisage et, bon sang, il a vraiment de ces yeux…

— Pas du tout, Kendall. Qui t'a envoyé des selfies sexy par accident ? Walker ?
Ce serait si simple de coller ça sur le dos de mon autre frangin… Il ne saurait jamais de quoi je l'ai accusé, et même si c'était le cas, il en déduirait sans doute qu'il était trop défoncé pour se souvenir de l'avoir fait. Mais je suis ici pour aider Emerson… et Andrew. Je ne veux pas lui mentir.
— Non… C'était Em.
Andrew se penche vers moi. Pousse l'intensité de son regard au maximum.
— Est-ce qu'il comptait me l'envoyer à moi ? me demande-t-il alors que, de toute évidence, il connaît déjà la réponse.
Je fais non de la tête.

Je suis assise dans l'escalier, devant l'appartement, et j'entends toujours Andrew et Emerson. Ils ne crient pas, mais leurs voix sont chargées d'un paquet d'émotions… Et je peux vous dire que ça fait tinter les oreilles d'une façon très différente des hurlements.
Au moins, ici, je ne peux pas distinguer la teneur précise de leur échange. J'enlace mes genoux ramenés contre ma poitrine et abandonne ma tête contre la rambarde, dont les barreaux de métal noir ressemblent beaucoup trop à ceux d'une prison. Note pour plus tard : la prochaine fois que quelqu'un me forcera à intervenir pour régler un problème de couple,

je m'assurerai auparavant d'avoir un endroit où me réfugier après coup.

Et aussi : éviter d'être idiote et de répéter ce que j'aurais mieux fait de garder pour moi. Ça, ça serait un vrai plus.

Il faut que je dégage d'ici.

Dans la rue, le froid est pire que tout à l'heure. Maman m'a envoyé un texto pour vérifier que j'étais au courant qu'« on annonce des tonnes de neige ». On perçoit bien l'état d'incertitude atmosphérique, d'ailleurs, cette sensation de transition d'un état à un autre. Je trouve ça exaltant. Est-ce que c'est normal ? J'ai l'impression que toutes les personnes que je croise ont un sac en plastique rempli de pain, de lait et de piles. Les rayons de l'épicerie du coin de la rue sont vides, je le vois à travers la vitrine.

Qu'est-ce que je vais devenir si je ne peux pas arrêter le lycée et squatter dans le *chamcard*, à New York, parce que Emerson et Andrew se seront séparés ?

En somme, je n'ai pas la moindre idée de l'endroit où je veux aller ni de ce que je veux faire, que ce soit à cet instant précis ou de façon générale dans ma vie. Je presse le pas, et j'imagine que j'ai la réponse à ces questions jusqu'à ce que ma démarche gagne en assurance, comme si je savais avec certitude où mes pas me mènent. D'énormes flocons de neige ont commencé à tomber. Ils prennent un long détour avant d'atteindre le trottoir et tourbillonnent dans le vent. On dirait qu'ils ont conscience qu'il s'agit de leur dernier tour de piste. Il y a de moins en moins de monde dans la rue maintenant, et peut-être bien qu'il ne reste plus une seule miche de pain, plus une seule brique de lait et plus un seul paquet de piles AA dans tout l'Upper East Side.

Au bout de dix-huit blocs, je rebrousse chemin vers l'appartement d'Emerson. Je lui envoie un SMS en chemin. *Je peux rentrer ?*

J'ai beau fixer mon portable, je n'obtiens pas de réponse immédiate.

J'atterris dans un magasin de yaourts glacés, Yum Yum Yogurt. Une jeune vendeuse esseulée remballe lentement, dans des récipients hermétiques, les fruits frais qui servent de garniture. Je mets un peu de tous les parfums disponibles dans un pot, que je paie avec le reste de l'argent d'Emerson, puis je mange en grelottant à chaque cuillerée.

Mon téléphone finit par sonner, mais ce n'est pas le nom de mon frère qui s'affiche sur l'écran. Max.

— Hé ! me lance-t-il. Je t'appelais pour dire qu'on devrait peut-être annuler pour demain, vu les prévisions météo.

— Ouais, tu as sans doute raison.

Un récipient échappe à la vendeuse avec un grand fracas.

— C'est quoi ? me demande Max.

— Un truc qui vient de tomber. Je suis en train de manger un yaourt glacé sur Lexington.

— Qu'est-ce que tu fais dehors ? Il neige, non ?

— Euh… dans l'immédiat il n'y a encore que de gros flocons dignes d'un film. Mon frère et son copain sont en plein… débat conjugal, et je n'ai pas envie de rentrer tout de suite.
Un silence à l'autre bout de la ligne.
— Tu veux passer tuer le temps à la maison ?
— Chez ton grand-père ?
— Tu pourras faire sa connaissance, et je te raccompagnerai ensuite.
La vendeuse verrouille la porte de l'intérieur : aucun nouveau client ne pourra entrer. J'ai beau être autorisée à rester, moi, elle me jette un regard assassin en regagnant le comptoir.
— Je serai là dans un quart d'heure, je dis à Max.

Lorsque les portes de l'ascenseur s'ouvrent, Max m'attend dans le couloir. J'ai bien l'impression que ça lui fait plaisir de me voir. À moins que je ne projette sur lui mes propres sentiments.
— Entre, me dit-il d'un ton guilleret. J'ai parlé de toi à mon grand-père.
La première chose qui me frappe, dans l'appartement, c'est l'odeur. Un mélange capiteux de tabac, de bois et peut-être même d'épices. *Eau de vieillard.*
— Donne-moi ça.
Il me prend mon manteau pour l'accrocher à un portemanteau aux pieds griffus.
— Les infos annoncent plus de trente centimètres de neige… enfin, pas avant demain matin.

Je le trouve un peu bizarre, soudain, et je me rends compte que c'est parce que je le vois pour la première fois sans sa parka. Il porte un tee-shirt et, dessus, un pull camionneur dont la fermeture Éclair est à moitié remontée. Les manches un peu trop courtes s'arrêtent juste au-dessus des poignets, et son cou a l'air étonnamment nu sans écharpe. Le fait de passer du temps ensemble sans nos manteaux me semble être le signe qu'on vient de franchir un grand pas.

— Alors, prête pour *L'Expérience Ezra Levine* ? me demande Max.

— À t'entendre, tu m'emmènes assister à un spectacle de Broadway.

Avec un sourire taquin, il me rétorque :

— Il a remporté dix fois le prix du Plus Grand Ronchon, sans oublier celui du Meilleur Pet silencieux mais asphyxiant.

— Tu es vraiment taré, je lui dis, tout en riant.

Je lui emboîte le pas, curieuse de découvrir son grand-père.

Max

C'est vrai, j'avoue. J'ai proposé à cette fille de venir ici, alors qu'une tempête de neige se prépare, pour ne pas avoir à passer plus de temps en tête-à-tête avec mon grand-père. J'ai une dette envers l'univers et je m'en acquitterai plus tard. Promis.
— Grand Chef ? je lance en frappant sur le mur du salon.
Il y a un film en noir et blanc à la télé. Ce que je vois de mon grand-père est immobile. Il s'est sans doute rendormi. Je frappe une seconde fois, plus fort. Grand Chef se retourne, me voit et me sourit.
— Hé, champion !
— J'ai une amie à te présenter.
J'invite Kendall à entrer dans la pièce. Mon grand-père la jauge. Vingt dollars qu'il va faire une remarque sur ses cheveux.
— Bonjour, je suis Kendall.
— Une rouquine ! s'exclame Grand Chef. Couleur naturelle ou teinture ?
Qu'est ce que je disais… Au moins, il ne lui a pas demandé si la moquette était assortie aux rideaux,

si vous me suivez… Kendall reste imperturbable, pourtant.

— C'est cent pour cent naturel, répond-elle fièrement, avec un sourire.

Grand Chef se tourne vers moi.

— J'ai toujours adoré les rouquines. Jane Fonda… en voilà une qui avait du chien !

— Mmh-mmh…

La honte ! Il croise mon regard.

— Je ne blâme pas les filles qui se teignent les cheveux pour être rousses, d'ailleurs.

— Moi non plus, je dis tout bas avant de jeter un coup d'œil à Kendall.

Elle fronce les sourcils. Je n'ai pas eu le temps de lui expliquer la règle du « oui à tout ».

— Qu'est-ce que vous regardez ? demande-t-elle à Grand Chef.

À l'écran, deux types conduisent une vieille voiture ; un décor défile derrière eux.

— Une histoire de frères. J'ai perdu le fil de l'intrigue.

Pendant quelques minutes pénibles, on suit le film en silence. Bon, ça suffit. Je fais signe à Kendall de m'accompagner dans la cuisine.

— Waouh ! se contente-t-elle de lâcher.

— Je sais. C'est quelque chose…

— Nan, je ne pensais pas à lui, mais à toi. Tu acquiesces à tout ce qu'il dit.

— Ben ouais. Il perd un peu la boule.

— Et ?

— Et on ne peut plus trop le prendre au sérieux.
— Pourquoi ça ?
— Eh bien, parce que si je le faisais je deviendrais dingue. Et puis il souffre beaucoup, il est en colère et il se sent seul. Il mérite qu'on le laisse un peu peinard, tu ne trouves pas ?
Kendall réfléchit. Elle passe l'index sur le plan de travail en granit lisse.
— Bien sûr qu'il le mérite. Mais tu sais qui ton grand-père me rappelle ? Ce SDF qu'on a vu dans la rue, aujourd'hui.
— Josh, je dis, super fier d'avoir retenu son prénom.
— Oui, Josh. Il était clairement en train de perdre la boule, lui aussi. Il est malade, et il racontait n'importe quoi. Mais tu as pris le temps d'avoir une vraie conversation avec lui.
— C'est différent.
— Vraiment ? Tu lui as fait plaisir en le prenant au sérieux. Tu lui as donné le sentiment qu'il était écouté.
— Tu ne crois pas que je donne ce sentiment à mon grand-père ?
— Nan.
Je commence à sentir l'agacement monter. Elle ne sait rien de Grand Chef. De mamie. Ni du reste de la famille.
— Tu viens ici pour la première fois, je rétorque en m'efforçant de ne pas être trop sur la défensive. On fait justement tout pour lui donner le sentiment d'être écouté.
Après un instant de réflexion, Kendall secoue la tête.

— Je n'y crois pas. Quand je parle à une personne qui se contente de me répondre *ouais*, *mmh-mmh* ou *d'accord*, je suis certaine qu'elle ne m'écoute pas du tout.
— Pareil pour moi.
— Eh bien, voilà.
— Tu te trompes.
À moins que…
Je la dévisage. Ses yeux brillent d'une lueur espiègle. Je prends le temps de réfléchir à ce qu'elle vient de dire. À mon attitude. À notre attitude à tous.
Oh, mon Dieu… Elle a raison !
— Oh, mon Dieu, Kendall ! Tu as raison.
Un sourire soulève un coin de sa bouche. C'est la première fois que je la vois faire ce genre de sourire, innocent et arrogant en même temps. Une sorte de croisement entre Wendy et Peter Pan.
— Qu'est-ce que tu me conseilles alors ?
Elle ne me répond pas immédiatement. Hausse les épaules.
— Je ne sais pas trop.
— Tu ne peux pas m'ouvrir les yeux comme ça sans me proposer une solution !
Elle éclate de rire.
— Très bien. Pourquoi tu ne ferais pas l'inverse justement ?
— Tu veux dire le reprendre dès qu'il raconte des conneries ?
Son sourire revient, accompagné d'un regard espiègle. Cette fille est en train de me tuer à petit feu.

— Oui !

Je dois avouer que c'est très tentant. Ce qui ne me semble pas de bon augure…

— Je ne veux pas le contrarier.

— Je suis sûre qu'il est capable d'encaisser. Il m'a l'air assez solide.

Je me rends brusquement compte à quel point je me planque derrière de faux prétextes. Bien sûr qu'il est solide. Et qu'il peut encaisser ! Ce n'est pas par respect pour sa sensibilité qu'on le ménage. Je dis amen à tout parce qu'il me terrifie. Il nous terrifie tous.

— Maxie ! hurle soudain mon grand-père.

— Vas-y ! m'encourage Kendall en me poussant vers le salon.

— Tu viens avec moi ! je murmure, la suppliant à moitié.

Je m'attarde un peu sur le seuil de la pièce, et Kendall me pousse à nouveau.

— Max ! répète Grand Chef.

— Je suis là, je dis en approchant pour qu'il me voie. Qu'est-ce qui se passe ?

— Suze était censée me préparer du café, mais elle s'est volatilisée.

— Elle est partie il y a plusieurs heures.

— Sans dire au revoir ?

— Tu dormais.

J'ai le *d* de « désolé » sur le bout de la langue, mais je le retiens.

— Elle t'a parlé du défilé d'abrutis qui sont passés ici ?

— Comment sais-tu qu'ils sont abrutis ?

— Comment ?
— Tu leur as parlé suffisamment longtemps pour pouvoir juger leur degré d'intelligence ?
Je souris pour qu'il comprenne que je ne cherche pas à jouer au con. Il s'agit juste d'une provocation amicale. Entre un petit-fils et son grand-père, dont la relation est tout sauf amicale. Grand Chef lève les sourcils.
— Max, j'ai une longue vie déjà. Je sais reconnaître les imbéciles.
— Eh bien, Suze en a engagé une pour travailler ici. Elle commence dans quelques jours.
— Elle a quoi ?
Oh, mince. Désolé, tante Suze.
— Ça ne m'étonne pas qu'elle ait pris la poudre d'escampette sans m'en parler, grommelle Grand Chef.
Les explications se bousculent dans mon esprit : il dormait, elle devait partir, surtout avec la neige annoncée. Puis je jette un coup d'œil à Kendall, derrière moi. Elle hoche la tête une fois, et il ne m'en faut pas davantage.
— Peut-être que si tu étais moins désagréable, elle n'aurait pas envie de prendre la poudre d'escampette.
Il éclate de rire. Si fort que je vois ses plombages dorés. Ha ha ha !
— Quand est-ce que je suis désagréable ?
— Euh… tout le temps ?
Merde. C'est sorti tout seul. Mais Grand Chef se remet à rire. Moi qui m'attendais à ce qu'il pique la colère du siècle…

— Tu es un môme, Maxie. Il n'y a que les mômes pour utiliser le mot « désagréable ». Tu ne sais pas de quoi tu parles.

J'ai l'impression d'avoir ouvert une vanne.

— C'est toi qui ne sais pas de quoi tu parles ! Suze a une vie ! Tu ne te rends pas compte des efforts que ça lui demande de s'occuper de toi ?

Il me dévisage comme s'il ne m'avait jamais vraiment vu avant cette seconde. J'ouvre la bouche et voici ce qui sort :

— Pourquoi est-ce que tu t'embêtes à rester en vie si c'est pour être odieux avec tout le monde ? Tu ne crois pas que ça briserait le cœur de mamie si elle te voyait ?

Je ne viens pas de balancer ça. Impossible… Grand Chef ne rit pas, cette fois, mais il sourit. Il découvre ses dents au point qu'elles luisent de toute leur blancheur dans la pénombre. Il laisse aller sa tête en arrière, fixe le plafond. On dirait qu'il part à des kilomètres d'ici.

— Si elle me voyait, dit-il au bout d'un long moment, ta mamie serait soulagée de constater que je n'ai pas beaucoup changé.

L'émotion le submerge. Un mélange de tristesse et d'apaisement.

— Je ne lui ai pas facilité la vie. Et elle ne me l'a pas facilitée non plus. Ça marchait comme ça entre nous.

Je suis soudain assailli par des souvenirs de ma grand-mère. Je me rappelle son sourire et son amour des batailles de chatouilles. Ses lunettes qui glissaient sur son nez lorsqu'elle me lisait des histoires. Ses cheveux

quand elle sortait de chez le coiffeur, avec leur reflet légèrement violet au soleil.
Je me rappelle la façon dont mon grand-père l'exaspérait, et qu'elle secouait la tête en disant : « Encore loupé, monsieur. »
Bon sang... C'est ça qu'il veut. Qu'on le défie en permanence. Il en a besoin, et ça lui manque. Sans personne pour lui tenir tête, il se sent seul.
— Très bien, je finis par lâcher. Tu es odieux. Et tu veux qu'on te traite en conséquence.
Grand Chef prend une profonde inspiration et redresse son visage pour me regarder droit dans les yeux. Pour voir en moi. Comme si c'était la première fois qu'il me rencontrait.
— Exactement.

Kendall s'adosse à l'un des panneaux en bois de l'ascenseur. Et elle soupire. La journée a été interminable, elle doit être aussi épuisée que moi. Ce qui ne m'empêche pas d'être un peu triste de la voir partir. Les portes s'ouvrent sur le hall d'entrée. Tony, le gardien de nuit, me jette un drôle de regard.
— Quoi ?
— Vous avez l'intention d'aller quelque part ?
— Je comptais mettre mon amie dans un taxi.
Un air moqueur apparaît sur ses traits. Je m'approche de la porte de l'immeuble. Oh... Tout est blanc dehors. Tout ce qui existe et a jamais existé est blanc. Je fais un pas de plus. Je n'arrive même pas à voir la rue.

— On dirait bien que tu vas rester un petit moment, je dis à Kendall.
Elle n'a pas le temps de répondre : son téléphone se déchaîne, les alertes sonores se succèdent. Une ribambelle de textos qui arrivent en même temps.
— Mon frère a cherché à me joindre, explique-t-elle en consultant l'écran.
— Le réseau doit être mauvais avec la tempête.
Kendall s'éloigne de quelques pas pour passer un coup de fil.
— Salut, je viens de recevoir tes textos à l'instant. Je vais bien, je suis chez le grand-père de Max... Oui, lui... Il dit que je peux rester ici... Je t'appelle demain matin... Non, ça va, je t'assure... Emerson, arrête, je t'ai dit que ça allait.
Elle raccroche et se tourne vers moi, l'air penaud.
— Il culpabilise de m'avoir forcée à errer dans le quartier sous une tempête de neige. Peut-être que cette histoire va finir par me rapporter un bon d'achat...
Le trajet en ascenseur est court, pourtant il me semble durer une éternité.
— Tu n'as qu'à imaginer que l'appart de Grand Chef est un hôtel branché au style kitsch décalé.
Kendall me sourit.
— De toute façon, ça va être le grand luxe, tu sais. Chez Emerson, je dors dans un placard.
Je l'installe dans l'ancienne chambre de tante Suze et sors des draps propres. Propres, mais pas tout jeunes : on dirait qu'ils ont été achetés en 1981. Les licornes

multicolores qui gambadent dessus sont toutes décolorées et grisâtres.
— Elle fait quoi, ta tante ? demande-t-elle en observant la pièce.
— Comment ça ?
— Ben, quel est son métier ?
— Ah... Elle bossait dans la finance. Mais pour le moment elle s'occupe de ses enfants.
Kendall hoche la tête, comme si cette information allait avoir une incidence sur la qualité de son sommeil. On reste plantés là, gênés. J'ai toujours les draps dans les bras, parce que je n'ai pas encore trouvé le moyen de faire son lit sans avoir l'impression ridicule de partager une grande intimité avec elle, soudain. Elle finit, à mon soulagement, par me les prendre des mains.
— Il y a des couvertures dans cette commode.
Kendall hoche la tête, puis laisse tomber les draps sur le lit.
— Tu es fatigué ? Parce que moi, non.
Moi, non plus. Je ne serai peut-être plus jamais fatigué.
— On pourrait mater un film ?
Je l'emmène dans le petit salon, avec ses murs tapissés d'étagères et sa vieille télé dans un coin. Kendall fait courir un doigt sur les dos des vingt-deux volumes de l'encyclopédie de 1977. Elle examine ensuite les rangées de DVD et de cassettes VHS. Oui, on en a encore. Qui remontent à leur invention. Elle en sort une.
— *Labyrinthe* ?

Je ne suis pas sûr du sens de sa question. C'est un de mes films préférés de tous les temps. Sans doute parce que je regardais cette cassette chaque fois que je venais chez mes grands-parents.

— C'est ton choix ? je lui demande en conservant une voix neutre, mais en restant à l'affût.

— Tu plaisantes ? me rétorque-t-elle, totalement impassible. David Bowie et les Muppets ? Est-ce que tu imagines meilleure compagnie pour tuer le temps pendant une tempête ?

Je libère mon souffle et, pour la première fois, la sensation de *c'est trop bizarre limite horrible* est remplacée par celle de *cool on va bien s'amuser.*

Ensuite, je prépare du pop-corn au micro-ondes. Puis on prend chacun un soda dans les réserves de Grand Chef, au frigo.

— C'est le minibar de l'hôtel branché, je lui dis. Si on remet des cannettes avant que mon grand-père ne remarque leur disparition, elles ne nous seront pas facturées.

Pendant que je branche la télé, Kendall s'approche de la fenêtre et écarte le rideau.

— Waouh !

Ça tombe sacrément maintenant. Le vent balaie la ruelle et fouette la vitre. Kendall presse sa paume contre celle-ci.

— Elle est glacée…

— Viens, je lui dis en tapotant l'autre extrémité du canapé.

Une fois qu'elle est assise, je lui lance un plaid en crochet. Elle le remonte sous son menton.
— J'adore cet appartement, où tout est à la fois vieux mais raffiné, dit-elle en humant la couverture.
— C'est toujours comme ça quand on habite sur Park Avenue.
Et que ma grand-mère est passée par là... C'est elle qui a fait ce plaid. Je suis vraiment content que Kendall ne s'en soit pas moquée.
On regarde le film en piochant dans le pop-corn et en buvant nos sodas. Et en faisant des remarques sarcastiques mais attendries sur le film. Régulièrement, la fenêtre tremble sous un nouvel assaut du blizzard. Dès que j'ai besoin de changer de position sur le canapé, je veille à laisser toujours au moins plusieurs dizaines de centimètres entre nous deux.
À la fin du film, Kendall pousse un long soupir théâtral.
— Ahhhh, j'avais besoin de le revoir, dit-elle. C'est mon frère aîné, Sullivan, qui me l'a montré la première fois. Ça doit être la seule chose qu'on a en commun...
Je coupe la télévision et on entend le vent gémir. Un bruit infâme et perçant.
— Ça va être super beau toute cette neige, demain, je dis.
Elle hoche la tête mais semble peinée. Se mordille la lèvre.
— Je m'inquiète pour ceux qui sont coincés dehors.
— Les SDF ?
Elle fait oui de la tête.

— Je suis sûr qu'on les conduit dans des abris, quand ils n'y vont pas d'eux-mêmes.
— Ça n'empêche pas les accidents… On oublie des gens. Ou alors ils s'imaginent pouvoir passer la nuit dans leurs voitures. Et puis, je pense aux animaux. Aux chats errants, aux écureuils.
— À ta place, je ne m'en ferais vraiment pas pour eux. Les écureuils survivraient à l'apocalypse.
— Peut-être bien, mais les chats…
— Ils savent très bien se débrouiller avec leur instinct de survie.
On reste silencieux un moment, à écouter le vent. Je ne me souviens pas de la dernière fois où je me suis contenté de faire ça, écouter.
Soudain, la voix de Grand Chef résonne dans le salon.
— Maxie ?
— Je reviens tout de suite, je dis à Kendall.
Il a redressé son fauteuil relax au maximum et il fixe la fenêtre. Sa couverture est tombée par terre. Le publi-reportage à la télé gueule.
— Tiens.
Je ramasse la couverture et l'emmitoufle dedans.
— La chaîne météo parle de trente centimètres au moins.
— Il y aura beaucoup plus que ça, je réponds. Je pense qu'il y a *déjà* trente centimètres.
— Je déteste ça, la neige, quelle connerie ! Je devrais faire mes valises et partir en Floride.
— Je sais.

J'ai acquiescé par réflexe, je me reprends aussitôt :

— Mais attends… Je croyais que tu trouvais la Floride rasoir. Et tu adores la neige. Tu as skié jusqu'à tes 79 ans !

Grand Chef me coule un regard en biais, comme si c'était un secret qu'il ne voulait partager avec personne.

— Eh bien, je déteste ça maintenant, et je ne peux plus skier.

Je le regarde dans son fauteuil, avec ses petites jambes faibles sous la couverture. C'est difficile de l'imaginer sur des skis. Ou de l'imaginer en membre actif de la société, dans le monde extérieur.

— Quelle importance la météo peut bien avoir pour toi ? je lui demande. Il pourrait y avoir un grand soleil et faire vingt-six degrés, tu resterais assis dans ton salon à regarder une pub pour… une crème antirides.

Il a l'air en colère. Puis il sourit.

— Bien vu, Maxie. Bien vu.

— Tu as besoin d'autre chose ? Je vais me coucher.

— Non. Dans une minute je me serai rendormi.

Je m'éloigne, avant de me raviser et de revenir sur mes pas.

— Kendall passe la nuit dans la chambre de tante Suze. Elle n'a pas pu rentrer chez son frère à cause de la tempête.

Grand Chef ferme les yeux et hoche la tête.

— C'est très élégant de ta part. Très bien.

Il rouvre brusquement les yeux.

— Elle pourra nous préparer le petit déjeuner demain matin ?

— Je m'en chargerai, espèce de vieux machiste !

Il sourit. Referme les yeux.

— Réveille-moi quand il sera prêt.

Dans le petit salon, Kendall s'est endormie avec un volume de l'encyclopédie, celui de la lettre *i*, ouvert sur le ventre. Je le referme délicatement et le pose sur une table près du canapé, mais pas avant d'avoir regardé la page qu'elle lisait : l'entrée sur l'Irlande. Je me demande si elle a visité ce pays pendant son voyage. J'ai l'impression que cette journée a duré une semaine, mais je suis toujours une vraie pile électrique. Je m'assieds à l'autre bout du canapé et attrape la télécommande. Je baisse le volume au minimum. Je trouve la chaîne que Grand Chef regardait. Je comprends ce qu'il aime dans les publireportages. Ils s'attaquent à des problèmes universels. Et proposent des solutions simples. Au bout du compte, tout le monde est content.

30 décembre

Max

Quand j'ouvre les yeux, de la lumière filtre par la fenêtre. Ce n'est pas la lumière habituelle du matin. Il n'y a pas vraiment de soleil, mais une lueur diffuse. Je ne suis pas dans un lit. Je suis resté dans le petit salon. Sur le canapé. J'ai la nuque raide, et j'ai bavé sur un coussin.

Mes pieds sont emmêlés dans quelque chose. Non, quelqu'un.

Nos deux têtes, à Kendall et à moi, ont beau être aux deux extrémités du canapé, nos pieds et nos chevilles ont visiblement pris leurs propres dispositions, de leur côté.

Je tente de récupérer les miens – lentement, pour ne pas la réveiller… Ça la réveille.

— Hé ! s'écrie-t-elle.

— C'est rien, c'est juste moi, je murmure.

Elle a l'air confuse, puis soulagée. Elle observe nos jambes, la confusion revient sur son visage.

— On a dormi tous les deux ici ?

— Oui.

Je m'empresse d'ajouter :

— Sans le vouloir.

C'est tellement bête que j'en grimace. Kendall libère ses chevilles des miennes, replie ses jambes contre sa poitrine et s'entortille dans le plaid.

— C'est terminé ?

— Quoi ?

— La tempête.

— Ah… Je crois.

Je me lève pour aller à la fenêtre, ouvre le rideau. La vache ! il y a beaucoup de neige dehors. D'où la lumière, aussi éblouissante que celle d'un néon ultra puissant. Kendall me rejoint à la fenêtre. Tout en bas, sur la 82e, le chasse-neige a déblayé la chaussée, laissant une petite chaîne de montagnes à la place des trottoirs. Deux silhouettes vêtues en orange de la tête aux pieds et armées de pelles dégagent lentement l'entrée d'un bâtiment. Un cocon humain promène son chien au beau milieu de la chaussée.

— Sortons ! s'enthousiasme Kendall.

— Maintenant ?

— Pourquoi pas ? Il n'y aura pas de meilleur moment !

— Ce n'est pas de la neige, c'est un gigantesque pied de nez de Mère Nature.

— Raison supplémentaire d'en profiter.

Je prends la télécommande pour allumer la télé, mais rien ne se passe. Je cherche à allumer une lampe. Toujours rien.

— On n'a plus d'électricité. L'immeuble a un générateur. Il faut que j'aille m'assurer...

— Maxie !

La voix en provenance du salon beugle plus que jamais.

— Oh, non ! je lâche parce que je viens de prendre la mesure de la situation. Grand Chef n'a plus rien à regarder. Autrement dit : plus rien à faire ; autrement dit : la fin du monde est arrivée !

Kendall lève les yeux au ciel.

— Pitié, Max.

Elle se dirige, de son propre gré, vers le salon. Je lui emboîte le pas.

— Bonjour ! lance-t-elle à mon grand-père.

— Est-ce que le courant est coupé ?

On dirait qu'il est assis plus droit. Et son regard exprime un regain d'énergie. Peut-être que c'est parce qu'il s'inquiète. Je ne l'ai jamais vu inquiet... je ne suis pas sûr d'être capable de faire face.

— Oui, lui répond Kendall.

— Je suis certain que le générateur va se déclencher d'une minute à l'autre, j'ajoute.

Elle me lance un regard malicieux. Puis elle récupère plusieurs magazines dans la pile de courrier bien ordonnée, à laquelle on a à peine touché.

— D'ici là, dit-elle à Grand Chef, voici de la lecture passionnante.

Elle place les journaux sur le petit guéridon près du fauteuil, et repose les lunettes de Grand Chef sur l'exemplaire de *National Geographic*, au sommet de la pile. Il la dévisage, amusé. Le fait de ne pas appartenir à notre famille donne à Kendall une forme d'immunité.

— Assieds-toi pour lire avec moi pendant que Maxie nous prépare un petit déjeuner, dit-il à Kendall. Il a promis de s'en charger.

Grand Chef me décoche un sourire. C'est horripilant. Je crois que je le préférais presque quand il me foutait les jetons.

Je suis plus que ravi de fuir dans la cuisine pour remplir des bols de céréales et des verres de jus d'orange.

Kendall

Grand Chef feuillette les pages en papier glacé d'un article avec des photos impressionnantes de feux de forêts et de gens qui cherchent à les éteindre. Ils sont couverts de cendre et affichent un air déterminé.

— Dis-moi, me lance-t-il en me montrant un homme qui prend la pose à côté d'un hélicoptère. Tu penses qu'il triche pour ses impôts ?

Je me penche pour scruter ses traits.

— Il me paraît énervé, en tout cas.

— Mmh... Ça doit être ça, tu as raison. C'est le problème des anciens avocats : ils ne font jamais confiance à personne.

— Mais est-ce vraiment important ? Si une forêt prend feu, il est là. Peu importe qu'il soit honnête.

Grand Chef opine du chef.

— J'ai croisé un tas de pompiers de la ville de New York à l'époque. Ils font ce qu'il faut, au moment où il le faut.

Son regard se perd dans le vague, il doit être en train de plonger dans sa mémoire. Il se souvient peut-être de cette fameuse « époque », ou des pompiers qu'il a croisés. Il a dû rencontrer beaucoup de gens dans sa vie. À 8 ans, j'avais déjà perdu mes grands-parents, je n'ai jamais eu l'occasion de fouiller dans leurs souvenirs, de leur réclamer des anecdotes intéressantes sur eux et d'autres gens. Je sais que Max me dirait de ne pas gaspiller d'énergie pour ça, mais c'est plus fort que moi.

— Vous avez déjà assisté à un incendie ?

C'est la première pensée-ver de terre à se distinguer dans la foule qui envahit mon esprit.

— Non, je ne peux pas dire ça. Ma mère a survécu au fameux incendie de l'usine de confection Triangle Shirtwaist. Quand j'étais môme, elle m'a tellement rebattu les oreilles avec cette histoire que j'avais l'impression de l'avoir vécu, moi aussi.

J'observe Grand Chef sous sa couverture. Ses pieds, cachés sous des chaussettes, ont l'air si inutiles qu'il pourrait aussi bien s'agir de palmes.

— Vous feriez quoi, si cet appartement prenait feu ? je lâche brusquement. Et si personne ne pouvait vous venir en aide ? Vous essaieriez de vous échapper ?

Il me dévisage. Avec perplexité ou amusement, je ne saurais le dire.

— Ou alors, est-ce que vous vous diriez : « Bon, je suis vieux et c'est une bonne façon de partir » ? Dans ce cas, vous pourriez inhaler une tonne de fumée ou vous jeter par la fenêtre.

Il continue à me scruter quelques secondes de plus, et je me demande si j'aurais dû tenir ma langue pour changer… Mais, soudain, il rejette la tête en arrière et éclate de rire.

— Tu es impayable !

— Non, juste très, très curieuse. Désolée…

— Ne t'excuse pas ! Et continue d'être curieuse, même si ça énerve les gens.

— D'accord.

— Alors, parle-moi un peu de toi. Où en es-tu ? Tu as encore des années à tirer au lycée ?

« Des années à tirer », comme si c'était une peine de prison.

— Oui, officiellement.

— Qu'est-ce que ça veut dire, ça, bon sang ?

— Il me reste encore six mois de cours. Et j'espère réussir à trouver un moyen de les faire sans avoir à retourner au lycée.

Tout à coup, je me retrouve à vider mon sac.

— J'ai passé les quatre derniers mois à l'étranger, c'était formidable, et j'aimerais rester dans le même état d'esprit, et aussi vivre à New York avec mon frère. Bref, préparer mon diplôme en candidate libre, en quelque sorte.

Je reprends mon souffle. Je ne m'étais pas préparée à me confier autant. C'est la première fois que j'expose mon plan à voix haute. Il a acquis de la matière et de la profondeur. Ce n'est plus simplement une pensée-ver de terre.

Le regard de Grand Chef se perd à nouveau dans le vide.
— Tu veux faire les choses à ton propre rythme, en somme.
— Oui, même si ça me force parfois à faire du surplace.
Il éclate de rire.
— Décidément impayable ! Tu me fais penser à moi, à l'époque où j'étais un jeune imbécile.
À mon tour d'éclater de rire.
— Ce n'est pas aussi drôle qu'il y paraît.
— Peut-être aujourd'hui. Mais avec le recul, ça le deviendra.
Je m'apprête à répondre « Si vous le dites », avant de me rendre compte que je suis en train de traiter Grand Chef avec condescendance, comme Max le faisait.
— Je ne suis pas certaine que vous sachiez de quoi vous parlez, mais merci quand même.
Il hoche la tête, comme si c'était une réponse parfaitement recevable, puis reporte son attention sur la télévision éteinte. À cet instant précis, elle émet un petit bruit de robot, l'air de dire « Je suis réveillée ! », et les voyants lumineux se rallument. Une présentatrice de la CNN apparaît sur l'écran. Elle capte aussitôt l'attention de Grand Chef.
Dans la cuisine, Max me dévisage avec de grands yeux ronds.
— Tu as entendu notre conversation ?
Il hoche la tête.
— Je n'ai jamais été capable de lui parler aussi librement, moi. De ce genre de trucs…

— Peut-être que tu pourras maintenant.

— Peut-être. Mais tu…

Il s'interrompt, et l'expression sur son visage se situe quelque part entre l'émerveillement et la gratitude. Il a les yeux fixés sur moi : je ne suis pas sûre d'aimer ça (mais je ne l'en empêche pas). Je finis par lâcher :

— Je devrais rentrer chez mon frère.

Max ne réagit pas immédiatement, on écoute le bourdonnement du réfrigérateur. J'ai un peu l'impression qu'il n'a pas envie que je parte. Et qu'est-ce qu'on dira à Jamie au sujet de la nuit que j'ai passée ici ? Tout ça est très embêtant…

Max lance alors :

— On a des affaires de ski, je vais t'en prêter. Et te raccompagner.

Ce n'est ni une question, ni une proposition. Ce qui signifie que je n'ai pas à analyser/suranalyser cette idée, puisqu'il s'agit d'une simple information que je suis censée accepter.

Max apporte son petit déjeuner à Grand Chef avant de revenir me chercher et de me faire signe de le suivre jusqu'à une porte close à l'extrémité d'un très long couloir. Sa main reste suspendue un instant au-dessus du bouton : elle s'est déjà arrondie pour s'adapter à sa forme mais ne le touche pas encore. Puis il l'empoigne et tourne d'un geste vif. On entre dans la chambre : il y a un gigantesque lit avec une tête en bois sculpté, des draps à fleurs et au moins dix-sept oreillers. Le genre de lit qu'on trouve dans un conte de fées et qui espère le retour d'une princesse disparue.

— La chambre de mes grands-parents, explique Max. Mate-moi ça.

Il ouvre une autre porte, qui donne sur le plus grand placard que j'aie jamais vu. Je pourrais dormir sans problème dans ce placard-là, et peut-être même y organiser une soirée.

Ses parois sont tapissées de rangements. Lesquels croulent sous les chaussures orthopédiques et les sacs en croco. Des tailleurs sont suspendus sur les tringles. Max fouille du regard les étagères et trouve ce qu'il cherche sur l'une du bas. Il brandit son butin d'un air triomphal.

Des après-ski avec doublure en fausse fourrure. Enfin, j'espère qu'elle est fausse !

— Tout ça appartenait à ta grand-mère ? je lui demande en prenant les bottes.

— Elle avait la classe, se contente-t-il de répondre en balayant du regard les vêtements suspendus.

Il finit par tendre le bras et par sortir une combinaison de ski. Le genre que portent les gamins, mais en plus grand évidemment (enfin pas de beaucoup, cela dit). Elle est rose fuchsia avec des bandes blanches sur les manches.

— Euh…

— Ça devrait t'aller, me dit Max en me la collant dans les mains.

— Euh… je répète.

— C'est quoi le problème ? Mamie portait ça pour aller skier. En Europe ! Tu peux être sûre que c'est le top du top.
— Ça me met super mal à l'aise de porter les affaires de ta défunte grand-mère.
Mal à l'aise correspond à peine à la partie visible de l'iceberg.
— Mieux vaut être un peu gênée que trempée et morte de froid. Il y a soixante centimètres de neige dehors. Je vais chercher quelque chose pour moi aussi.
Je prends la combinaison. Pendant que Max va fouiller dans un autre placard gigantesque, en face, j'en profite pour observer la chambre. La moindre surface plane est recouverte de photos de famille encadrées.
— Depuis quand ton grand-père n'a pas dormi ici ?
— Je ne sais plus trop. Ça remonte à bien avant la mort de ma grand-mère. Son dos et sa hanche se sont tellement détériorés que ça le faisait souffrir de dormir en position allongée.
— Comme Elephant Man, je dis, regrettant aussitôt ma répartie.
Heureusement, je l'entends ricaner. Il ressort du placard en brandissant une combinaison bleu marine, avec des bandes blanches sur les manches. Assortie à la mienne…
— Je n'avais vu ces tenues qu'en photo. Elles sont tellement plus classes en vrai.
— *Classe* n'est pas le mot auquel je penserais spontanément.

Max me sourit. Il referme délicatement la porte lorsque nous quittons la chambre, comme s'il voulait laisser cette pièce dans sa bulle hermétique, hors du temps. Je vais me changer dans la chambre de tante Suze. Une part de moi n'arrive toujours pas à croire que j'enfile un truc pareil, mais une autre apprécie le côté ludique de l'expérience. J'ai l'impression que ça fait partie du défi que nous a lancé Erica.

— Tu devrais trouver des chaussettes dans la commode ! me crie Max d'une autre pièce.

Et, bien sûr, je mets la main sur d'immenses chaussettes rayées qui montent jusqu'au genou. La combinaison et les après-ski sont un peu petits, mais rien de catastrophique.

Max m'attend dans le couloir. C'est vraiment quelque chose.

— Tu ressembles à un croisement entre un super-héros et le plus grand gamin de 2 ans de tous les temps.

— Et toi, tu ressembles à *Barbie fait du ski*.

— Alors nous voilà parés !

On descend. La première grosse neige de l'hiver me rappelle toujours ce que j'ai tendance à oublier : dès qu'il tombe près de soixante centimètres en douze heures, les voitures ne sont plus des voitures mais d'énormes masses blanches qui semblent appartenir au paysage depuis le Néolithique. Les arbres sont recouverts de sucre glace. Max observe la ville transformée tout autour de nous, et je me demande s'il

pense la même chose que moi : ça n'a pas l'air tout à fait réel, tout ce calme, tout ce blanc.
Il enjambe la chaîne de montagnes formée par la neige sur le trottoir. Si la chaussée reste périlleuse, malgré le passage des chasse-neige, c'est toujours mieux que le trottoir, complètement impraticable. Max me tend une main pour m'aider à franchir les congères. Mon pied se coince, et il m'aide à retrouver l'équilibre. Enfin, je suis sur la chaussée sur mes deux jambes, enchantée de porter des après-ski – même si c'est de la vraie fourrure.
On fait un, deux, trois, quatre pas en se tenant la main. Qui est censé se dégager en premier ? Au cinquième pas, Max me lâche et on poursuit notre chemin sur Park Avenue. Le bâtiment de MetLife brille au loin, derrière nous, éclairé alors qu'il est tout juste huit heures du matin. Les guirlandes des sapins de Noël alignés sur le terre-plein au centre de l'avenue sont éteintes, elles. Comme les feux de circulation.
— Le courant a dû sauter dans tout le quartier, observe Max.
Un taxi esseulé, courageux (ou inconscient), descend lentement vers le sud de Manhattan. Simultanément, un chasse-neige se traîne en direction de Park Avenue depuis la 83e Rue. Max les repère l'un après l'autre, et se dirige vers l'intersection.
— Fais gaffe ! je lui crie.
Il avance d'un pas hésitant au début, puis de plus en plus assuré. Quand il atteint le centre de Park Avenue,

il lève les deux mains : une pour le taxi, l'autre pour le chasse-neige. Les deux véhicules ralentissent et s'arrêtent.

— Le chasse-neige était là en premier ! je crie.

Il confirme d'un signe de tête, et invite le chasse-neige à passer d'abord, en s'effaçant. Le conducteur remercie Max d'un geste de la main. Le taxi poursuit sa route, sans nous accorder un seul regard, lui. On est tellement fiers d'avoir régulé la circulation qu'on ne remarque, ni l'un ni l'autre, le second taxi.

Max

Je me tourne vers Kendall. Avec le froid, ses joues sont presque du même rose que sa combinaison. Elle a l'air si *vivante*. Elle est belle.

Un *TUT !* retentissant dans mon dos me fait sursauter. Je me retourne d'un bond.

Le taxi essaie de freiner et il a du mal, du coup il zigzague dans tous les sens. Je me jette sur un tas de neige au moment où le taxi s'arrête, à quelques mètres de moi.

Je vois le chauffeur poser son front contre le volant. Son dos se soulève. Au bout de quelques secondes, il redresse la tête, baisse sa vitre. Et me fusille du regard.

— Ça va, le jeune ? aboie-t-il.

— Oui, je réponds depuis mon terrier.

— Qu'est-ce que tu fabriquais au beau milieu de la chaussée, enfin ?

— J'essayais de réguler la circulation. Je ne vous ai pas vu arriver.

Le chauffeur secoue la tête.

— Ne fais pas l'imbécile.

J'opine du chef en me mordant la lèvre : je suis au bord des larmes, je n'en reviens pas. Il marmonne quelque chose et remonte sa vitre avant de redémarrer. Ça aurait pu être bien pire. Il aurait pu déverser sur moi le flot d'injures classique du chauffeur de taxi énervé. Et, bien sûr, j'aurais pu y rester.

Kendall s'est approchée de moi et me tend la main.

— Viens.

— Je ne veux pas en parler. J'ai été stupide.

Elle semble tentée de protester, mais se contente de me dévisager. Est-ce qu'elle sait que j'ai failli pleurer ? Et que j'ignore pourquoi ? Le positif annule le négatif, le négatif annule le positif. Ça ne s'arrête jamais. À quoi bon ?

Kendall m'aide à me relever, puis elle me lâche la main pour épousseter la neige dans mon dos. Elle me remet en selle.

À quelques rues de là, un homme et une femme se démènent pour déneiger le trottoir devant un immeuble. Lui essaie de pousser une souffleuse à neige pendant qu'elle utilise une pelle. Sous l'auvent du bâtiment se trouve une poussette recouverte de plastique. À l'intérieur, un bébé si emmitouflé qu'il ressemble à un burrito hurle à la mort.

— Bonjour, je leur dis.

La femme s'interrompt et prend appui sur sa pelle, hors d'haleine.

— Ouais… bonjour…

Elle n'a pas du tout l'air de penser que c'est une bonne journée.

— Vous avez besoin d'aide ? lui lance Kendall.

— Non, merci, répond la femme.

Au même moment, l'homme demande :

— Quel genre d'aide ?

— Euh… n'importe quel genre, je dis. Ce qui vous arrangerait.

Ils échangent un regard.

— Est-ce que ça serait considéré comme une faute professionnelle ? l'interroge-t-il.

— Et alors ? lui rétorque-t-elle avant de se tourner vers moi. On s'occupe de l'immeuble et on a du mal à pousser la souffleuse avec la quantité de neige.

Kendall s'approche de la poussette et jette un coup d'œil à l'intérieur. Elle attire l'attention de la femme, pointe l'index sur le bébé, puis sur elle-même. La femme hoche la tête. Kendall soulève la protection en plastique pour prendre le bébé dans ses bras : il a atteint le stade où ses cris n'ont plus rien d'humain. Kendall a l'air un peu flippée, mais elle serre le bébé contre elle et le berce. Tout en lui soufflant *chuuuutttt !* assez fort. Les cris s'apaisent, diminuent un peu. On pourrait croire que quelqu'un a tourné le bouton du volume.

— Elle aime ça, observe la femme. Merci.

Je m'approche de la souffleuse à neige, et le type me laisse sa place, visiblement soulagé de prendre ses distances avec cet engin. Il plaque une main sur son

torse. Reluque ma combinaison de ski, et ensuite celle de Kendall. Je parie qu'il se pose des questions.
Je donne un coup dans la souffleuse à neige. Elle avance de quelques centimètres, mais en résistant. De toute évidence, elle n'est pas adaptée à de telles quantités. C'est là où ma grande taille m'avantage : je peux exercer une vraie pression sur la machine. Je la pousse à nouveau et un énorme *ouf!* m'échappe, bien malgré moi. J'ai réussi à la mettre en mouvement. La neige qu'elle recrache est un peu ma tempête personnelle. Peut-être que c'est ce que ressentent les dieux, cette impression de faire la pluie et le beau temps.
Près de la porte de l'immeuble, Kendall montre au bébé le jet de neige. Elle pointe un doigt dessus, murmure à l'oreille de la petite. Celle-ci ne fait plus que gémir. La femme leur sourit sans cesser de pelleter.
Dix minutes plus tard, le passage est dégagé. Du moins grosso modo. Kendall rend le bébé à sa mère. L'homme s'approche pour couper la souffleuse à neige.
— Je ne sais pas comment vous remercier.
— Aucun problème.
— Vous êtes quelqu'un de bien, insiste-t-il avant de glisser quelque chose dans la poche de ma combinaison.
Je secoue la tête et veux lui rendre ce qu'il vient de me donner.
— S'il vous plaît, me dit-il en immobilisant mon bras pour m'empêcher d'aller au bout de mon geste.
Son expression se fait implorante, c'est important pour lui. Je finis par hocher la tête. Kendall s'approche.

Avec son sourire et ses joues roses, elle est absolument adorable.
— Notre mission est terminée, dit-elle en faisant semblant de s'essuyer les mains. Retrouvez-nous demain, les amis, pour un nouvel épisode des *Sauveurs de l'humanité en combi de ski* !
Je ris. On fait au revoir de la main au couple en s'éloignant. Le bébé n'a toujours pas l'air très rassuré.
— Tu crois que ça peut compter double ? me demande Kendall.
— Je ne pense pas, non.
— D'accord. Je le noterai plus tard. Mais je tiens à souligner que c'était une sacrée bonne action. Tu as poussé une grosse machine très lourde, tu t'es donné du mal, et moi j'ai affronté un bébé qui hurlait aussi fort qu'une sirène.
Je sors de ma poche un billet de dix dollars. Je le lui tends.
— C'est quoi ?
— Le type me l'a donné. Enfin, je devrais plutôt dire qu'il m'a forcé à le prendre.
Elle fixe l'argent.
— Je suis partagée.
— Vraiment ?
— D'un côté, c'est dix dollars ! On pourrait s'offrir un chocolat chaud hors de prix dès qu'un café ouvrira.
— De l'autre ?
— Ce billet modifie ma perception de notre bonne action désintéressée.

— Je sais… On a fixé cette règle sur l'argent pour une bonne raison.
— Sauf que ce n'est pas pour ça qu'on s'est arrêtés. On ne cherchait pas à se faire du fric. Je crois que c'est vraiment ça qui compte.
On marche en silence quelques secondes. Au moment où on atteint l'intersection suivante, Kendall s'arrête et lance :
— J'ai une idée.
Puis elle me tend une main.
— Donne-moi l'argent.
Elle me décoche un sourire diabolique. Un instant, je crois qu'elle va empocher le billet et s'enfuir. Mais elle se contente de le rouler en tout petit tube bien serré, avant de s'approcher d'une congère. Elle y plonge le bras jusqu'à l'épaule. Quand elle le ressort, l'argent a disparu.
— Quelqu'un le trouvera demain, une fois que la neige aura commencé à fondre. Ça lui fera sa journée.
— Tu sais qu'on ne peut pas compter ça comme une bonne action. On était d'accord…
— Oui, c'est juste pour le plaisir, dit-elle.
Ses yeux dansent à nouveau.
— Mais je croyais que tu voulais un chocolat chaud ?
— Chez mon frère, ils en ont du délicieux, gratos.
Je lui rends son sourire. On vient, en quelque sorte, de remporter une victoire ensemble. Et c'est comme si la ville enneigée, ou au moins tout le pâté de maisons, nous appartenait. Ou alors, plus simplement,

cet instant. Un instant que je ne préférerais partager avec personne d'autre sur terre.

— En route, dit Kendall.

On se remet à marcher. Je jette un coup d'œil en direction de l'endroit où elle a caché le billet ; j'espère qu'il ne finira pas dans les mains d'un enfoiré.

Ulysses

Ça sera parfait, voilà ce que m'avait promis Tally. L'immeuble de son oncle, dans l'Upper East Side, avait besoin d'un gardien. Le poste s'accompagnait d'un appartement de fonction, en sous-sol, et d'un tas d'autres avantages.

On avait besoin d'un endroit où vivre, ailleurs que chez mes parents, dans le Queens.

On avait besoin de quelque chose de différent.

On avait besoin de quelque chose.

On avait besoin.

J'en ai tellement assez d'avoir besoin.

La petite est malade. Pas un de ces cancers qui nous aurait permis de faire une collecte sur Internet auprès de ceux qu'on aurait réussi à attendrir. Elle est simplement malade. En permanence. Rhume, otite, truc qu'on appelle « croup » et qui, sans blague, fait pousser des grognements de phoque à ton gosse. Officiellement, elle n'a aucun problème de santé. Juste un système immunitaire merdique. Qui voudrait bien donner de l'argent pour ça sur un site Internet ?

Tally est tellement obsédée par le bébé qu'elle n'a pas besoin d'un sujet d'inquiétude supplémentaire. Alors je ne lui ai pas parlé de mes douleurs à la poitrine. Du fait que, parfois, je n'arrive pas à prendre de vraies inspirations.
J'ai été pompier, avant. Inhaler de sales trucs qui restent à tout jamais dans les poumons, ça fait partie du job. Il y a aussi le stress. Mon pote Alex est bien placé pour le savoir. Un jour, il a cru qu'il allait y passer, mais aux urgences on lui a expliqué qu'il faisait simplement une crise de panique. Il s'est senti très, très con.
Je n'ai pas envie d'éprouver la même chose. Et en même temps, tous les soirs, en me couchant, je ne suis pas sûr de me réveiller le lendemain.
Ces jeunes, qui se sont arrêtés pour nous filer un coup de main, ils sont si innocents… Je donnerais n'importe quoi pour redevenir pareil. Tout ce qui préoccupe ce grand dadais, c'est de sortir avec une fille mignonne. Il n'avait pas besoin de mon argent, mais moi j'avais besoin de le lui donner. J'avais besoin de ne plus avoir besoin, et il me semblait que dix dollars était le prix à payer pour ça.
Quand j'avais son âge, j'étais persuadé que j'obtiendrais tout ce que je voulais. Je pensais que même si aujourd'hui n'était pas parfait, demain le serait. Parce que je le méritais. Je méritais tout, et lorsqu'on mérite quelque chose, on l'obtient. Bon sang, j'aimerais faire un voyage dans le temps et me donner un coup de pied au cul.

Il faut prendre la vie par la main, même si on ne sait jamais dans quelle direction elle va nous entraîner. On ne garde pas toujours le contrôle. Mais est-ce qu'on a une autre option ? Tout lâcher ?
Au fond, c'est sans doute possible de n'avoir aucun regret tout en se disant qu'il aurait mieux valu que tout soit différent.

Kendall

On atteint l'angle de la 96e Rue, là où on devrait prendre à droite, vers l'immeuble d'Emerson.

Je ne suis pas prête à ce que ça se termine, alors je tourne la tête vers la gauche. À deux blocs d'ici, j'aperçois Central Park.

— Allons par là, je dis, en indiquant cette direction.

— Je croyais que tu rentrais chez ton frère, observe Max.

— On doit d'abord aller là.

Je martèle le vide avec mon index dans l'espoir qu'il comprendra où je veux en venir sans que j'aie à le dire.

— Dans le parc ?

— Je ne l'ai jamais vu enseveli sous la neige.

Ça le fait réfléchir.

— Moi non plus… D'accord.

On traverse, et on se dirige vers Madison, au beau milieu de la chaussée. De plus en plus de gens commencent à sortir de chez eux. Surtout des gardiens d'immeubles qui manient pelles et souffleuses à neige, ou des promeneurs de chiens. Il y a aussi quelques familles, avec des luges que les parents portent ou tirent derrière eux. Même les combinaisons des gamins sont moins nazes que les nôtres. On leur emboîte le pas jusqu'à l'entrée du parc la plus proche.

Et… waouh ! Les chemins n'ont pas encore été déblayés, alors on plonge dans cet immense océan blanc. On a vraiment l'impression de nager. Un gosse escalade la première pente, puis il roule jusqu'en bas. Il pousse des cris de joie qu'on n'entend jamais dans la vraie vie.

On rit, on s'extasie, et le monde entier me rend heureuse, et je crois bien que Max ressent la même chose. Et c'est à ce moment-là que, brusquement, sans raison évidente, il me prend la main.

Une seconde passe, je ne respire plus.

— Oh, mince ! s'écrie-t-il en me lâchant et en reculant. Désolé ! Un instant, j'ai cru…

— Que j'étais Eliza ?

— Un réflexe, sans doute. Qu'est-ce qui ne tourne pas rond chez moi ?

— Ne t'en fais pas, je lui dis, même si, au fond, je pense justement qu'il devrait s'en faire.

— Certains jours, mon cerveau me trahit.

— Ah, ben comme ça tu sais ce que je ressens quasiment en permanence.

Max se contente de froncer les sourcils. Je le comprends. Il est gêné, moi un peu sonnée, et la situation n'est pas évidente à résoudre. En général, c'est à ce moment-là que l'angoisse me transforme en gigantesque impulsion sur pattes. Ce qui pourrait expliquer pourquoi je prononce ces mots :

— On ne va pas régler maintenant ce qui s'est passé l'été dernier, si ?

Max m'observe durant de longues secondes, il semble chercher un moyen d'éviter de répondre à ma question. Il finit par se diriger vers un banc voisin, qu'il déneige en partie avant de s'asseoir. Je viens me planter devant lui.

— Comment ça, « régler » ? me demande-t-il en levant les yeux vers moi.

— Mettre le sujet sur le tapis, en parler.

Il soupire.

— J'imagine que parler, c'est toujours une bonne chose.

Il s'interrompt, ramasse de la neige avec sa moufle et forme une boule avec.

— Alors, qu'est-ce que tu attends de moi ?

— Est-ce qu'on pourrait au moins reconnaître que c'est arrivé ?

— D'accord. C'est arrivé.

— Je suis désolée.

J'ai bafouillé ça purement par réflexe, ainsi que j'aurais pu le faire après avoir percuté quelqu'un dans la rue.

— Pas moi, rétorque Max.

Je déblaie à mon tour le banc pour m'asseoir, et je me tourne vers lui. Il m'imite, et l'air entre nous prend une autre forme, voire une autre couleur. Comme si, avant, il était bleu, et que maintenant il devenait turquoise. Cette conversation devient possible parce que le monde autour de nous n'est plus réel. C'est un monde temporaire, enneigé, menacé de disparition à court terme.

— Tu vois, reprend Max, les choses se sont arrangées entre Eliza et moi, après cette soirée. Mais ça n'a pas duré longtemps. En fait c'était le début de la fin pour nous. Une fin qui se serait produite de toute façon. C'est sûr à cent pour cent. Sans ce qui s'est passé entre toi et moi, ça aurait traîné plus longtemps.

— Alors, ça a eu du bon en un sens.

Il me sourit.

— On dirait bien. Pour toi aussi ?

Je dois y réfléchir un peu. Il ne sait pas que c'était mon premier baiser. Il ne sait pas que pendant ces minutes où on était assis là, où je pleurais et où il m'écoutait, ce que j'ai ressenti était inattendu : de l'excitation à l'idée qu'enfin – enfin ! – quelque chose d'intéressant était en train de m'arriver. J'expérimentais le genre de drame que tout le monde autour de moi semblait vivre. Quand il s'est penché vers moi pour m'embrasser sur la joue, c'est moi qui ai tourné la tête.

— Pour moi aussi, je dis tout simplement.

Je scrute le visage de Max, et ce n'est plus le même qu'à l'époque, à cause de ce qu'on a partagé ces derniers jours. Je suis si reconnaissante à la vie de tout ce qu'elle m'a apporté, et je lui suis reconnaissante à lui.

— Tu te sens mieux ? Est-ce que c'est une affaire réglée ?

— Oui. Merci.

Il me sourit.

— Je t'en prie.

Puis il ouvre grand les bras et se penche vers moi, façon de proposer un câlin. J'accepte sa proposition. Notre différence de taille pose toujours problème. Ma joue se retrouve pressée contre son cou, et son nez plonge dans mes cheveux. Ça ne nous empêche pas de rester comme ça un moment, et je préfère ne pas imaginer le tableau qu'on forme, avec nos combinaisons de ski assorties. Il y aura bien un passant pour se dire : *C'est tellement mignon que ça me donne la nausée.*

On n'est pas en couple, je rétorque mentalement à ce passant hypothétique qui pense du mal de nous.

Mais il te plaît, persifle une pensée-ver de terre, qui gigote dans mon crâne. *Il te plaît même beaucoup !*

Va te faire voir, pensée-ver de terre. Tu te plantes. D'accord, c'est vrai, j'ai envie de l'embrasser. J'ai envie de tourner la tête et d'échanger des baisers avec lui sur ce banc si glacial que je ne sens plus mes fesses. Mais n'oublions pas Jamie Jamie Jamie ! Il me plaît toujours, lui aussi.

J'attends que Max me lâche, mais il ne le fait pas. Est-ce que la situation est en train de se compliquer ?

J'espère bien que oui ! dit la pensée-ver de terre.

Soudain, l'un de nous vibre. Max s'écarte, sort son portable et fronce les sourcils lorsqu'il découvre le numéro.

— Allô ? lance-t-il d'un ton hésitant. Ah ! Salut, Tony. Tout va bien ?

Un silence. Nouveau froncement de sourcils, plus prononcé. Je vois la ride qui va sacrement se creuser quand il sera plus vieux, une ride qui le rendra encore plus irrésistible.

— Quoi ? s'exclame-t-il. Comment c'est arrivé ? D'accord, oui. Je suis à Central Park. Je viens au plus vite.

Il raccroche et fixe son téléphone.

— Qu'est-ce qui se passe ?

— Le générateur est tombé en rade. Grand Chef descendait pour demander de l'aide au moment où ça s'est passé, et il s'est retrouvé coincé dans l'ascenseur.

— Oh non ! Il va bien ?

— Oui, mais il est toujours dans la cabine. Les dépanneurs sont en train d'essayer de le libérer.

Après avoir rangé son téléphone dans sa poche, il se prend la tête à deux mains.

— Bon sang, je suis trop mal.

— Il nous a dit de sortir, Max ! Le générateur fonctionnait. Et ton grand-père s'était engagé à appeler s'il avait besoin de quelque chose.

Max secoue la tête.

— Mon père et ma tante vont me tuer. Si Grand Chef ne s'en charge pas le premier.

— Ne sois pas aussi dur avec toi-même. Tu as fait tout ce qu'on attendait de toi. Les imprévus, ça arrive.

Il se lève et prend la direction de la 5e Avenue, avançant aussi vite que le lui permet la neige. Je le suis.

— Max ! Tu ne pouvais pas prévoir ! Et tu sais quoi ? Il va bien ! Il est enfermé dans un immeuble chic plein de gens. Tu n'as même pas les compétences nécessaires pour le faire sortir de l'ascenseur.
— Mais si j'avais été là, il ne serait jamais monté dedans.
Impossible de le contredire sur ce point.
— Il devait avoir besoin de quelque chose, marmonne-t-il, de quelque chose d'urgent.
Il fait d'immenses pas avec ses grandes jambes, et je dois presque courir pour garder son rythme.
— Max ! je l'appelle, hors d'haleine.
Il s'arrête pour m'attendre.
— Je suis désolé. Je dois y aller. Tu penses pouvoir rentrer toute seule ?
Après avoir haleté quelques secondes, je comprends ce qui se passe. Je suis en train de me faire planter.
— Bien sûr.
— O.K.
Il repart, puis se retourne.
— Je t'appelle plus tard !
Et il se met à courir.

Je me dirige lentement vers l'appartement de mon frère en regardant la ville revenir peu à peu à la vie. L'électricité doit fonctionner à nouveau, parce que les feux de circulation marchent et que des tas de choses brillent – enseignes lumineuses, vitrines, décorations de Noël. Tout a l'air de jurer dans le paysage, à moins que le problème ne vienne de moi.

Je me répète que je suis contente que Max soit parti. (On va fermer les yeux sur le fait qu'il s'est littéralement sauvé en courant, se servant peut-être de son grand-père pour échapper à une situation qu'il regrettait.) Tant pis pour le défi. On a fait de notre mieux, et peut-être que ça a suffi à rétablir l'équilibre de l'univers. *Je ne dois plus le voir.* Voilà ce que je me répète en boucle, la cadence de cette phrase dictant le rythme de mes pieds dans les après-ski de sa mamie. Je passe ensuite à un autre mantra : *Jamie Jamie Jamie.*

À l'appartement, Emerson et Andrew me forcent cruellement à poser pour une photo en combinaison avant de me laisser la retirer pour prendre une douche brûlante.

Je ressors du *chamcard* en pyjama. Emerson et Andrew échangent un regard, puis ce dernier disparaît dans leur chambre.

— Viens t'asseoir avec moi dans la cuisine, me dit mon frère. Je vais te préparer un mocha.

Oh oh… c'est mauvais signe. Je m'exécute malgré tout. Une fois que je suis assise devant leur minuscule table, mon frère pousse un soupir.

— C'est dur pour moi. Je t'aime, Ken. Tu es ma sœur préférée.

— Morte de rire.

— Tu es ma préférée de la fratrie. Et de toute la famille.

— Emerson, tu sais que je n'ai pas fait exprès de parler de ce texto à Andrew. C'était un accident.

Il hausse les épaules.

— Les accidents font quand même des dégâts.

— Qu'est-ce qui va se passer maintenant ?

Emerson jette un coup d'œil en direction de la chambre, dont la porte est restée ouverte. Avale une gorgée de son mocha.

— Je vais déménager après le Nouvel An.

Je frappe la table des deux mains, au point que le mocha déborde des tasses qui sont pourtant énormes.

— Vous ne pouvez pas ! Pas vous !

Emerson émet un petit claquement de langue agacé.

— Je sais que tu comptes sur nous pour incarner l'exemple parfait d'une relation saine, mais Andrew et moi, on a besoin d'autre chose. On a besoin d'être sûrs que c'est ce qu'on veut, et on ne le saura pas tant qu'on n'aura pas fait une petite pause. Aucun de nous n'a jamais été seul.

Je n'arrive pas à me débarrasser de l'impression débile que j'ai 12 ans et que mes parents viennent de m'annoncer leur divorce. Je repousse le mocha, alors que c'est la boisson la plus délicieuse que j'aie jamais goûtée.

— Et tu vas vivre où ?

— Notre ami Taj cherche un coloc. Ses parents sont blindés et ils l'ont installé dans un loft du quartier de Meatpacking, au sud-ouest de Manhattan. Ça me rapprochera de l'école.

Ma grande question, c'est : et moi dans tout ça ? Si je veux rester à New York, qui pourra m'héberger ?

Enfin, je n'ai pas la bêtise de lui faire part de mes interrogations dans l'immédiat.

– Et le chat ? je préfère demander.

– Louis reste ici, répond Andrew, qui s'est avancé sur le seuil de la chambre. Et Emerson viendra souvent passer du temps avec lui et avec moi.

J'observe attentivement Andrew. Il a l'air beaucoup, beaucoup plus triste que mon frère. Cet abruti qui a toujours la bougeotte.

– Tu pourras m'aider à commencer mes valises demain, plaisante-t-il.

Devant mon regard noir, il ajoute :

– Ou pas.

– Et aujourd'hui, on a prévu un marathon *Twilight*, annonce Andrew. Je vais aller acheter des plats chinois et des barres chocolatées.

Je les déteste, tous les deux. Ils arrivent à faire de la plus triste des ruptures une fête.

31 décembre

Max

Dans le couloir, la voix de tante Suze, poussée au volume maximum, exprime un entrain forcé.

Je suis réveillé depuis un moment. Je n'ai juste aucune envie de sortir du lit. Freddie Mercury me toise, et son regard est désapprobateur ce matin. Il ne tolère pas la paresse. Et, franchement, difficile de le lui reprocher.

Hier. Tout ce qui s'est passé hier tourne en boucle dans ma tête.

Grand Chef avait besoin d'aide avec la télécommande. C'est pour ça qu'il était dans l'ascenseur quand le générateur est tombé en panne.

Apparemment, il s'était assis sur l'un des dix-sept boutons dont personne ne se sert jamais. Et l'écran de la télé avait été envahi de parasites. Il n'avait pas réussi à retourner sur la chaîne qu'il regardait. Il avait essayé de m'appeler, mais la communication n'était pas passée.

Dans d'autres circonstances, en imaginant mon grand-père s'extraire tout seul de son fauteuil relax, j'aurais été plié en deux de rire. En l'imaginant se traîner dans le couloir, puis jusqu'à l'ascenseur, la télécommande à la main. Mon père, ma tante et au moins trois aides à domicile ont essayé, sans succès, de le convaincre de sortir se promener dans la rue une fois par jour. Maintenant on sait ce qu'ils auraient dû faire : foutre la télécommande en l'air.

Sauf que je n'ai aucune envie de rire. Je n'ai pas l'habitude de laisser tomber les gens. Je n'ai jamais répondu absent lorsqu'on avait besoin de moi.

Je me sens si mal…

Et vous voulez savoir ce qui est encore pire ? La voix de Kendall. C'est elle que j'entends dans ma tête quand j'essaie de faire la paix avec ce qui s'est passé. Elle m'a dit : « Tu as fait tout ce qu'on attendait de toi. » D'un point de vue intellectuel, je sais qu'elle a raison. Il y avait du courant au moment où je suis sorti. Je n'avais pas l'intention d'aller très loin, et j'avais mon portable pour le cas où Grand Chef aurait eu besoin de me joindre. Je n'avais aucun moyen de savoir que les lignes téléphoniques étaient encore dérangées après la tempête. Ni que le générateur allait tomber en panne. Ni que mon grand-père allait essayer de quitter l'appartement, tout seul, pour la première fois depuis des lustres.

Il s'est passé un truc, hier, entre Kendall et moi. J'ai l'impression qu'il y a très longtemps que je n'avais pas été aussi sincère.

Et puis je me suis conduit comme un gros con. Je l'ai plantée au beau milieu d'un tas de neige, dans Central

Park. En plus, ses bottines en daim et son manteau en laine sont toujours dans l'entrée. Mais bon, et peut-être que j'aurais dû commencer par là, Grand Chef va bien. Il faut plus qu'une panne d'ascenseur pour entamer le moral de cet homme.

Mon portable se met à vibrer.

Plusieurs messages de la veille viennent enfin de passer. Un de ma mère, un de Jamie. Un d'Eliza.

Espère que tu as tenu le coup face à la tempête. Tu ne m'as pas répondu pour le Nouvel An, abruti.

Je n'ai même pas réfléchi à la question. Jamie revient à New York, mais pour voir Kendall. Je n'ai aucune envie d'être seul. Je n'ai aucune envie qu'elle soit avec lui, et moi avec personne. Je réponds à Eliza.

Salut ! Viens juste de recevoir ton message. La tempête était dingue.

Je m'interromps, les pouces à quelques millimètres du clavier. Tremblants. Oh, et puis merde !

Viens ce soir.

Je n'ai pas l'impression de prendre un grand risque. Elle a sans doute déjà prévu autre chose cinq minutes après m'avoir écrit.

Oui, me répond-elle.

Une vague de soulagement me submerge.

Tu pourras dormir dans une des chambres vides.

Non, mais regardez-moi : je dicte mes conditions. Je fixe des limites.

Soudain, on frappe à la porte.

— Max ? Max, c'est Suze. Tu es réveillé ?

— Oui !

— Tu es visible ? J'entre...

Sans attendre ma réponse, elle ouvre la porte. Aucun problème, j'ai dormi tout habillé. Ma tante a l'air plus exténuée que jamais.

— Récitons une petite prière, d'accord ?

— Pour quoi faire ? je rétorque.

— La nouvelle aide. Katherine. Elle sera là d'une minute à l'autre.

L'aide à domicile ! Liberté chérie, bénie soit cette aide !

— Te voilà donc relevé de tes fonctions, Max. Je ne sais pas comment te remercier pour tout ce que tu as fait.

Elle n'est peut-être pas au courant pour hier.

— Et ne t'inquiète pas pour hier, ajoute-t-elle.

— Ça pose un problème si je reste jusqu'à demain ? J'ai une copine qui vient pour le Nouvel An. Je pensais l'installer dans ton ancienne chambre pour la nuit.

Suze rigole.

— Bien sûr ! Ah là là, j'aimerais bien rester à New York ce soir. Le Nouvel An... J'en aurais des histoires à te raconter.

Son regard se perd dans le vide. Juste à ce moment-là, le portier sonne.

— En piste, dit-elle.

Elle disparaît et, une minute plus tard, je l'entends accueillir quelqu'un. Quand je quitte enfin ma chambre après m'être arrangé, je trouve Suze et la nouvelle employée dans le salon, autour de Grand Chef. L'aide se retourne lorsqu'elle m'entend arriver.

— Bonjour, dit-elle d'une voix rauque. Je suis Katherine.

Je lui serre la main. Elle a l'air d'avoir roulé sa bosse. Du genre capable de me coller une dérouillée si besoin.

— Ton grand-père était en train de me dire combien il a été heureux de passer du temps avec toi, ajoute-t-elle d'un ton factuel.

— Ça m'étonnerait. Vous êtes au courant que c'est l'ours le plus mal léché de tout l'Upper East Side ?

— Max ! s'écrie Suze, paniquée, avant de jeter un regard contrit à son père.

Lequel éclate de rire.

— Il a raison, évidemment. Mais la compagnie de ce jeune homme est moins pénible que celle de la plupart des gens.

— J'espère que je vous inspirerai les mêmes sentiments, dit Katherine.

Grand Chef lui répond en poussant un son à mi-chemin entre le grognement et le soupir. Je leur fais signe, à Suze et elle, de me suivre dans la cuisine pour une petite réunion.

— Écoutez-moi, je murmure, je pense qu'il y a un truc à essayer avec grand-père.

Puis je leur explique. Je leur explique qu'Ezra Levine ne veut pas qu'on soit respectueux, prévenant ou poli avec lui. Il ne veut pas des non-dits. Plus la vérité est dure à entendre, plus il a besoin qu'on la lui hurle. Il faut le défier, débattre, appeler un chat un chat. Mamie faisait comme ça, et c'est la seule attitude qui vaille.

Suze a l'air perplexe, mais Katherine sourit. Je vois tout de suite qu'elle a pigé où je voulais en venir.

— Trésor, si tout ce que tu as dit est vrai, alors je suis faite pour ce poste.

J'aurais donc compris un truc sur mon grand-père… Je l'aurais compris pour lui. Pour nous tous, en fait. Que la gentillesse n'a pas toujours l'aspect de la gentillesse, que parfois elle avance masquée. Pour être honnête, c'est Kendall qui a résolu cette énigme.

Kendall.

Je suis si sûr soudain de mon envie d'être avec elle. Pas seulement maintenant, mais tous les jours, pendant très, très longtemps. Aussi longtemps qu'il est humainement possible. En d'autres termes : je suis dans la merde.

— Maxie ! tempête Grand Chef. Viens là une seconde !

À mon habitude, dès qu'on m'appelle, je rapplique. Il est en train de fureter dans le tiroir de la petite table près de son fauteuil.

— Qu'est-ce qu'il y a ?

— J'ai oublié, j'ai quelque chose pour toi. Une idée qui m'est venue.

Il finit par mettre la main sur ce qu'il cherchait. Et me tend une enveloppe blanche scellée.

— Ne l'ouvre pas tout de suite. Jettes-y un œil… quand tu auras un peu de temps devant toi.

Il me tend l'enveloppe comme si elle n'avait aucune valeur et qu'il venait de me demander de la mettre dans la poubelle du recyclage. Elle est légère. Je crois savoir ce qu'elle contient : un article de magazine qui lui a fait penser à moi. Je plie l'enveloppe en deux et la glisse dans la poche arrière de mon jean. À moins qu'il ne s'agisse de conseils très détaillés sur la façon de dire à une fille qu'on est sans doute amoureux d'elle, alors qu'elle commence à sortir avec un de ses meilleurs potes, c'est vraiment la dernière chose à laquelle j'ai envie de consacrer du temps dans l'immédiat.

Je suis en train de remonter Park Avenue avec un sac en plastique contenant les chaussures et le manteau de Kendall lorsque je me rends brusquement compte que je n'ai pas l'adresse de son frère. Je me mets à taper un message, puis me ravise et préfère l'appeler.
— Max, dit-elle en décrochant.
Impossible d'interpréter son intonation. Elle s'est contentée d'affirmer mon prénom.
— Salut, Kendall.
Moi aussi, je peux jouer à ce jeu. Même si, bon... c'est moi qui suis à l'initiative de ce coup de fil. Quel idiot !
— Comment va ton grand-père ?
— Il va bien. La nouvelle aide démarre aujourd'hui.
Un silence.
— Jamie passe plus tard, lâche-t-elle.
Ses mots se succèdent, on dirait des vêtements accrochés à une corde à linge, réguliers, plats.
— Ah, oui, je réponds comme si je venais de m'en souvenir, comme si je n'y avais pas pensé toute la matinée.

Je m'apprête à lui parler d'Eliza avant d'avoir un éclair d'intelligence :

– Je voudrais te rapporter tes affaires, mais je ne sais pas où ton frangin habite exactement.

Elle me donne son adresse, puis ajoute :

– S'il n'y a personne, sonne chez la voisine, au 3C. Elle récupérera le paquet pour moi.

On raccroche. Je ne dis aucune des choses qui pourraient transformer ce réveillon du 31 pour nous deux. Je ne crée aucun scandale. Je suis du genre à geindre, pas à frapper un grand coup.

Voilà. Elle passera la soirée avec Jamie, et moi, je serai avec Eliza. Je ne sais même pas si on peut y voir un signe.

Et, demain, retour à la maison. Le boulot au centre d'appels, mes parents, et le flou interminable.

Si quelqu'un m'avait prédit, il y a quelques jours, que je serais triste de quitter l'appartement de Grand Chef, j'en aurais pleuré de rire.

Ezra Levine

On dit que notre corps est un temple.
Connerie. Mon corps est comme la salle de spectacle, Madison Square Garden : gigantesque, il accueille toutes sortes d'événements hétéroclites. Des groupes de rock dont je n'ai jamais entendu parler, des équipes de sport dont je me fiche. Des cris, des hurlements et des tambourinements que je ne peux pas contrôler.
Ce n'est pas entièrement ma faute si mon corps est ainsi. La génétique n'est pas de mon côté.
Mais oui, je l'ai laissé suivre cette voie. J'ai cessé d'en prendre soin. Maureen s'en occupait très bien pour nous deux, même quand elle ne le voulait pas. Même quand elle trouvait que j'étais un crétin fini, c'était plus fort qu'elle. À sa mort, j'ai pris ce qu'on avait à m'offrir.
Max m'a demandé pourquoi je continuais. Satanée bonne question.
Au début, j'ai pris ça pour de l'entêtement, tout bêtement. Je refusais de faire ce que tout le monde attendait de moi : dans ce cas précis, foncer et tomber raide

mort. Puis j'en suis venu à penser que ce n'était pas de l'entêtement mais de la paresse. Je vis parce que c'est ce qui se passe lorsque je ne fais rien. Je continue à respirer. À me réveiller après avoir dormi. La vie, c'est tout simplement le maintien du statu quo. Le changement me demanderait une énergie que je n'ai pas. C'est ce que je croyais, jusqu'à ce que l'amie de Max me demande ce que je ferais si l'immeuble était en feu. Si j'essaierais de sortir ou si je laisserais la fumée m'asphyxier. Voire si je sauterais d'une fenêtre pour trouver une mort certaine. Je n'arrête pas de tourner et retourner cette question dans ma tête. En vérité, si cet incendie a lieu un jour, je courrai pour sauver ma peau.

Courir. Marcher. Ramper. Ce dont je serais capable le moment venu.

Pour sauver ma peau. Telle qu'elle est.

J'ai beaucoup souffert, et je ne parle pas seulement de douleur physique. J'ai causé beaucoup de mal aussi. Je serai content de laisser ça derrière moi le jour où je finirai par tirer ma révérence.

J'espère juste que je pourrai emporter le bon avec moi.

Il y en a bien plus que je ne le pensais.

Max… Je me demande quand il va ouvrir mon enveloppe.

Je me demande s'il fera bon usage de son contenu.

Kendall

Assise sur mon lit dans le *chamcard*, je regarde Emerson retirer des vêtements des cintres pour les mettre dans un carton de déménagement. Il peut commencer à emménager dans son nouvel appartement dès aujourd'hui, juste à temps pour la soirée du 31 qui va s'y dérouler. J'ai l'intention d'y aller avec Jamie. Andrew est sorti, il n'a aucune envie d'être présent pendant la phase d'« emballage ».

— Comment tu sais quels sont tes vêtements ? J'ai l'impression que vous faites la même taille.

— Tu reconnais tes propres fringues, non ?

— Oui, mais les fringues de mec se ressemblent presque toutes.

Il me jette un regard noir.

— Je ferai comme si je n'avais rien entendu.

Je sais qu'il essaie de garder sa bonne humeur, de se mettre dans la peau de celui qui a décidé de partir. Pourtant je vois bien à la façon dont sa lèvre inférieure s'incurve que la situation est dure pour lui aussi.

L'interphone sonne. Emerson s'apprête à aller ouvrir et je le retiens par le bras.
— C'est Max, il me rapporte mes affaires.
— D'acc.
— Je veux qu'il les laisse à Bonnie.
— D'accord…
— C'est mieux si je ne le vois pas pour le moment.
— Mieux ?
— Arrête ! Je t'expliquerai plus tard…
L'interphone sonne à nouveau, et Emerson hausse un sourcil, par pure provocation. Je me surprends à retenir mon souffle, comme si Max avait des chances de m'entendre respirer depuis le rez-de-chaussée. Mon frère secoue la tête. Le silence s'éternise.
— Pathétique, lâche-t-il.
Par réflexe, je le fais taire. L'interphone ne sonne plus. Quelques minutes après, j'entends Bonnie descendre puis remonter. Je vais chercher mes affaires.
— Je ne sais pas comment te remercier.
Elle éclate de rire.
— Ma belle, j'ai été si souvent à ta place que ça me fait plaisir de renvoyer l'ascenseur.

Quand je sors parée de ma robe des puces parisiennes, la réalité me frappe de plein fouet. Je vais retrouver Jamie à la gare de Grand Central et on va laisser les heures défiler, ensemble. Ça y est, le moment est venu. Je n'arrête pas d'être tentée de penser à Max ; chaque fois, j'arrive à le chasser de ma tête en convoquant l'image de Jamie et le souvenir douloureux de notre timide baiser devant l'épicerie. Peut-être qu'en passant du temps avec lui, je vais retrouver cette atmosphère particulière, avant Luna et notre non-intervention, avant Max et notre défi. Peut-être que j'arriverai à reprendre le fil de ma vie à partir de cet angle de rue. C'est bizarre d'être là, d'avancer sur les trottoirs qui portent encore des traces de la tempête de neige, dans mes bottines et mon manteau, sans ma combinaison bien hermétique. Il y a aussi quelque chose dans l'air, une promesse d'aventure pour tout le monde. Et pourquoi pas ? On est à New York, le 31 décembre. Qui n'aurait pas envie d'être ici ? Et est-ce que je ne suis pas chanceuse de m'y trouver, moi aussi ?

Mon téléphone tinte, annonçant l'arrivée d'un texto. Je m'arrête pour le lire. Il s'agit d'une photo de la Hudson River, prise derrière la vitre d'un train.

Jamie est bien en route.

Tout est en route.

Le métro est plus bondé que de coutume, et les gens font un peu les idiots, ce qui se comprend. Je ferais pareil si je n'étais pas seule.

La rame ralentit à l'approche de la station de la 77e Rue. Les portes s'ouvrent, et presque personne ne descend : c'est le genre de journée où tout le monde va plus loin, plus loin, plus loin.

Au moment où les portes se referment, je redresse la

tête et aperçois Max, qui vient de monter à bord du wagon.

Il me repère avant que je n'aie eu le temps de faire quoi que ce soit. (Enfin, qu'est-ce que j'aurais bien pu faire de toute façon ? Me planquer sous mon manteau ? Utiliser la vieille dame à côté de moi comme bouclier ?) Il semble hésiter sur la direction à prendre, et le métro redémarre. Il avance, bousculé par les cahots, et s'agrippe à la barre devant moi.

— Drôle d'endroit pour une rencontre, dit-il avec un rire nerveux avant de s'interrompre et de m'observer. Je vois que tu as récupéré tes affaires chez la voisine, tant mieux.

— Merci d'être passé les déposer, et désolée de ne pas avoir été là. Je te rapporterai très vite la combinaison.

Oh, la grosse menteuse ! Je dois avoir le nez qui s'allonge. Je m'efforce de ne pas croiser son regard, et surtout de faire la sourde oreille à la petite pensée-ver de terre qui piaille en boucle dans ma tête : *Il te plaît !*

— Où est-ce que vous vous retrouvez, Jamie et toi ? me demande-t-il l'air de rien.

— À Grand Central.

Max pince les lèvres, puis le reste de son visage se contracte et il pâlit.

— Qu'est-ce qui t'arrive ?

— J'ai rendez-vous là-bas, moi aussi.

Il me jette un regard lourd de sens et mon cœur dégringole de plusieurs étages.

— Eliza ?

Il hoche la tête.

— On se voit juste en amis.

Je le crois. Enfin, il me semble. Mais ça ne m'empêche pas d'être déçue aussi. Ça devient beaucoup trop compliqué. *Jamie Jamie Jamie...*

On s'observe, pendant que la rame continue à avancer en nous ballottant de droite à gauche. L'immense main de Max agrippe la barre et il y appuie aussi son front, même si ce n'est vraiment pas hygiénique. Le temps qu'on vient de passer ensemble, ces derniers jours, est pareil aux rails qui défilent sous le métro. Tout ça, c'est derrière nous. Il ne nous reste plus qu'à découvrir ce qui nous attend de l'autre côté du tunnel.

— Eliza et Jamie ont forcément pris le même train, finit par lâcher Max. Elle n'aura pas voulu voyager seule.

— Même si elle sait que Jamie a rendez-vous avec moi ?

— Ça fait plusieurs mois maintenant. Elle doit penser que, si vous vous croisez, elle sera capable de gérer.

— Et moi ? Et si je n'ai aucune envie de la voir ?

La panique me serre la gorge à la perspective de me retrouver nez à nez avec elle. Je sors mon téléphone.

— Je devrais écrire à Jamie et lui donner rendez-vous ailleurs. Sans elle.

Je commence à taper mon message, mes doigts manquent la moitié des touches. Max me prend mon portable des mains.

— Kendall... Qu'est-ce que ça peut bien faire, si tu la vois ?

Je lève le regard vers lui. Il est très sérieux : l'inquiétude et la curiosité arrondissent ses yeux. Alors je me tourne vers la vitre du métro, face à l'obscurité, et j'imagine ce qui se passera lorsque je reverrai Eliza pour la première fois depuis que j'ai embrassé son copain.

— Je crois que ça ira, oui, je dis en soupirant. Au moins, on sera dans un endroit avec plein de monde et des tas d'agents de sécurité.

Max lève les yeux au ciel mais ne me reproche pas de dramatiser. Le reste du trajet se déroule en silence.

***

Ils sont censés nous attendre au point info, au milieu de la gare, sous la grande horloge à quatre faces qui prend une dimension symbolique particulière en ce dernier jour de l'année. Pourquoi est-ce que je n'arrive pas à me défaire de l'impression que le temps fuit ?

Il y a un monde de dingue, pire que sur la 5e Avenue l'autre jour, et pourtant je les aperçois dès qu'on pénètre dans le hall principal : Jamie prend des photos du plafond parsemé d'étoiles, et Eliza est adossée au comptoir, les yeux fermés.

— Personne ne s'attend à ce qu'on reste ensemble, me dit Max, qui veut chuchoter mais est obligé de crier. On part de notre côté, et vous du vôtre.

Je hoche la tête et évidemment, évidemment ! c'est à ce moment-là – alors que Max est penché vers moi, les lèvres tout près de mon oreille – qu'Eliza nous remarque. Elle n'a aucune réaction particulière, sinon qu'elle donne un coup de coude à Jamie, qui range son appareil et sourit en me voyant.

Et voilà, le moment est venu de vivre l'instant présent. Après tous ces jours où j'ai pensé à lui, je suis heureuse de le revoir et d'avoir la preuve que, oui, il existe bien.

— Salut, toi, dit-il en me prenant dans ses bras.

— Je suis contente que tu sois là, je réponds avant de jeter un coup d'œil à Max et à Eliza.

Il se penche pour la serrer contre lui, puis ils s'embrassent sur les joues. Elle ne me regarde pas.

— Ne sois pas fâchée, me souffle Jamie.

— Je suis tombée sur Max dans le métro, il m'a prévenue. Et ce n'est pas grave.

Jamie se tourne légèrement.

— Tu veux dire… pour Eliza.

— Oui.

— D'accord, alors ne sois pas fâchée non plus si je ne t'ai pas prévenue…

— De quoi ?

Le *quoi* surgit soudain de derrière le point info. Ari Logan, soit ma meilleure amie, que je n'ai pas revue depuis mon départ pour l'Europe, en août dernier.

— Oh, Ari ! je m'écrie.

Quelques secondes plus tard, je tombe dans ses bras et elle dans les miens. On s'étreint de toutes nos forces. Ari a toujours des épaules carrées et solides, son odeur n'a pas changé, et je me mets à pleurer, parce que je me rends maintenant compte à quel point elle m'a manqué.

— Je sais qu'on devait se voir après Noël, je commence à lui dire. Je suis désolée d'être repartie aussi vite.

— Ne t'en fais pas, dit-elle en s'écartant pour me regarder. Tu as l'air en forme, l'apprentie globe-trotteuse.

J'éclate de rire.

— Merci.

Ari remarque quelque chose, au loin, qui la fait sourire. Je me retourne. C'est son copain, Camden, qui se fraye un chemin vers nous avec un sac de la boulangerie Zaro pressé contre son torse.

— Merci d'avoir attendu, dit-il quand il nous rejoint et glisse son bras libre autour des épaules d'Ari. Je rêvais d'un gâteau depuis une heure et demie.

— On ne veut surtout pas vous embêter ce soir, précise-t-elle en coulant un regard en biais à Jamie, mais j'avais vraiment envie de te revoir avant la reprise des cours. Et puis c'est le 31 à New York ! On pourra se séparer n'importe quand. Avec Camden, on trouvera à s'occuper.

— Mais non ! je proteste. Il y a une soirée dans le nouvel appart d'Emerson, vous êtes invités.

Max, qui discutait avec Eliza à part, rejoint le cercle :

— Je suggère qu'on quitte cette gare bondée pour trouver un endroit où manger. Eliza connaît une super cantine japonaise, dans le coin. On y sert des nouilles délicieuses.

Je lui jette un coup d'œil, elle se détourne. Alors ça va être comme ça… Eh bien, pour tout dire, ça me soulage. On quitte Grand Central en formation, deux par deux. Est-ce qu'on a l'air de ploucs du nord de l'État venus s'amuser à Manhattan pour le Nouvel An ? J'espère bien ! On finit par atteindre la sortie qui donne sur Lexington Avenue, et on prend la direction du sud. Eliza ouvre la marche, et j'ai le sentiment, en un sens, que ça a toujours été le cas. Comment est-ce qu'on a réussi à se promener dans cette ville sans elle pour nous guider ? Quand on passe devant un jeune couple qui fait la manche à une intersection, Max se retourne vers moi. On n'a pas reparlé du défi ; je suis partie du principe qu'on avait terminé, pourtant, il nous reste encore trois bonnes actions à accomplir, autant de points à marquer et de vides à combler. La lueur qui traverse le regard de Max dit : « On n'en a pas fini. »
Ari et Camden marchent devant Jamie et moi, en se tenant par la main, ce qui est archi gênant pour nous. C'est comme si le futur proche m'envoyait un message : *SI TU NE FOIRES PAS TOUT, VOUS MARCHEREZ BIENTÔT MAIN DANS LA MAIN, VOUS AUSSI !* Au moment de repartir, après nous être arrêtés à un feu rouge, je m'arrange pour qu'on se retrouve devant eux, Jamie et moi. On s'engouffre dans le restaurant d'Eliza. Il est si minuscule que les serveurs se dépêchent de rassembler trois tables pour qu'on puisse tous s'asseoir. Je prends une place à un bout ; Jamie se met en face de moi, Ari à côté de moi. Eliza choisit la dernière chaise

de notre rangée, si bien qu'on ne peut plus trop se voir, elle et moi.
C'est grotesque. À un moment donné, il faudra bien qu'on s'adresse la parole, qu'on reconnaisse notre existence mutuelle, voire qu'on intéragisse ensemble. Et puis pourquoi Max ne se rend-il compte de rien ? Pourquoi ne fait-il rien ? Ça paraît tellement plus simple de rejeter la faute sur lui…
Maintenant que je me suis autorisée à être en colère contre lui, je me rends compte que ça me fait du bien. Je me sens un peu plus libre. Pourquoi je n'y ai pas pensé avant ?

Max

Il y a quelque chose qui cloche.

Eliza est heureuse.

Ses sourires arrivent trop vite, durent trop longtemps. Ce n'est pas elle, mais une version d'Eliza avec laquelle il serait beaucoup plus simple de partager le monde… sauf que la simplicité ne fait pas partie de l'ADN d'une fille comme elle. Et dans ma bouche, il s'agit d'un compliment. Sincèrement.

Qu'est-ce qui t'arrive ? j'écris sur une serviette, que je pousse vers elle tandis qu'elle manie, avec beaucoup d'agilité, ses baguettes pour manger son bol d'udons. Elle lit mon message et pousse un ricanement avant de s'essuyer la bouche avec la serviette.

— Tout va bien, Max. Arrête de jouer les papas poules.

Elle se concentre à nouveau sur son repas. Camden se penche vers moi.

— Tu as remarqué, toi aussi ? me glisse-t-il à l'oreille.

Je hoche la tête, et il ajoute :

— J'ai ma théorie. On en parlera plus tard.

De l'autre côté de la table, Ari observe Camden. Il y a tellement de tendresse dans son sourire en coin que je suis submergé par la jalousie. Quand Camden a quitté notre bahut pour aller dans celui d'Ari, j'ai pensé qu'il faisait une erreur. Quel plus gros cliché que celui-ci : le mec qui suit une fille n'importe où ? Et puis j'ai compris ce qui se passait : je réagissais comme ça parce que je faisais exactement la même chose… Je me désinvestissais en cours pour pouvoir être disponible pour Eliza. Je la suivais en faisant du surplace.

Mon choix était le mauvais. Alors que, à l'évidence, celui de Camden était le bon.

Je jette un coup d'œil à l'autre bout de la table, où Jamie et Kendall discutent. Leurs deux visages sont proches l'un de l'autre. Il fait des gestes avec sa cuillère à soupe, l'agite, dessine des trucs dans le vide.

Je me lève pour aller aux toilettes. Camden attend son tour dans le couloir lorsque j'en ressors. Sans réfléchir, je l'attire à l'intérieur.

— Hé ! Tu t'es mépris sur mes intentions, mec ! plaisante-t-il.

Je suis impatient de connaître sa théorie au sujet d'Eliza, mais ça devra attendre. J'ai une question plus urgente.

— Comment ça s'est goupillé exactement ? Jamie vous a proposé, à Ari et à toi, de l'accompagner ce soir ?

— Oui. Ça l'air de te surprendre, pourquoi ?

— Je croyais qu'ils avaient prévu de passer la soirée la plus romantique du siècle avec Kendall…

— Oui, tu as raison, c'est juste qu'il flippe un peu maintenant.
— Pourquoi ?
— Parce qu'il la kiffe vraiment.
— Tu déconnes, là ? Je ne vais pas le laisser briser le cœur de Kendall une seconde fois.
Dès que ces mots ont franchi mes lèvres, je me rends compte à quel point je suis sincère.
— Il faut qu'il se ressaisisse.
— Je suis bien d'accord, acquiesce Camden.
— Alors promets-moi une chose. Assure-toi que Kendall aura la soirée dont elle rêve. Qu'elle attend. Et qu'elle mérite.
Il se renfrogne.
— Comment tu peux savoir ce qu'elle attend ?
J'hésite. *La vérité, Max.*
— On a passé du temps ensemble, ces derniers jours.
— Quoi ?
— Tu as interdiction d'en parler à Eliza.
Il sourit.
— Je flaire une bonne embrouille…
Je hausse les épaules d'un air de dire *ouais, bien sûr*, sauf que c'est plus que ça. C'est plus qu'une simple embrouille. Comment je pourrais décrire les jours qui se sont écoulés depuis l'accident de Luna ? Les décrire, ça reviendrait à les partager. Et j'ai la ferme intention de les garder pour moi tout seul.

On s'amuse bien pendant ce déjeuner. On mange bruyamment. J'observe scrupuleusement Eliza pour tenter de comprendre ce qui se passe. Elle refuse de regarder Kendall, mais en toute honnêteté l'inverse m'inquièterait davantage.
— Alors, je dis après qu'on a partagé l'addition, et maintenant ?
— Avec Kendall, on va se balader avant la soirée de son frangin, me répond Jamie. On va aller dans le Village, à SoHo, prendre quelques photos.
— Et on s'incruste, ajoute Camden.
— Sans moi, lance Eliza. Une de mes copines de cosplay joue dans un bar de Chelsea, avec son groupe. Max et moi, on va aller l'écouter.
— Ah bon ? je lance.
— Oui, oui.
— Quelle amie ?
— Captain America.
Je la connais (eh oui ! c'est une fille).
— Mais le concert ne commence pas tout de suite, si ? Pourquoi on passerait pas un peu de temps avec les autres avant ?
J'aimerais voir comment Jamie se comporte avec Kendall. Bordel, je *suis* un vrai papa poule.
— J'ai une liste d'endroits où je voudrais aller, ce sera plus simple si on n'est que deux.
Elle continue à être d'une humeur inhabituellement joyeuse. Je me tourne vers les autres. Croise le regard de Kendall. Elle me dévisage.

Le serveur vient encaisser.
— Sortez si vous voulez, je vais attendre la monnaie, je propose.
— Moi aussi, ajoute Kendall.
Dès qu'on est seuls, elle me lance :
— Si tu n'as pas envie de passer l'après-midi avec Eliza, ne le fais pas.
— Je l'ai invitée.
— Et tu le regrettes.
— Oui, j'avoue. J'ai été soulagé de voir qu'elle n'était pas seule.
— Alors reste avec nous ! En plus, on a encore trois bonnes actions à accomplir…
Elle me décoche un sourire taquin. J'aimerais tellement qu'on soit encore il y a deux jours. Avec rien d'autre que New York pour nous, et ce défi. Des heures à arpenter les trottoirs et discuter. À contempler le visage de Kendall, encadré par son bonnet bleu et ses cheveux auburn.
La porte du restaurant s'ouvre, et Eliza passe la tête à l'intérieur.
— Allez viens, Maxie !
Elle ne prononce que mon prénom, pour bien faire sentir à Kendall qu'elle ne s'adresse pas à elle. Elle attend un moment avant de refermer la porte.
— Il vaut mieux que j'y aille.
Kendall secoue la tête.
— Tu es triste.
J'enfile mon manteau.

— Je sais.

Elle sort du restaurant, je m'attarde. À travers la vitre, je la vois se mêler au groupe formé par Jamie, Camden et Ari. Je les regarde s'éloigner ensemble et abandonner Eliza. Puis je vais la rejoindre pour accomplir mon devoir.

— Alors, je lance une fois sur le trottoir. Quelle direction ?

— Times Square ? Comme ça je pourrai dire que j'y étais le 31 décembre. Personne n'aura besoin de savoir qu'il n'était que quatorze heures.

Je ne peux m'empêcher de rire.

— Ce sera notre secret honteux.

On se met en route et, au moment où on contourne une congère, je lui demande :

— Alors, raconte-moi un peu plus ton Noël.

— Max, tu n'es pas obligé de me poser ces questions. On dirait que tu as une liste des sujets que tu peux aborder sans risque avec ton ex.

— Et si ça m'intéressait vraiment ? Comment c'était, sincèrement ?

Elle soupire.

— Naze, bien sûr.

— Ta mère ?

— Ma mère, mon père, cette fête débile dans son ensemble. Si ça ne me rapportait pas autant de fric, je sècherais.

— Je croyais que ta mère assistait à ces réunions…

— Oui. Mais elle n'est pas complètement sobre pour autant.

Je m'arrête si brusquement qu'Eliza me rentre dedans.

— Est-ce qu'elle a… ? Enfin, tu sais.

— Elle m'a giflée une fois. Je l'ai giflée aussi.

— Non !

— Si.

La mère d'Eliza est alcoolique. Quand elle boit, elle frappe sa fille. Son mari est au courant pour l'alcool, pas pour les coups. Eliza n'en a jamais parlé à son père, parce qu'elle sait qu'il quitterait sa mère. Ce qui reviendrait quasiment à la tuer. Et malgré les coups, Eliza n'a pas envie que sa mère meure. Elle a toujours affirmé qu'elle encaissait très bien. J'ai quelques doutes de mon côté.

Le feu change de couleur et on traverse.

Me prenant la main, elle me demande, d'un ton léger :

— Tu vois quelqu'un en ce moment ?

— Comment voudrais-tu que je fasse ? Je vis chez mes parents et je bosse le plus possible pour mettre de l'argent de côté en prévision de la fac.

Je ne souligne pas qu'elle est indirectement responsable de cette situation.

— Tu devrais peut-être t'installer chez ton grand-père, me dit-elle. Et trouver un boulot à New York jusqu'à l'automne.

— Je crois que ça vexerait mon père. Il est content que je sois dans le coin, pour lui filer un coup de main.

Après avoir gardé le silence un moment, elle lance :
— C'est vraiment vrai ? Ou c'est juste une excuse ?
— Comment ça ?
— Tu as 18 ans, et tu as l'air mort de trouille à l'idée de vivre ta vie.
— Je n'ai pas la trouille. Ma vie, je la vivrai en septembre, à Brown.
— Et pourquoi pas plus tôt ?
— Je ne pensais pas que tu voulais te débarrasser de moi aussi vite.
Elle me repousse, des deux mains.
— Ça suffit avec ça ! Max, je ne t'ai jamais demandé de reporter ton entrée à la fac.
— Je sais.
— Alors arrête de me le reprocher !
Dans un éclair de lucidité, je comprends que je me suis complètement planté. Je me suis planté en invitant Eliza à me rejoindre ici, en pensant qu'elle avait besoin de me voir, en pensant que j'avais quelque chose à lui offrir. Peut-être que c'est pour ça qu'elle m'a paru si différente. Elle a grandi, un peu. Évolué, alors que je suis resté le même.
— D'accord, je réponds.
Un bel abruti. Un gosse.
On est arrivés. Times Square est déjà noir de monde. Les barrières ont été installées, les flics sont venus en force. Eliza lève les yeux vers le panneau d'affichage vidéo le plus proche et plisse les paupières comme si elle était éblouie par ce soleil artificiel.

— Ah ! lance-t-elle. Le cœur de New York !
Elle passe son bras sous le mien. On erre un peu sur la place, on se laisse porter par le flot de personnes dans un sens, puis un autre.
Quelqu'un a fabriqué une famille de bonshommes de neige dans la rue. Des bonshommes haut de gamme. Des personnages si bien exécutés qu'on dirait presque des faux. Je me demande à quelle heure leur créateur s'est levé pour pouvoir profiter de la neige fraîchement tombée, avant qu'elle ne devienne noire et inutilisable. Quel étrange acte désintéressé que de façonner ces bonshommes et de les laisser là, pour que les autres les découvrent.
Eliza en serre un dans ses bras.
Quelque chose ne tourne pas rond, ça, c'est sûr.

Kendall

Camden nous emmène à un arrêt de bus, certain que le premier venu nous conduira à notre destination, mais je ne suis pas à l'aise.

— Ils sont au courant pour l'accident ? je demande à Jamie.

— Je leur ai dit, ouais.

— Je risque de passer pour une cinglée totale si je refuse de monter dans un bus ?

Il me regarde droit dans les yeux.

— Non, bien sûr que non. Mais je crois que tu devrais affronter ce problème dès maintenant. Si j'arrive à monter dedans, il n'y aucune raison pour que tu n'y parviennes pas.

Il a raison et je le sais. Je me tourne vers Ari, qui m'encourage d'un signe de tête. Un bus est justement en train d'approcher : la pression augmente.

— Très bien.

Je prends une profonde inspiration. Le bus s'arrête dans un couinement de freins et je me concentre pour regarder droit devant moi : ça m'évite de voir la chaussée et d'imaginer Luna étendue dessus. Et pourtant, ça ne m'empêche pas d'hésiter au moment de poser le pied sur la première marche. Mais je fais un deuxième pas, puis un troisième... Soudain, je suis dans le bus, et il redémarre.

Il y a du monde et plus aucune place assise. Je suis séparée de Jamie par plusieurs passagers debout, alors que Camden et Ari ont réussi à se tenir à la même barre. Ils se pressent l'un contre l'autre, il l'enlace par la taille. Tous deux me regardent avec la même expression inquiète. Ari lève un sourcil interrogateur dans ma direction. Je lui réponds en levant le pouce. Ça va. Et ça continuera à aller bien tant que je n'imaginerai pas tout ce qui peut se placer en travers du chemin du bus.

Une vieille dame monte à bord, chargée de sacs de courses. Un type avec des écouteurs se lève pour lui proposer sa place. Elle le remercie d'un bref hochement de tête. J'ai beau avoir conscience que ce geste appartient au code tacite de la politesse élémentaire, il n'empêche... Je trouve qu'il a quelque chose de beau, et de simple. C'est un petit miracle sur lequel on peut compter.

À l'arrêt suivant, un siège se libère et Jamie me fait signe de le prendre. Je m'installe et il pose sa besace sur mes genoux.

— J'en ai juste pour une seconde, dit-il en me souriant malicieusement.

Il se met à fureter dedans, et ça me paraît si intime que c'en est gênant. Il finit par sortir un appareil photo. Ce n'est pas le gros, avec ces objectifs hors de prix. Celui-ci, très compact, a un drôle de look. On dirait presque un jouet.

— Et voilà mon Holga, m'annonce-t-il. Il est léger, parfait pour la ville, à plus d'un point de vue.

Il se met à prendre des photos à travers la vitre du bus, et je n'arrive pas à deviner ce qui retient son attention. Peut-être rien, peut-être la ville en général. Je repense aux nombreuses images qu'on a échangées ces derniers mois, et je prends soudain conscience de quelque chose : à peu près toutes les miennes représentaient des gens, alors que les siennes étaient presque exclusivement des images de bâtiments, de panneaux ou des paysages. À l'époque, j'avais l'impression qu'on avait une véritable conversation, mais… si on n'avait fait que se parler sans s'écouter ?

Pour m'occuper pendant le trajet, je regarde les visages des passagers et m'amuse à les nommer mentalement, à commencer par le type en face de moi, qui a une vraie tête de Norman.

Camden finit par crier :

— Je suis d'avis de descendre au prochain arrêt !

On le suit, et lorsque le bus redémarre j'aperçois l'arc de Washington Square Park. Jamie le mitraille avec son Holga. Pendant que Camden l'attend, Ari me prend par le bras et on traverse la rue.

— Entre son obsession pour la photo et ton obsession pour les personnages de romans, vous faites une sacrée paire, lance-t-elle.
— Au moins, nous, on n'écume pas les festivals en costumes, je rétorque.
Ari me sourit d'un air complice. Camden et elle étaient branchés cosplay l'été dernier, ils se déguisaient en personnages d'une vieille série de science-fiction. Je me demande si c'est toujours leur truc. Je me suis tellement coupée de cette partie de ma vie que je ne sais plus rien de leur histoire. À quelle fréquence se voient-ils ? Où passent-ils leur temps ? Ont-ils couché ensemble ?
— Vous avez couché ensemble ? je lâche brusquement.
Ari me répond d'un rire nerveux.
— Euh… en quelque sorte.
— Comment ça ?
— Pas vraiment, non.
— D'accord. Moi, je l'ai fait.
— Fait quoi ?
— J'ai couché.
Elle m'agrippe par le coude et on s'arrête sur le trottoir.
— D'une, pourquoi est-ce que tu abordes ce sujet maintenant ? Et de deux, *QUOI* ?
— Je crois que j'étais impatiente de t'en parler.
— Ça s'est passé où ? Avec qui ?
— En Irlande. Il s'appelle Declan.
— Eh ben…
Après un silence, elle ajoute :
— Vive l'Irlande !

— Je ne savais pas comment t'en parler. Ça me semblait bizarre de t'envoyer un mail pour t'annoncer la dissolution de ma virginité.

— *La dissolution de ma virginité*… Classe. Ça ferait un bon titre d'album.

— Ou de livre, j'ajoute. Mince, tu m'as sacrément manqué !

Je l'entraîne vers un banc du square, et on s'assied. Jamie et Camden sont passés sous l'arche. Jamie s'immobilise, fait le point sur un arbre. J'incline la tête sur le côté pour essayer de comprendre ce qu'il lui trouve… Pour moi ça reste un arbre, grêle et nu, sans intérêt.

Ari me fixe, elle étudie les traits de mon visage, et je me demande ce qu'elle voit. Je me demande ce qui lui paraît changé (j'espère qu'elle repère un changement).

— C'était génial, non ? Ton voyage ?

— J'ai du mal à me contenter d'un seul adjectif pour le décrire.

Et j'ai aussi l'impression que, plus j'en parle, plus il perd de son éclat.

— Mais en résumé, apprendre sans le stress des devoirs et des contrôles, c'était merveilleux.

— C'est ce que j'ai cru comprendre en lisant ton blog.

— Tu l'as lu ?

— Bah enfin ! Pourquoi je ne l'aurais pas fait ?

Elle me sourit avant d'ajouter :

— Et je me suis d'ailleurs inquiétée quand tu as cessé

de poster des articles. J'ai contacté ta mère pour m'assurer que tu étais toujours en vie.

— J'étais débordée.

Ari me connaît, elle sait que j'ai arrêté sur un coup de tête, sans réelle raison. Parce que je me lasse toujours au bout d'un moment. Et si ma meilleure amie, qui n'a presque que des A, travaille dans le magasin de fournitures artistiques de ses parents et garde souvent sa demi-sœur, plus jeune, y voit à redire, elle n'en laisse rien paraître. Je me suis toujours sentie à l'aise avec elle, alors que sur le papier ce n'était pas gagné. Je suis si heureuse de la revoir maintenant, aujourd'hui, ce soir, et d'entamer la nouvelle année avec elle !

Camden et Jamie se marrent ensemble, et on continue à les observer avec Ari, parce que comment se détourner de deux mecs qui rient, surtout lorsqu'on les a embrassés ?

— Qu'est-ce que vous allez devenir à la fin du lycée ? je demande à Ari.

Elle grimace puis prend une profonde inspiration.

— Aucune idée. Camden n'est tenté par aucune des facs où j'ai postulé, sauf une. Certains de nos choix sont dans le même coin, d'autres pas du tout. On a décidé d'envoyer des dossiers sans se poser de questions et de voir ce que le hasard décidera.

Ils sont sur le point de voir leur équilibre bouleversé. Ça va peut-être paraître égoïste, mais je m'en fiche : je suis soulagée de ne pas être la seule à ne pas savoir ce qui va se passer ensuite.

Jamie nous rejoint.

— Ça te dit de faire un tour avec moi ?

Je me lève et il me décoche un sourire irrésistible avant de m'entraîner vers une pelouse.

Il fait partie de ce qui va se passer ensuite. Et je n'ai pas besoin d'en savoir plus.

Max

Je repère le couple alors qu'on attend, avec Eliza, que le feu change de couleur. Ils sont jeunes, la vingtaine peut-être. Ils portent les mêmes parkas et des sacs à dos maous. Il a un guide de voyage, elle un portable. Ils se disputent devant un vendeur ambulant d'empanadas dans une langue très gutturale, qui pourrait être de l'allemand.

Ils se disputent, comme Luna et ce type. Le genre de dispute qui fait sourire au début parce que, soyons honnête, c'est marrant. Marrant de voir comment les couples se parlent quand ils sont en colère. Marrant parce que, ouf ! on se sent moins seul. C'est une vérité universelle : parfois, les gens se conduisent mal entre eux.

Dans ce cas, pourtant, ça n'est pas grave. Pas inquiétant. Je le sais à la façon dont elle lève les yeux au ciel. À la façon dont lui pousse un long soupir agacé.

Je me rapproche et agite vaguement la main.

— Excusez-moi... Tout va bien ? Vous avez besoin d'aide ?

Eliza est perplexe. Je la sens tirer la manche de mon manteau, puis la lâcher. Je sais que je suis injuste. Elle n'est pas au courant du défi que la serveuse nous a lancé, à Kendall et à moi. Et je décide néanmoins, sans prendre le temps d'y réfléchir, de ne pas la mettre au courant.

Le gars fronce les sourcils, secoue la tête. Me fait signe avec la main. Le genre de geste qui invite à dégager et qui devrait me suffire à battre en retraite, en l'insultant tout bas. Mais la fille, elle, hoche la tête avec enthousiasme.

— Je parle anglais, me dit-elle. Pas lui. On a besoin d'aide, oui.

— Quel est le problème ?

— On voudrait aller sur la High Line. Mon mari dit qu'on doit descendre tout en bas, là…

Elle me montre une carte sur son portable, et plus précisément un point au-dessus duquel est écrit Whitney Museum.

— Moi, je dis qu'il suffit de traverser par là pour trouver une entrée, non ?

Son doigt remonte jusqu'à la 34e Rue.

— Eh bien, vous pouvez commencer par n'importe quel bout. Personnellement, je préfère la partie au nord. On ne le voit pas sur la carte, mais l'ancienne voie de chemin de fer rejoint une vieille jetée. Il y a une belle vue sur le fleuve.

Je le sais uniquement parce que, trois mois avant sa mort, ma grand-mère – elle venait de démarrer un nouveau traitement qui lui a réussi pendant environ un jour – m'a emmené sur cette jetée. On s'est accoudés à la rambarde et on a regardé un paquebot partir vers le large. On n'a pas parlé. Elle s'est contentée de poser sa main sur la mienne. C'est l'un de mes meilleurs souvenirs de tous les temps.

— Ah ! Alors j'ai raison ! s'exclame-t-elle. On peut y aller à pied, hein ? Par là, puis vers le sud ?

— Oui. Mais vous pouvez aussi prendre le métro.

Elle secoue la tête.

— Pas le métro, non. Trop compliqué.

Son mari lui dit quelque chose, la voix dégoulinante de dédain.

— Vous n'avez jamais pris le métro ici ? demande Eliza.

La fille hausse les épaules, je vois bien qu'elle est gênée.

— Et si on vous accompagnait ? je m'entends proposer. La station est juste à côté, et c'est un trajet rapide.

La touriste me détaille de la tête aux pieds, avant de faire pareil avec Eliza. Elle vérifie qu'on n'a pas de mauvaises intentions, je suppose.

— C'est d'accord ?

Je ne sais pas très bien ce qu'elle demande exactement, mais je hoche la tête. Elle explique la situation à son mari, qui nous jauge de façon bien plus appuyée que sa femme. Je n'ai jamais subi un contrôle de sécurité aussi scrupuleux, dans aucun aéroport. Il lui pose une question.

— Est-ce qu'on devra vous payer ? traduit-elle.

— Non, pas du tout. On cherche juste à être sympa.

— Sympa, répète-t-elle pour sentir la saveur de ce mot sur sa langue.
Elle traduit pour son mari, enfin je crois. Il se renfrogne. Je ne saurais pas expliquer pourquoi, mais ça me paraît super important d'aller au bout du défi maintenant. Sans Kendall. Tout seul.
Je leur indique la bouche de métro, de l'autre côté de la rue. Dès que je me mets en route, ils m'emboîtent le pas.

***

Et maintenant, on se retrouve tous à attendre sur le quai, mal à l'aise. La fille paraît nerveuse. Elle n'arrête pas de passer d'un pied sur l'autre, semble incapable de rester immobile. Purée, c'est seulement un train qui traverse des tunnels souterrains. Il faut être raisonnable quand même !
— Je suis Max, au fait. Et voici Eliza.
— Je suis Kerstin.
— Aksel, ajoute son mari sans croiser mon regard.
Il fait mine d'être fasciné par une affiche de pub.
— Vous venez d'où ?
— De Münich, me répond Kerstin.
Allemands, donc. Je suis trop fort !
— C'est votre premier séjour à New York ? demande Eliza.
— Pour lui, oui. Je suis venue quand j'étais adolescente. J'ai passé une année chez une famille, dans le Connecticut.

— Dans le cadre d'un échange scolaire ?

— Oui, me répond-elle en souriant. C'était super.

Je suis sur le point de dire : *Une de mes amies vient de passer un semestre en Europe*. Mais je me retiens à temps. Un autre silence pénible s'étire, et j'en profite pour envoyer, discrètement, un texto à Kendall. Je lui annonce que j'ai accompli la cinquième bonne action, et que je lui donnerai des précisions plus tard.

Une rame arrive, et on monte à bord. Ayant repéré deux places, j'invite Eliza et Kerstin à s'asseoir. Aksel me tourne le dos, et je me retrouve nez à nez avec son sac à dos. Charmant. On fait le trajet en silence jusqu'à la station Hudson Yards.

Kerstin jette des regards noirs à son mari tout du long. Elle n'a plus l'air nerveuse.

Une fois dans la rue, on trouve des panneaux indiquant la High Line. Même si on laissait Kerstin et Aksel dès à présent, je me sentirais quand même autorisé à considérer mon geste comme une bonne action. Mais on continue à marcher. Personne n'ouvre la bouche. On finit par gravir les marches qui mènent à l'ancienne voie ferrée transformée en jardin. Elle s'étire, dans une direction, vers le fleuve Hudson, et elle est parsemée de congères.

— Bon, dit Kerstin en se tournant vers moi. On est arrivés, et j'ai pris le métro. Vous êtes un gentil garçon, vous savez ?

Je suis sûr qu'elle n'a pas l'intention d'avoir un ton

condescendant, mais les mots « gentil garçon » me font frémir.

— Max est l'être le plus gentil que je connaisse, dit Eliza.

Kerstin retire ses gants et glisse une main dans la manche de son manteau. Elle semble se débattre avec quelque chose. Elle finit par ressortir sa main ; elle me montre un bracelet tressé avec une perle en onyx.

— C'est moi qui les fabrique, explique-t-elle. Ça me ferait plaisir de vous en offrir un.

Je tends la main pour qu'elle puisse déposer le bracelet dans ma paume. J'ouvre la bouche pour la remercier… mais avant que les mots aient pu franchir mes lèvres, quelqu'un repousse mon bras et fait tomber le bracelet dans la neige.

— Stop ! hurle Aksel sur un ton furieux.

Il ajoute un tas de mots allemands, il a l'air fou de rage. Kerstin s'avance et lui écarte le bras comme il l'a fait avec moi. Elle se met à hurler. C'est déconcertant de ne pas savoir exactement ce qu'elle lui dit. Elle s'interrompt, puis reprend, plus lentement.

Le visage d'Aksel se fige lorsqu'elle prononce les dernières paroles. Pendant le long silence qui suit, je regrette de ne pas pouvoir nous téléporter très loin d'ici, Eliza et moi. Sur une plage des tropiques, ou même dans le cabinet d'un dentiste. Soudain, Aksel tourne les talons et s'éloigne. Il s'engouffre dans l'escalier, redescend vers la rue. Kerstin le regarde faire, les yeux embués de larmes.

— Est-ce que… est-ce que ça va ? je lui demande.

— Merci, encore, me dit-elle avant de se diriger vers le fleuve.

— C'était quoi, ce bordel ? me lance Eliza.

— J'en ai pas la moindre idée…

Un terrible poids m'écrase la poitrine. Eliza ne connaît pas le regret, elle ne pourrait pas comprendre. D'une certaine façon, tout ça a été une erreur.

Je ne sais pas comment, ni pourquoi, mais en voulant être un *gentil garçon*, je n'ai réussi qu'à envenimer la relation de ce couple.

Kerstin

Je suis sûre qu'Aksel est au téléphone à cet instant précis. Avec sa copine.

Oui, mon mari a une copine. Et je viens de lui apprendre que j'étais au courant.

S'il a agi comme ça avec l'Américain, ce n'était pas par jalousie. Mais par culpabilité. Les deux reviennent au même à mon sens ; il s'est ridiculisé.

Ce qu'Aksel ne sait pas, c'est que j'ai menti.

Je ne me refuse pas à prendre le métro parce que j'ai peur de me perdre. Pourquoi est-ce que je m'égarerais ? J'ai visité quatorze pays en dix ans. Parfois, quand je fais des courses, je me perds exprès, pour m'amuser. Et puis je sais lire une carte.

Aksel ne s'est posé aucune question lorsque je lui ai dit que je trouvais le métro de New York trop compliqué. Je voyais bien qu'il était content de constater que j'avais un point faible.

Si je refuse de prendre le métro à New York, c'est à cause de ce qui m'est arrivé à 17 ans.

J'étais venue à Manhattan pour la journée, seule, je voulais visiter un musée. Deux hommes m'ont suivie dans l'escalier d'une station. L'un d'eux m'a attrapée par la taille pendant que l'autre se jetait sur mon sac à main. J'ai résisté.

Et j'ai donné un coup de pied si efficace que l'un des hommes a perdu l'équilibre et est tombé dans l'escalier. Ils se sont tous les deux enfuis en courant.

J'ai eu des bleus. Mais après, j'avais l'impression d'avoir échappé à l'un des malheurs que la vie me destinait et, qu'à compter de ce jour-là, plus personne ne pourrait me faire du mal. J'en ai été métamorphosée. Parfois, je suis presque contente que ça me soit arrivé.

Je ne m'attendais pas à être aussi nerveuse à mon arrivée ici, avec Aksel, quand on s'est engagés dans une bouche de métro. Je crois que c'est la façon dont les sons résonnent. L'écho n'est pas le même dans le métro de Munich. Il n'y a que celui de New York qui fait ce bruit.

Lorsque ce garçon a proposé de nous accompagner, j'ai été si surprise par son geste que j'ai accepté sans réfléchir. Et maintenant je dois y voir un signe : j'étais enfin prête à tourner véritablement la page de cette fameuse journée.

Et peut-être que je suis prête à tourner d'autres pages. Aksel va m'appeler dans cinq minutes. Je devrais lancer le chrono de ma montre. Il va s'excuser, il va m'apporter un café. C'est notre façon de fonctionner, notre petit numéro de couple.

Mais j'ai repris le métro à New York aujourd'hui.
Et si je ne décrochais pas quand il appellera ? Et si je le laissais rentrer tout seul en Allemagne ?
Je pourrais bosser comme jeune fille au pair pour des gens qui voudraient que leurs enfants apprennent l'allemand, ou comme vendeuse dans une boutique où mon accent me donnerait un air sophistiqué. Je pourrais rester à l'hôtel jusqu'à ce que je trouve une colocation. Je pourrais dire à tout le monde que je reste un peu à New York, et puis je ne rentrerais jamais.
J'ai cinq minutes pour me décider.
Dans l'immédiat, je marche. Seule. Et je me sens très, très bien.

Kendall

Un trio de jazz joue sur la place, et une petite foule s'est formée autour. Si les températures ne sont pas glaciales, il ne fait pas chaud non plus, et je suis surprise de voir que des musiciens ont le courage de se produire dehors aujourd'hui. D'un autre côté, avec le monde qu'il y a à New York, ils vont sans doute se faire une petite fortune. Jamie s'arrête pour les écouter, et je suis le mouvement.

C'est mon premier moment calme de l'après-midi, si calme qu'une pensée-ver de terre en profite, évidemment. Où est Max à cet instant ? A-t-il parlé à Eliza de Luna, du défi et du reste ? En quoi a consisté la cinquième bonne action, et est-ce que c'est mal de ma part de regretter qu'il l'ait accomplie sans moi ?

— Hé ! je lance en écrabouillant cette pensée-ver de terre et en agrippant le bras de Jamie.

Je ne me sens pas encore autorisée à lui prendre la main.

— On continue à se promener ?

Il acquiesce, puis lance un billet d'un dollar dans l'étui à guitare vide, aux pieds des musiciens de jazz.

— Alors, comment tu t'es occupée ces derniers jours ?

— J'ai aidé mon frère à déménager. Je suis allée voir une comédie musicale avec ma mère. J'ai beaucoup marché.

Après avoir hésité, j'ajoute :

— J'ai vu Max.

Jamie ralentit un instant avant de reprendre un rythme normal.

— Qu'est-ce que vous avez fait ?

— On est allés à Central Park.

Et c'est vrai. Ça a l'air tellement naturel quand j'expose les choses aussi simplement.

— On a surtout parlé de Luna.

Je n'ai pas l'impression que ce soit un mensonge ou même une exagération.

— Vous étiez aussi mal que moi ? me demande Jamie, plus détendu.

Comment se fait-il qu'on n'en ai pas encore parlé tous les deux ?

— Oui, je finis par répondre.

— Merci de m'avoir averti qu'elle était à l'hôpital. J'aimerais savoir comment elle va aujourd'hui.

Sa voix s'est étranglée soudain, et je comprends qu'il a eu du mal à digérer cette histoire, lui aussi, mais qu'il était seul. Alors que c'est lui qui s'est précipité pour s'agenouiller sur le bitume froid à côté d'elle.

— Comme nous tous...

Au moment de prononcer ces mots, je me demande combien de personnes exactement cela représente.

— J'aurais aimé faire plus.

— Tu as fait ce que tu as pu. Tu as été super, Jamie.

Et puis, parce que c'est plus fort que moi, j'ajoute :

— Tu as fait plus que nous tous, qui sommes restés les bras croisés.

Il fronce les sourcils, secoue la tête.

— Ne culpabilise pas. Comment aurais-tu pu savoir ce qui allait arriver ?

— Je ne pouvais pas. Mais il n'empêche que si on était intervenus, l'histoire aurait peut-être été différente.

Cette vérité se dresse comme un mur entre nous deux, et ni Jamie ni moi ne savons comment l'abattre. Il finit par prendre son appareil photo et par cadrer l'espace canin à quelques mètres de nous. Je connais cette tactique par cœur. *Si tu doutes, prends une photo.*

Je l'observe et songe à ce qui va se passer plus tard. Ou plutôt à ce que je voudrais qui se passe plus tard. C'est si évident que c'en est presque douloureux. On s'embrassera à minuit, et ensuite la vie suivra son cours. Je ne resterai pas à New York, je rentrerai chez moi et je retournerai au lycée, mais j'aurai un copain. Ce plan me séduit déjà.

On finit par rejoindre Ari et Camden, qui nous attendent sur le banc.

— On y va ? nous lance Camden.

— Tu as une envie précise ? je lui demande.

— Il y a une boulangerie dans le quartier de Little Italy que j'aimerais vous montrer.

Jamie lui fait signe d'ouvrir la marche ; Camden se lève.

Au bout de quelques mètres, Jamie me prend la main.

Max

— Est-ce qu'on va jusqu'au bout ? lance Eliza.

— Je te demande pardon ?

— Jusqu'au bout de ce truc, précise-t-elle avec un sourire malicieux, en indiquant le sud, où se termine la High Line, très loin d'ici.

— À toi de décider, je réponds, par habitude.

— Non, tu décides.

Ça ne lui ressemble pas. Eliza est quelqu'un qui a besoin de garder le contrôle. Et ce pour la simple raison qu'à la seconde où elle met le pied chez elle, elle ne contrôle plus rien. Peut-être que New York est plus mon territoire que le sien.

— La promenade est plutôt chouette. Elle est assez longue, mais je pense que c'est une bonne idée. Tu me fais confiance ?

— Max, je te suivrais n'importe où, tu le sais.

— En fait, je ne le sais pas, non.

Elle m'attrape par le bras, puis se hisse sur la pointe des pieds pour déposer un baiser léger (sur mes lèvres).

— Espèce d'abruti. Tu as toujours l'air de savoir où tu vas, Maxie.

Si c'est vrai, alors j'ai un talent fou pour tromper mon monde.

— Tu as quelque chose de changé, je lui dis.

Elle me dévisage. Déglutit presque avec nervosité. Encore une réaction qui ne lui ressemble pas.

— Ah bon ?

— Oui.

Elle hausse les épaules et se détourne d'une pirouette. Se met en route. Comme toujours, je la suis.

J'ai rencontré Eliza quand j'avais 13 ans, et elle, 12. Elle est arrivée dans notre établissement alternatif en cours d'année, et tout le monde était enthousiasmé par la présence d'une nouvelle. La rumeur racontait qu'elle avait quitté un collège public parce qu'elle était victime de harcèlement. Elle avait l'air tellement traumatisée, au début. Et elle était petite. De taille, je veux dire. Les filles les plus mûres l'ont prise sous leur aile, elles l'ont tellement protégée cette première année que je ne suis même pas certain de l'avoir vue.

La première fois que je l'ai vraiment remarquée, que j'ai vu combien elle était spéciale, c'était lors de la représentation du club théâtre, au printemps suivant. Une mise en scène de *La Nuit des rois*. Elle interprétait Viola, et elle était parfaite.

Mais j'étais timide, et je ne savais pas très bien quoi faire de mon corps qui n'arrêtait pas de grandir. Je me demandais comment j'arriverais un jour à maîtriser

mes deux gigantesques bras maladroits… Et puis mes pieds me faisaient passer, eux aussi, pour un incapable. Ils se rebellaient contre moi à la moindre occasion, me faisant trébucher ou perdre l'équilibre. J'essayais de garder mes distances avec les filles, mais dans une école aussi petite que la nôtre, c'était impossible.
J'ai vu Eliza sortir avec un premier garçon, et un second. Le bruit courait qu'elle avait aussi eu un copain pendant l'été. J'avais eu des histoires de mon côté, mais à un moment donné je me suis rendu compte que j'étais complètement fou d'elle. Et ça a fini par être réciproque. Ou plutôt, c'est ce qu'elle raconte. Elle raconte aussi qu'on a toujours été faits l'un pour l'autre. Et quand quelqu'un vous martèle quelque chose un assez grand nombre de fois, on finit par avoir du mal à séparer la réalité de la fiction. Et parfois, on a besoin de fiction, surtout lorsque la réalité est un véritable embrouillamini.
Réalité : ce serait super si elle rencontrait quelqu'un, parce que je pourrais, peut-être, arrêter de me sentir coupable.
Autre réalité : je serai dévasté lorsqu'elle rencontrera quelqu'un, parce qu'elle n'aura plus besoin de moi.
Je suis soudain assailli par l'étrange sentiment que je saurais comment détruire Eliza si je le voulais : il me suffirait de lui raconter les derniers jours. De lui détailler la moindre heure passée avec Kendall. De lui expliquer notre défi, et ce qu'il a déjà changé en

moi. Eliza ne saurait pas du tout comment réagir. Elle y verrait une trahison, alors même qu'on est séparés. Ça me rassure d'avoir cette carte dans mon jeu.

On continue à se diriger vers le sud de la High Line. Eliza s'intéresse aux bâtiments qui bordent la promenade, de part et d'autre. La plupart sont des immeubles d'habitation, et je vois bien qu'elle fait tout son possible pour apercevoir l'intérieur des appartements.

— C'est l'endroit rêvé pour vivre quand on est exhibo, dit-elle en pointant le doigt sur une fenêtre. On peut ouvrir tous les rideaux et danser à poil, personne ne pourra porter plainte parce qu'on est chez soi !

Elle éclate de rire et se remet en route. Ouais, elle est vraiment trop joyeuse. Je la rattrape et pose une main sur son épaule. Au moment où elle se retourne, je me contente de lâcher :

— Parle-moi.

Nos regards se croisent. Je suis à peu près certain d'avoir une expression de *papa sévère*. Son sourire s'évanouit, mais pas entièrement. Elle se mordille la lèvre, le temps de prendre une décision.

— Je sors avec quelqu'un.

— O.K. Je m'en doutais.

Eliza scrute mon visage, et je fais de mon mieux pour exprimer la réaction qu'elle attend de moi.

— Tu es heureux pour moi, hein ?

— Oui, bien sûr.

Je m'interrompts, conscient de ce que je dois faire

maintenant. Si ma langue acceptait de prononcer les mots, ça m'aiderait.

— C'est qui ? Un mec de Dashwood ?

— Non, dit-elle en secouant la tête.

Tant mieux. À force, la multiplication des histoires entre les élèves de notre bahut commence à avoir un côté consanguin un peu flippant.

— Je ne vais pas te cuisiner, Eliza. Tu me diras ce que tu as envie de me dire.

— En fait, j'aurais bien besoin de tes conseils.

Euh, alors, c'est sans doute précisément la seule chose que je n'avais aucune envie d'entendre.

— Évidemment.

— Silas est super, il te plairait beaucoup. Le truc, c'est qu'il est plus âgé. Il a proposé de me procurer une fausse carte d'identité pour qu'on puisse sortir ensemble dans des bars. Tu crois que je devrais le laisser faire ou qu'il faudrait que j'insiste pour payer la carte moi-même ?

— Plus âgé... c'est-à-dire ?

— 30 ans.

Je m'arrête et me tourne vers elle.

— Tu veux dire qu'il a treize ans de plus que toi ?

— C'est juste des nombres, Max ! Détends-toi !

Elle met les mains sur ses hanches, me mettant au défi de continuer mon numéro de grand frère. Ma réaction est-elle excessive ? Est-ce qu'on peut dire qu'il n'y a aucun problème, si ça ne lui en pose pas à elle ?

Je pense à la relation, étrange, de ses parents, et je pense à notre relation, étrange elle aussi. Je pense à Luna et à ce type. Au pouvoir qu'il était habitué à avoir sur elle. Aux efforts qu'elle faisait pour lui résister. À la façon dont elle me rappelait Eliza, par plein d'aspects. Sans parler du fait qu'Eliza n'a que 17 ans. Elle est mineure.

Si, cette histoire pose carrément problème. Mais je ne peux pas me battre avec elle dans l'immédiat.

— Insiste pour payer, je dis en m'efforçant de garder un ton détaché. Ça posera un cadre, c'est bien.

Elle hoche la tête, et on marche en silence pendant quelques minutes.

— Pourquoi tu n'es pas avec lui ce soir ? je finis par demander.

— Il doit bosser. Ça ne me dérange pas, les serveurs touchent des super pourboires le 31.

Quand nous nous arrêtons pour qu'elle aille aux toilettes, j'en profite pour écrire un texto à Jamie.

Tu savais qu'Eliza sortait avec un mec de 30 piges ?

Mon pouce reste suspendu au-dessus du bouton « Envoyer ». Que fait Jamie à cet instant précis ? Je n'arrive pas à l'imaginer sans Kendall à ses côtés. Peut-être qu'ils se promènent dans un quartier de New York, qu'ils prennent des photos et partagent un bon moment. J'espère que Kendall est heureuse. Qu'elle a enfin ce dont elle rêvait depuis longtemps. Cette image d'une Kendall aux anges me réchauffe le cœur. Elle sourit. Et ses yeux brillent comme jamais.

Malgré tout, la perspective d'interrompre leur petit moment à deux n'est pas déplaisante. Peut-être que je ne suis pas aussi sympa que tout le monde croit. Ce qui serait un immense soulagement.

Kendall

La boulangerie n'est pas beaucoup plus grande que mon *chamcard*, mais sent un milliard de fois meilleur. On s'est serrés autour d'une table bancale, avec Ari et Jamie, en attendant que Camden nous apporte des cafés et une assiette de sablés informes recouverts de sucre glace.

— À cette année et à la prochaine ! lance-t-il une fois qu'il s'est assis, en levant une minuscule tasse à expresso.

On trinque, puis je bois. La vache ! Je ne pensais pas qu'une année pouvait avoir un goût aussi amer. Mais c'est chouette qu'on soit tous là. Je prends une photo mentale et la poste sur un réseau social imaginaire que je suis la seule à voir. *Regarde ! Tu fais un truc sympa avec des gens que tu adores !*

Le portable de Jamie vibre et il le sort de sa poche. Il se renfrogne légèrement en prenant connaissance du message, avant de ranger son téléphone. Avale quelques gorgées d'expresso. Il ressort ensuite son portable et fixe l'écran.

— Tout va bien ? je lui demande.
— Ouais, c'est juste… ma mère me pose des questions pénibles auxquelles je ne sais pas comment répondre.
Jamie pivote sur son siège de façon à nous tourner le dos. Il commence à taper une réponse. Quand il a fini, il laisse échapper un long soupir.
— Désolé, me dit-il en me décochant son sourire irrésistible.
C'est à cause de ce sourire que je suis dans cette boulangerie de poche à cet instant. Je rêve que ce sourire m'accompagnera demain et l'année suivante.
Quelque chose a attiré l'attention d'Ari, par terre. Elle se baisse et ramasse un sac en toile avec des fleurs.
— Oh oh… dit-elle en le brandissant.
— Je ne pense pas qu'il leur appartienne, observe Camden en montrant les deux types archi vieux qui occupent la seule autre table de la boulangerie.
Je prends le sac pour regarder à l'intérieur. Il contient un portefeuille, une trousse de maquillage et une grande enveloppe en papier kraft. Je sors le portefeuille et le manipule le plus délicatement possible comme pour prouver aux autres, ou au portefeuille lui-même, que mes intentions sont honnêtes.
— On devrait le laisser au comptoir, suggère Jamie. Je suis sûr que quelqu'un reviendra le chercher.
Le type au comptoir a l'air de vouloir se rouler en boule pour dormir une semaine entière. Je l'imagine vidant le portefeuille avant de le jeter à la poubelle. S'il était un personnage de fiction, je l'appellerais Monty.

— Regardons d'abord s'il y a un nom, je propose en ouvrant le portefeuille.

Il y a un peu d'argent, principalement des petites coupures. Je parcours les cartes et tombe sur un permis de conduire.

Shelby Dearden. Le nom est accompagné d'une adresse à Brooklyn. Je pousse mon enquête. Shelby Dearden a les cartes de fidélité de trois parapharmacies différentes et de deux boutiques de yaourts glacés. Elle n'est pas du genre casanière. En approfondissant mon examen, je trouve deux cartes de visite. *Shelby Dearden, membre du syndicat des acteurs*. Il y a aussi un numéro de téléphone.

— Tadam ! je m'écrie en brandissant la carte.

Je sors de la boulangerie, trop bruyante, et compose le numéro sur mon portable.

— Allô ?

— Bonjour, je m'appelle Kendall et j'ai trouvé un sac qui vous appartient.

Un silence à l'autre bout de la ligne.

— Quel genre de sac ?

Elle a l'air lasse.

— Un sac en toile avec des fleurs. Il contient votre portefeuille et une enveloppe…

— Oh, mon Dieu !

Je l'entends fureter.

— J'ai bien perdu un sac ! reprend-elle. Je croyais l'avoir glissé dans un grand sac en papier, avec des achats, mais il n'est pas là… Alors, vous l'avez trouvé ! Où ça ?

— À la boulangerie Ambrosio.
— J'y suis passée tout à l'heure. Oh, ce sac contient la pièce de théâtre d'un de mes amis, avec toutes mes annotations. Je viens de rentrer chez moi, à Brooklyn...
Elle s'interrompt et, au bout de quelques secondes de silence, je finis par me demander si on a été coupées. Elle reprend alors d'une voix étrangement douce tout à coup :
— Mais je peux revenir à Manhattan. J'en ai pour trois quarts d'heure environ. Je peux vous retrouver quelque part ?
Je regarde mes amis, à travers la vitrine, qui dégustent tranquillement leurs cafés. On est jeunes et insouciants, on n'a rien prévu de particulier, et c'est la veille du Nouvel An. Il nous reste encore trois heures à tuer avant d'aller à la soirée d'Emerson. Trouver un sac, puis appeler sa propriétaire sans avoir rien volé ne me semble pas constituer une bonne action suffisante. Oui, je suis comme ça, j'ai été bien élevée et je suis sujette aux coups de tête. Si je dois aller au bout du défi, je veux que ce soit avec une bonne action mûrement réfléchie.
— On va quoi ? s'écrie Camden après que je les ai rejoints et leur ai exposé mon projet.
— Aller à Brooklyn pour rapporter ce sac à sa propriétaire. Elle s'appelle Shelby.
— Ça fait une sacrée trotte pour une bonne action, observe Ari. On ne pourrait pas simplement le laisser ici, et elle viendrait le chercher ?

Je ne sais pas comment leur expliquer que j'ai besoin de faire ça. Je suis convaincue que l'univers nous envoie des signaux, à sa façon, et je sais que j'ai entendu la voix de Shelby Dearden s'étrangler quand elle m'a dit *merci*, alors que je venais de lui annoncer mon intention de lui rapporter son sac. S'il était là, Max serait cent pour cent partant. C'est peut-être lui qui aurait eu l'idée si je n'y avais pas pensé toute seule. Je le vois d'ici, étudiant un plan de métro sur son portable, planifiant notre trajet.

Je l'imagine et je regrette du fond du cœur son absence, tout en culpabilisant d'avoir ce regret.

— C'est vraiment important pour toi ? me demande Jamie.

— Oui.

— Très bien, alors je t'accompagne.

Il ajoute à l'intention de Camden :

— On vous retrouvera chez le frère de Kendall.

— Ça me va.

Je leur donne l'adresse avant de ranger les affaires de Shelby dans son sac. Lorsqu'on s'éloigne, Jamie et moi, je sens que l'atmosphère a changé du tout au tout : on n'est plus que tous les deux maintenant. Et je n'arrive pas à savoir si ce changement est agréable ou pas.

— Shelby m'a expliqué comment aller chez elle. C'est sur la ligne F.

Il me prend la main. Je le laisse m'attirer un peu plus près de lui et l'embrasse sur la joue. Un baiser rapide, volontairement, parce que je ne veux pas qu'il dure assez longtemps pour se charger d'une autre signification.

— C'était pour quoi ?

— Pour avoir tout pigé.

Un sourire illumine son visage. On finit par trouver l'entrée de la ligne F, mais un métro vient de nous passer sous le nez. Je m'adosse à un pilier, et le téléphone de Jamie sonne.

— Salut, Max, dit-il d'une voix redevenue très sérieuse.

Il s'éloigne de quelques pas, ce qui ne m'empêche pas de continuer à l'entendre parfaitement.

— On peut se parler à un autre moment ?... Ouais, bien sûr que je suis inquiet. Qu'est-ce que tu veux que j'y fasse ?

Un silence.

— Moi ? Pourquoi tu ne t'en charges pas toi-même ?

Nouveau silence.

— Ouais, mais il nous reste genre cinq mois de cours ensemble. Je n'ai pas envie de créer un drame.

Jamie écoute, puis il écarte le téléphone de son oreille et raccroche. Après avoir rangé son portable dans sa poche, il me rejoint.

— C'était Max, on a été coupés.

— Euh... je viens de te voir lui raccrocher au nez.

Jamie sourit. Hausse les épaules.

— Exactement.

Le train entre dans la station avec fracas.

Le trajet dure un bon moment. En dehors de Manhattan, je ne connais plus les noms des stations. J'ouvre mon carnet et commence à imaginer que les gens autour de moi portent des noms de chats. Bijou. Tigrou. Pompon. Enfin, on sort du métro et on retrouve le soleil dans la rue. On marche jusqu'à l'immeuble de Shelby. Elle m'a précisé qu'elle vivait dans un appartement en sous-sol, que l'on trouve souvent au pied des immeubles caractéristiques de certains quartiers de New York, en pierre brune. Toutes les fenêtres côté rue ont des barreaux, et je me demande si elles en ont été dépourvues à une époque.

— On ne doit plus être très loin, je dis en montrant les numéros sur les bâtiments.

Arrivée à la bonne porte, j'effleure du doigt le heurtoir en forme de tête de lion. Très chic. Shelby Dearden m'ouvre avant que j'aie pu frapper. Une grande blonde, mince et attirante. Le genre de femme sur laquelle on se retourne dans la rue, même à New York. Elle porte une robe de soirée noire et des bottes. Elle est si magnifique qu'une part de moi la déteste aussitôt.

— Mes sauveurs ! s'exclame-t-elle avec un immense sourire. Tu dois être Kendall, ajoute-t-elle à mon intention. Entrez.

— Merci. Je vous présente, Jamie.

— Tu peux me tutoyer ! Enchantée de vous rencontrer. Et bonne année !

L'appartement semble tout droit sorti des pages d'un magazine de décoration. Un joli canapé, un tapis raffiné, des coussins bien rebondis, sans oublier les photographies et les reproductions d'œuvres d'art encadrées aux murs. Le plus déconcertant étant que Shelby Dearden me rappelle quelqu'un. Mais vraiment.

— Je ne sais pas comment vous remercier, dit-elle.

— Est-ce qu'on se serait déjà rencontrées ? je lui demande. J'ai plusieurs grands frères, peut-être que tu connais l'un d'eux ?

Elle éclate de rire.

— C'est possible ! Mais les gens ont souvent l'impression de me connaître à cause de la pub.

— Ah…

— Pour des chips.

Elle dit ça le plus naturellement du monde, comme si c'était une information banale.

— Mais oui ! s'écrie Jamie. Cette pub est poilante !

Aussitôt, je revois Shelby Dearden assise à un arrêt de bus, un sachet de chips à la main. Elle se goinfre, elle a des miettes plein les vêtements et le menton. Elle ne porte pas une jolie robe noire mais un jogging miteux. Plusieurs jeunes mecs canons se succèdent et tentent de la séduire, visiblement attirés par la façon dont elle se gave de chips. Cette pub est diffusée depuis des années, elle fait même référence. Pas étonnant que Shelby Dearden ait les moyens de s'offrir un bel appartement dans le quartier huppé de Park Slope.

— Alors tu es actrice ?

— J'essaie. Ma carrière est un peu en veilleuse en ce moment.

Elle glisse ses longs cheveux brillants derrière l'une de ses oreilles et rive ses yeux sur le sac en toile dans ma main.

Soudain, je n'ai plus envie de le lui rendre. C'est horrible, je sais. Je me surprends à regretter que ce ne soit pas quelqu'un d'autre qui l'ait trouvé, quelqu'un qui aurait empoché les onze dollars qu'il contenait et jeté le reste dans une poubelle. Parce que les femmes comme elle sont habituées à ce qu'on leur rende des services, à ce qu'on se précipite pour leur faire plaisir. La beauté confère un tel pouvoir. Je parie que, dans la vraie vie aussi, des types se sont battus pour elle. Ce qui ne m'empêche pas de lui tendre le sac.

— Encore une fois, je vous suis très reconnaissante. Vous n'imaginez pas à quel point ça me touche que vous soyez venus jusqu'ici.

— Pas de problème, je dis d'une voix que je m'efforce de rendre neutre, pour lui faire sentir qu'elle n'a aucun ascendant sur moi. On va y aller maintenant.

Shelby hoche la tête, pourtant elle a l'air triste et sa moue devient boudeuse.

— Vous êtes les bienvenus si vous voulez rester un peu. Ma voisine vient dîner mais j'ai largement de quoi faire pour quatre.

Le visage de Jamie s'éclaire.

— Ce serait…

Je lui attrape le bras.

—. … avec plaisir, mais on est attendus à une soirée.

Jamie me jette un regard.

— On n'est pas attendus à une heure précise. On a bien le temps de rester un peu ici.

— Ça me ferait vraiment plaisir de pouvoir vous remercier pour votre geste, insiste Shelby.

Je n'ai aucune intention de sacrifier une partie de ma soirée pour que Shelby Dearden puisse se sentir mieux.

— Peut-être qu'un jour quelqu'un aura la même attention pour moi, je dis en enroulant mon écharpe autour de mon cou.

J'espère que ce refus reste poli tout en étant définitif. Shelby a l'air déçue. Tant pis pour elle.

— On peut faire un selfie ensemble ? lui demande Jamie. J'adore votre pub ! Et vos chips.

Shelby éclate de rire. Jamie s'approche et elle le prend par l'épaule. Ils posent devant l'objectif du téléphone de Jamie. Il m'enverra la photo, ça me fera une preuve : une nouvelle bonne action, in extremis. Personne n'a besoin de savoir que je regrette de l'avoir accomplie. Personne n'a besoin de savoir que c'était une perte de temps.

Shelby Dearden

Pour me rendre à Manhattan, et revenir, j'ai dû marcher trois pâtés de maisons, attendre le métro sur le quai, m'asseoir dans un wagon, marcher encore plusieurs mètres, puis tout refaire dans l'autre sens.
Ça m'a complètement tuée.
Arrivée à la maison, j'ai dû me mettre au lit et faire la sieste. J'ai envisagé de passer le reste de la journée dans ma chambre, mais j'ai pensé à Alma. Je l'avais invitée à dîner pour avoir une bonne raison de me lever, de m'activer. Une raison d'aller jusqu'à Little Italy pour acheter un dessert dans sa boulangerie préférée.
Je suis tellement fatiguée…
Depuis des mois et des mois, je me sens fatiguée. J'ai l'impression que la moindre partie de mon corps pèse une tonne et qu'il me faut un effort surhumain pour la mettre en mouvement.
J'ai essayé un régime crudivore pour voir si ça changerait quelque chose. J'aurais aussi bien pu décider de m'affamer. J'ai perdu du poids. Dans le miroir, je voyais quelqu'un qui se rabougrissait, prisonnier

de son propre corps à plus d'un égard. Et pendant ce temps-là, tout le monde s'extasiait, me trouvait magnifique.

Les médecins me font passer des examens. Des examens, des examens et des examens. En attendant, je porte mes vêtements préférés, je me maquille beaucoup et je mets de l'huile parfumée sur mes cheveux.

Ma mère a eu un lupus à la vingtaine, et je suis persuadée que j'ai hérité de cette maladie. Impossible de travailler tant que je ne vais pas mieux, et je ne peux pas aller mieux si je ne travaille pas. J'ai honte de parler de ce qui m'arrive, et d'un autre côté ça me met hors de moi de ne pas recevoir plus de soutien. C'est vraiment tordu.

Et puis il y a eu ces deux jeunes... Ils m'ont proposé de me rendre un service, j'ai accepté, et le monde ne s'est pas arrêté de tourner.

Peut-être que je pourrais apprendre à demander de l'aide.

Max

Lorsque Eliza parlait de groupe cosplay, elle n'exagérait pas.

Son amie, guitariste, ne joue qu'avec des filles qui se déguisent toutes en superhéros Marvel. Elle a trafiqué sa guitare pour avoir le bouclier de Captain America dessus. C'est assez bluffant. Eliza assiste au concert dans la fosse, en plein milieu. Moi, je reste dans un coin et je la regarde, heureux de faire au moins un truc cool pour le 31. Ça fait partie des choses que j'adorais à l'époque où je sortais avec Eliza. Je partageais des expériences que je n'aurais jamais vécues seul, parce que je suis comme je suis.

On a passé un accord : on assiste à la première partie du concert, puis on rejoint les potes à la soirée d'Emerson. C'est l'autre truc cool que j'aimerais bien faire aujourd'hui, et où je veux être à minuit. Ça me semble important.

Et j'ai une autre motivation pour rejoindre la bande, dont je ne me suis pas ouvert à Eliza : je dois parler à Camden et à Jamie. En personne. Pour trouver une solution au sujet de ce type de trente piges. Camden aura une idée. Il est bénévole dans une association qui offre une assistance téléphonique aux adolescents en détresse.

L'ennui, c'est que je sais déjà ce qu'il faut faire. Je n'ai pas besoin de l'avis de quelqu'un qui aurait l'expérience de Camden. La solution est simple comme bonjour. Prévenir les parents d'Eliza.

Point barre.

Ce n'est pas plus compliqué que ça. Saut que ça l'est, justement. Et sauter ce pas reviendrait sans doute à dire adieu à ma relation avec Eliza.

À la fin de la première partie, je vais la chercher dans la fosse et lui tape sur l'épaule. Elle se retourne, me voit et secoue la tête de toutes ses forces.

— Non ! s'exclame-t-elle.

Une vraie gosse, qui va jusqu'à taper du pied par terre.

— On avait un accord...

— Pourquoi on n'attendrait pas le milieu de la deuxième partie ?

Je lui lance un long regard appuyé. Elle croit que je suis en train de céder. Je le devine à son sourire.

— Dans ce cas, salut, et bonne année !

Je tourne les talons et me dirige vers la sortie. Elle pense que je bluffe. Je ne bluffe pas. Je me refuse catégoriquement à bluffer.

Dans la rue, le froid me frappe de plein fouet, ce qui a pour effet de me soulager. Je suis surpris d'être aussi

heureux de ressentir ça. Un sentiment de pureté et de légèreté.
Trente secondes s'écoulent. Je lui en laisse trente de plus. Je respire profondément, regarde la buée qui se forme devant ma bouche puis se dissipe. Quand la porte du bar s'ouvre et se referme en claquant, je ne me retourne pas.
— Très bien, dit Eliza, en arrivant à ma hauteur.
Non, rien ne va bien. Mais je suis prêt à la laisser croire le contraire pour le moment.
Sur le trajet jusqu'au nouvel appartement du frère de Kendall, je m'imagine le déroulé des événements : j'appelle les parents d'Eliza ; elle me déteste ; elle ne m'adresse plus jamais la parole ; je suis libre.
Ça me va. Je les appellerai demain.
Oui mais… si je me dégonfle demain ? Ça me ressemblerait bien.
Dans ce cas, je vais les appeler ce soir et leur demander de ne pas lui parler avant demain. Après qu'on sera rentrés chacun chez soi. Ça me laissera un peu de temps et m'évitera de gâcher la soirée.
Je l'observe discrètement. Elle semble déjà avoir oublié que je l'ai forcée à quitter le concert. Peut-être parce que ce n'est pas le cas. On ne force jamais Eliza à faire ce qu'elle ne veut pas faire.

À l'adresse indiquée par Kendall se trouve un bâtiment qui ressemble à un entrepôt. On sonne à l'interphone et quelqu'un nous ouvre sans nous demander qui on est.

— Laissez-moi deviner, dit le type qui nous attend à la porte de l'appartement. Max et Eliza ?

— Laisse-moi deviner, lui rétorque Eliza, quelqu'un t'a dit que Max était très grand et moi minuscule ?

Il éclate de rire.

— Grillé ! Je suis Taj, entrez.

Il nous conduit dans une grande pièce avec des murs en brique, des poteaux et des poutres. D'immenses fenêtres se succèdent d'un côté de la salle. Le parquet est d'un brun foncé presque rougeâtre, comme si quelqu'un l'avait brûlé. Exception faite d'un gigantesque canapé d'angle, l'appartement est vide.

— Je viens d'emménager, explique Taj. Et le livreur de meubles a été retenu par la tempête de neige. Ça nous laisse plus de place pour faire la fête en un sens.

Une poignée de gens sont réunis dans la cuisine et mangent dans des récipients en carton. Jamie est là, en train de montrer son Holga à un type. Kendall aussi. Adossée au comptoir de la cuisine, elle écrit dans son carnet.

Je réfléchis à ce que je pourrais bien lui dire quand elle redresse la tête. L'espace d'un instant, j'ai du mal à déchiffrer son expression. Je me demande si elle est toujours déçue. Puis son sourire s'élargit et ses yeux changent de forme – il est possible que sa peau se mette à briller aussi. J'éprouve le même sentiment réconfortant que lorsqu'on rentre chez soi.

— Hé ! s'exclame-t-elle.

Avant que j'aie pu faire quoi que ce soit, Jamie s'écrie :

— Max ! Désolé, ajoute-t-il, je ne pouvais pas parler tout à l'heure. On était dans le métro avec Kendall. On s'est trimballés jusqu'à Brooklyn pour rapporter son sac à une nana qui l'avait oublié quelque part, et tu sais qui c'était ? La fille de la pub pour les chips, celle avec l'arrêt de bus !

Je vois très bien de quelle pub il s'agit. Mais le reste de l'histoire m'intéresse davantage.

— Vous avez rapporté un sac à quelqu'un ?

— Ouais, avec un portefeuille à l'intérieur. On l'a trouvé dans une boulangerie, et Kendall a insisté pour le rendre en personne à sa propriétaire.

Je ne peux pas m'empêcher de sourire.

Un point pour elle, et un pour moi. Il ne nous reste plus qu'une dernière bonne action à accomplir. Je la regarde à nouveau. Elle écrit dans son carnet, ça a l'air long. Je trouve ça génial qu'elle puisse faire ça ici. Dans un loft où elle met les pieds pour la première fois, la veille du Nouvel An. J'ai vraiment envie que nous parlions de Brooklyn. Et de Kerstin. Et d'Eliza. Et de tout, en fait, en partant de l'aube des temps jusqu'à la seconde qui vient de s'écouler.

Mais je dois d'abord régler un gros problème. J'attire Jamie dans un coin.

— On n'a pas fini notre discussion tout à l'heure.

Il jette un coup d'œil à Eliza, qui a déjà engagé la conversation avec des inconnus.

— Tu veux régler ça maintenant ? s'étonne-t-il. On pourrait pas s'en occuper demain, ou un autre jour que le 31 décembre ?

— S'occuper de quoi ? lance Kendall, qui surgit de nulle part.

— Rien, rétorque Jamie.

Son ton est un peu sec, un peu dédaigneux. Et ça me met hors de moi. Kendall me regarde avec ses yeux incomparables, toujours si limpides. Submergé par tout ce qu'on a vécu ensemble, je lui prends la main et l'entraîne à l'écart. Je ne sais pas trop où je vais l'emmener. Y a-t-il des chambres dans cet appartement ? Je trouve une porte, l'ouvre et attire Kendall de l'autre côté. La seule chose que contient cette pièce, c'est un matelas avec un sac de couchage. Je referme avant que Jamie ou quelqu'un d'autre puisse nous suivre.

— Mais qu'est-ce qui se passe enfin ? me demande Kendall.

— C'est Eliza.

Elle soupire.

— Pffff... C'est toujours Eliza.

— Elle sort avec un mec de 30 ans.

Elle lève un sourcil puis me dévisage.

— On dirait que tu es jaloux

— Je ne suis pas jaloux mais inquiet.

— Tu ne crois pas qu'elle est assez grande pour savoir ce qu'elle fait ? Je suis sûre qu'elle est parfaitement capable de mener au doigt et à l'œil un mec qui a le double de son âge.

— Ce n'est pas normal, Kendall, elle n'a même pas 18 ans. Il veut lui procurer une fausse carte d'identité. Il m'a tout l'air d'un gros tordu.
Je m'interromps avant d'ajouter :
— Ça me rappelle Luna et ce gars.
— Tu abuses de jouer la carte Luna.
— Désolé… Mais j'ai vraiment un mauvais pressentiment sur ce coup-là. J'ai l'impression de me trouver devant un arrêt de bus et d'être entouré de gens qui ont peur d'agir.
J'espère que Kendall comprendra ce que j'essaie de lui dire. Il le faut. Elle est la seule à en être capable. Et elle comprend : je vois son expression changer.
— Jamie ne veut pas s'en occuper maintenant, je poursuis. Camden n'hésiterait pas, mais je n'arrive pas à le joindre et je ne sais pas quand il va débarquer. Je dois faire quelque chose avant minuit. Je ne peux pas t'expliquer pourquoi ça me semble aussi urgent, c'est juste important pour moi.
Kendall se contente de hocher la tête.
— Il nous reste une bonne action à accomplir, pour remporter le défi.
— Mais oublie le défi ! De toute façon Eliza n'est pas une inconnue.
— Exact. Alors appelle ses parents tout de suite. Je reste ici pour m'assurer que tu ne te dégonfles pas.
Je ne m'étais pas rendu compte que c'était précisément ce que j'attendais d'elle.
Quelqu'un frappe à la porte.

— Oui ? lance Kendall.

— Ah ! super, lui répond Jamie à travers la porte. Je me demandais où tu avais disparu. Tout va bien ?

— Oui. Juste un coup de fil à passer.

— Tu sais où est Max ?

Elle hésite.

— Je crois qu'il est aux toilettes.

Il s'éloigne.

— Sors ton portable, me dit-elle avec un mouvement du menton. Appelle-les.

Je m'exécute. Compose le numéro des parents d'Eliza. Ça sonne une fois. Je raccroche.

— Qu'est-ce qui s'est passé ?

— Je ne sais pas. Mes doigts ont paniqué.

— Tes doigts…

— J'ai besoin d'un peu de temps.

— Je ne comprends plus, là. Tu as désespérément besoin d'appeler, mais tu as aussi désespérément besoin de plus de temps.

— Exactement.

— Explique-moi ça.

Comment y parvenir ?

— Passer ce coup de fil, c'est accepter de la perdre.

Kendall reste silencieuse une seconde, puis elle hoche la tête.

— Pas forcément.

— Je préfère me préparer au pire.

Je ressors mon téléphone, hésite devant les mots *Eliza Maison* dans mes contacts. Je range mon téléphone.

— Oh, pitié ! Si tu ne le fais pas, Max, je m'en charge. Je ne sais pas pourquoi je n'y ai pas pensé avant. Kendall peut passer cet appel. Elle n'a rien à perdre. Eliza et elle se détestent déjà.

— Tu ferais ça ?

Je lui tends le téléphone.

Kendall

Pourquoi je ferais ça ? Pour lui ? Pour *elle* ?

Passer ce coup de fil reviendrait vraiment à planter un couteau dans le dos d'Eliza, ce qui n'est pas sans me séduire.

Et pourtant, en mon for intérieur, en dépit de ce que m'inspire cette fille, je sais que c'est la chose à faire. Et puis j'ai bien l'intention d'inclure cette bonne action dans le défi. Avec Eliza, on est plus que des inconnues, on est des ennemies. Et c'est bien que quelqu'un comme elle soit la bénéficiaire de la dernière bonne action, non ? Autant finir cette série en beauté.

Je sors mon portable.

Max me donne tous les détails dont il dispose pour que je puisse les transmettre aux parents d'Eliza.

— Veille à parler à son père et à sa mère en même temps, me dit Max. Ou au moins au père d'Eliza. Si sa mère est seule, on rappellera plus tard.

Max me dicte le numéro. Ça sonne et mon cœur tambourine.

— Allô ?

Une voix féminine, sans doute la mère d'Eliza. Elle a l'air de s'ennuyer. J'imagine une version plus âgée d'Eliza, alanguie sur une méridienne.
— Bonjour, vous êtes la mère d'Eliza ?
— Oui. Qui est à l'appareil ?
— Je m'appelle Kendall, je suis une de ses amies.
Déjà un premier mensonge.
— Eh bien, bonjour, Kendall.
Le ton devient exagérément amical, parce qu'elle pense qu'elle est censée me connaître alors qu'elle ne se souvient pas de moi.
— Le père d'Eliza est-il avec vous ?
Un silence.
— Pourquoi ?
— J'ai quelque chose à vous dire et j'aimerais que vous soyez là tous les deux.
Un nouveau silence.
— Tu peux me parler à moi et je lui transmettrai.
— Pourriez-vous lui demander de décrocher le téléphone également ? S'il est là ?
Elle souffle lentement avant d'appeler son mari. Lui explique que c'est une amie d'Eliza et que c'est apparemment important. *Apparemment*.
Un déclic, et une voix d'homme, grave.
— Allô ?
Je me présente. Et je me lance. Je leur raconte à tous les deux qu'Eliza à un nouveau petit copain, de 30 ans, qui s'appelle…
— Silas, me chuchote Max.

Et que nous, les amis d'Eliza, nous nous faisons du souci pour elle. Tout le temps où je parle, ils restent silencieux. Puis j'entends un nouveau déclic. Suivi d'un silence.

— Allô ? je lance dans le vide.

— Je suis toujours là, me répond le père d'Eliza. Ma femme a raccroché. Je crois qu'elle est bouleversée.

— Oh ! je suis désolée.

— Ne le sois pas. Tu as bien agi en nous appelant.

— Je l'espère.

Il est loin d'avoir toutes les données.

— Eliza a de la chance d'avoir une amie comme toi.

Ouais, il est vraiment très loin de tout savoir. Très, très loin. Je me contente pourtant de répondre :

— Merci.

Puis on se dit au revoir. Quand je raccroche, j'ai l'étrange impression d'avoir interprété un personnage dans une brève pièce de théâtre, qui s'est déroulée sans accroc. Max me regarde avec une expression très bizarre.

— Oh, mais... tu vas pleurer ?

— Non, rassure-toi. Je te suis juste... reconnaissant. Rien ne t'obligeait à faire ça, pourtant tu l'as fait.

On n'échange pas un mot pendant un moment. Le radiateur dans le coin de la chambre cliquette et je trouve ça rassurant que, dans un appartement aussi branché, il y ait un radiateur bruyant. Je prends une profonde inspiration, sans doute la plus profonde depuis plusieurs jours.

— Je crois que, peut-être, un jour on se sentira en paix. Par rapport à Luna.

Max ferme les yeux et hoche la tête. Prends une inspiration à son tour.

— Ouais, peut-être bien.

Puis il rouvre les yeux et voit dans mon âme. Je le sens. J'ai envie de me jeter à son cou et de le serrer dans mes bras très longtemps, mais de l'autre côté de la porte se trouve le reste du monde, et le reste du monde attend. Alors j'ouvre la porte.

Le reste du monde ne nous attend pas, mais Eliza et Jamie, si. Mmmh, ça n'augure rien de bon.

— Vous vous foutez de ma gueule, là, dit Eliza, en détachant bien chaque syllabe au point que c'en est flippant.

Ne sachant pas comment réagir, je regarde Max, qui ne sait clairement pas non plus quoi faire. J'envisage de refermer la porte, de la verrouiller et de nous barricader derrière le matelas. Au lieu de quoi, je reste les bras croisés.

— Tu as appelé mes parents pour leur parler de Silas ? lance Eliza d'une voix rauque.

— Ce n'était pas elle, rétorque Max.

— Je viens de l'entendre !

— C'est moi qui lui ai demandé de le faire.

Il vient se placer devant moi.

— Toi ? lance Eliza.

— Oui.

Elle s'enfuit en direction de la porte d'entrée du loft. Max veut la rattraper, mais Jamie le retient par le bras. Il nous regarde tous les deux, sans lâcher son pote.

— Je suis complètement paumé, là. Qu'est-ce qui se passe entre vous deux ?

— Rien ! je proteste, déconfite de constater à quel point je suis sur la défensive… et peu convaincante.

— Tu as refusé de m'aider, alors elle l'a fait, dit Max, qui n'est pas sur la défensive, et qui est très convaincant.

— Il fallait absolument intervenir ce soir ?

Il pose un regard meurtri sur moi.

— Et il fallait que ce soit Kendall ?

— Oui, répond Max.

Je n'ai jamais entendu un *oui* aussi sûr de soi, un oui qui envoie du pâté et clame : « Ne viens pas m'emmerder. » Jamie secoue la tête.

— Putain, Max. T'as pas assez bousillé Eliza comme ça ?

— Qu'est-ce que tu racontes ? Je passe mon temps, depuis toujours, à réparer ce qu'elle, elle bousille.

— Tu es resté près d'elle au lieu de partir à la fac. Tu l'as invitée à venir passer le 31 à New York avec toi. Mec, tu ne vois pas à quel point c'est perturbant pour elle ?

Max ouvre la bouche pour riposter, mais son cerveau ne lui souffle pas la réponse assez vite, je suppose. Jamie soupire, il est vraiment furax maintenant.

— Je vais aller la chercher. Pourquoi est-ce que tu ne te secoues pas un peu, maintenant ? Vis ta vie !

Il s'éloigne vers l'entrée, récupère son manteau, et celui d'Eliza, puis se tourne vers moi. Perplexe et blessé.

— Tu reviens ? je lui demande.

— Je ne sais pas.

Je hoche la tête.

Et il s'en va.

Max

En partant maintenant, j'ai une chance de tout arranger. Je les rattraperai. Je parlerai à Jamie, je lui expliquerai combien j'ai été perturbé par l'accident de Luna. Combien Kendall m'a aidé.

Une fois que les choses seront arrangées avec Jamie, je pourrai passer à Eliza. Et si je n'arrive pas à lui faire entendre raison, je pourrai au moins m'assurer qu'elle est en sécurité. Qu'elle n'écume par les rues de New York, seule, à minuit. Je pourrai veiller à ce qu'elle rentre chez elle demain. Je la raccompagnerai, si besoin.

Je me dirige vers la porte.

Quelqu'un me retient à nouveau par le bras. À l'endroit précis où Jamie a déjà planté ses doigts, et qui est légèrement sensible. Cette fois, c'est Kendall.

— Quoi ? je lui lance sèchement.

— N'y va pas.

— Je dois y aller.

— Non.

— Kendall…

— Ce que tu dois faire, c'est arrêter, Max.
Je libère mon bras et m'éloigne d'un pas. J'aimerais m'asseoir, mais il n'y a aucun endroit où c'est possible.
— Max, insiste Kendall. Tu as dit que tu étais prêt à la perdre. Alors laisse-la partir !
Elle a raison, bien sûr. Je pose les yeux sur la porte. Je pourrais encore tout arranger. Avant que je n'aie eu le temps de faire quoi que ce soit, ou de penser à une autre solution, Camden franchit cette porte avec fracas, en brandissant une bouteille très haut au-dessus de sa tête. Ari l'accompagne.
— On a réussi ! s'écrie-t-elle. Il nous reste quinze minutes !
Je regarde mon portable. La vache, il est déjà 23 h 46. Kendall se jette sur Ari et l'entraîne dans la cuisine. La pousse vers Emerson, qui la serre tellement fort dans ses bras qu'il pourrait l'étouffer.
— Ne t'inquiète pas, me dit Camden, en agitant la bouteille sous mon nez. C'est juste du cidre.
La nature de cette bouteille est franchement le cadet de mes soucis. Et il le lit sur mon visage.
— Quoi ? Qu'est-ce qui se passe ?
Je l'attire vers un mur et lui raconte ce qui est arrivé. Tout, sans rien censurer. Quand j'ai terminé, Camden m'observe très très longtemps avec une expression incroyablement triste. Triste pour qui, je ne sais pas trop. Il finit par dire :
— Tu as fait ce qu'il fallait. Pas en chargeant Kendall de

passer le coup de fil, évidemment. Mais en prévenant les parents d'Eliza. Dès que possible.

— Dès ce soir ?

Il hoche la tête avec fermeté.

— Dès ce soir.

— Les amis ! nous interpelle Ari, qui nous rejoint avec Kendall. Emerson dit qu'on peut monter sur le toit !

Il y a une petite bousculade lorsque l'ensemble des invités sort de l'appartement pour se déverser dans le couloir et s'engouffrer dans l'escalier. Ari prend Camden par la main et l'entraîne. Kendall reste plantée là, à me dévisager. Je fais comme elle.

Puis Ari et Camden font demi-tour. Ari tend son autre main vers Kendall, qui l'attrape. Et ils s'éloignent tous les trois. J'attends que Kendall me jette un regard par-dessus son épaule.

Elle ne le fait pas.

Je suis seul dans l'appartement maintenant, il n'y a plus personne pour me retenir. Je sais très bien où Eliza est partie. Elle est retournée au bar, elle est allée rejoindre ses copines musiciennes déguisées en super-héros. Je peux y être en dix minutes si je cours.

Eliza

Je sais que Max va me rattraper, parce que c'est ce qu'il fait toujours, toujours, toujours. Et laissez-moi vous confier un secret tout bas : cette fois, je ne veux pas qu'il le fasse.

Je suis remontée comme jamais contre lui, mais d'un autre côté, Dieu merci, on dirait qu'il a enfin tourné la page.

On est dans une boutique de donuts, parce qu'on n'a pas pu entrer dans le bar et que ce magasin est ouvert vingt-quatre heures sur vingt-quatre. L'excitation due à la fête est complètement retombée. Il ne me reste plus qu'à me rabattre sur un café, et sur deux mini-beignets au chocolat, indispensables quand on veut tenter de dérider son ami en se faisant passer pour un extraterrestre aux yeux exorbités. Mais Jamie reste avachi sur une chaise, la tête posée sur ses bras croisés. Il s'en veut parce qu'en une seconde il m'a choisie, moi, et notre amitié. Il nous a préférées à une fille qui lui plaît vraiment. Le genre de seconde cruciale, qu'on ne peut jamais effacer.

Oups !
Jamie est un chic type, et un super pote, mais il est trop indécis, il a trop peur de s'engager avec quelqu'un. Kendall lui plaisait, puis elle ne lui plaisait plus, puis elle lui plaisait tellement que ça le faisait flipper. Pas étonnant qu'ils se soient trouvés tous les deux : elle est aussi indécise que lui. Ça saute tellement aux yeux de tout le monde qu'elle est amoureuse de Max. Jamie s'en sortira, au bout du compte. Je l'aiderai à rencontrer une autre fille qui lui fera peur à son tour.
Je reçois un nouveau SMS de mon père. On en est à quatre appels et sept textos, mais qui tient les comptes ? Et merde ! Cette fois, je vais répondre.
Je passe la nuit chez des amis. Je rentre demain. Promis.
(Peut-être.)
Une part de moi est heureuse qu'il soit au courant pour Silas et que ça l'ait fait réagir. C'est une preuve que mes parents tiennent à moi. Jamie relève la tête, la tourne de l'autre côté avant de la reposer. Ouais, j'ai connu mieux comme compagnie, mais en tout cas il est là.
Max, aussi, du moins en pensée. Je n'ai jamais cessé de sentir son soutien. Et celui de Camden. Ce sont des gens qui m'aiment, des gens que j'ai déçus, des gens que j'ai entraînés dans des tempêtes que j'avais provoquées.
J'espère que je leur donne autant que je leur prends. Parce que quand j'atteindrai le prochain obstacle devant moi, j'aurai besoin de leur aide à tous, pour le franchir.

Kendall

Mince, ça caille là-haut !

Je regarde Ari et Camden s'enlacer.

Si Jamie n'était pas parti, peut-être qu'on ferait pareil et que je ne claquerais pas des dents.

Je comprends pourquoi il est allé chercher Eliza. Peut-être qu'il reviendra et que tout ira bien, que tout sera parfait ou qu'au moins j'aurai un peu moins froid. Quelqu'un pose sa main sur le sommet de ma tête. Je me retourne. Mais ce n'est qu'Emerson.

— Tu grelottes.

Je m'approche de lui et il me serre dans ses bras. Son haleine sent le tabac. J'aime tellement mon frère... même s'il se conduit parfois comme un gros imbécile.

— Je ne te demanderai pas où est ton mec.

— Merci, je lui réponds. Et je ne te poserai pas la question non plus.

— Ça va être une super année, Kendall. Tu vas déchirer au lycée, pour tes derniers mois.

Avec tout ce qui s'est passé, je n'ai pas eu le temps de

lui dire que j'envisageais de ne pas y retourner, et ce n'est pas le bon moment.

— Plus que trois minutes ! crie une voix.

Un bouchon de champagne saute. Quelqu'un distribue des flûtes en plastique. Je lève les yeux vers les étoiles. Seules les plus brillantes, les plus effrontées sont de sortie.

Un type propose une flûte à Emerson, qui s'éloigne. Je m'approche de la rambarde, tournée vers l'ouest, vers l'Hudson. Les lumières de la ville sont éparpillées, elles forment des motifs aléatoires mais presque ordonnés. De là-haut, on dirait qu'elles incarnent l'espoir, la magie, la vie. Je pense à Luna, à Erica, la serveuse, et aux sept occasions qu'on a trouvées pour être vraiment gentils avec des inconnus. Soudain, je ne me sens plus spectatrice. Ce n'est pas une gigantesque photographie sur le mur d'un musée, quelque part. Je suis à l'intérieur de la scène. J'en fais partie.

La plus grosse pensée-ver de terre de tous les temps surgit alors : ma place est là où je suis, parce que c'est là où *nous* sommes tous, on se bat comme des fous pour les mêmes choses. La puissance de cette prise de conscience me fait monter les larmes aux yeux. À moins que ce ne soit le vent.

Emerson m'apporte une flûte de champagne, puis repart. En silence, je trinque à tout (la nouvelle année ? le défi d'Erica ? moi ?) et avale une petite gorgée de champagne. Les bulles me réchauffent.

— Trente secondes !

C'est peut-être la même personne qui crie, peut-être une autre.

Ari et Camden ont trouvé un endroit près de la rambarde. Front contre front, ils parlent avec passion d'un sujet qui les réjouit tous les deux, je le vois. Peut-être qu'il lui dit qu'il l'aime, ou peut-être qu'elle lui dit, elle, que quoi que leur réserve l'avenir, tout ira bien.

Soudain, tout le monde se met à compter à voix haute.

Neuf.

Emerson a disparu.

Huit.

Jamie n'est clairement pas revenu.

Sept.

Je sors mon portable. Il ne m'a pas écrit non plus.

Six.

Ce n'est vraiment pas comme ça que j'imaginais la soirée, pas du tout.

Cinq.

Comment va Luna à cet instant précis ? À quoi pense-t-elle ? J'imagine une gentille infirmière lui tenant la main.

Quatre.

Il est peut-être temps que je parte. Je me dirige vers la porte.

Trois.

J'attrape la poignée, la tourne.

Deux.

La vache ! Quel soulagement d'être dans l'escalier, à l'abri du vent.

Un.

— Kendall ? lance quelqu'un dans mon dos.

Je me retourne.

Bonne année !

— Max ?

Il sort d'un recoin, juste derrière la porte.

— Salut, dit-il.

Malgré la pénombre, je remarque qu'il sourit. Avant de comprendre ce que je fais, je me jette à son cou.

— Je suis tellement heureuse que tu sois là.

Il éclate de rire.

— Moi aussi.

On se regarde, son visage est mangé par les ombres, et le mien aussi sans doute. Dehors, j'entends des cornes de brume.

Et ça y est. Mes lèvres contre les siennes. Je suis surprise de me souvenir aussi bien d'elles. Un feu d'artifice éclate quelque part dans le froid, dans le monde extérieur à ce baiser avec Max.

Il me pousse délicatement contre le mur. C'est bien d'avoir un appui, quelque chose pour m'aider à rester debout. Je lève les yeux et aperçois le panneau lumineux « Sortie », son éclat rouge dans le noir. Je tente de le voir avec les yeux de quelqu'un qui dévalerait les escaliers pour fuir un incendie.

Max s'écarte.

— Tu savais qu'on finirait la journée ici ?

— Non, je lui réponds sincèrement. Mais je crois que, au fond, je l'espérais.

Max secoue la tête.
– Pourquoi est-ce que ça nous arrive toujours dans les circonstances les plus tordues ?
– Je m'en fous, moi, des circonstances.
Je lui prends la main. Elle est douce mais froide, et si grande que je fonds encore plus. J'ai l'impression de tenir une patte de lion.
– Où est Jamie ?
– Aucune idée… Tu viens avec moi sur le toit ? C'est beau, tu sais.
Le feu d'artifice est terminé, et à travers la porte on n'entend plus que des gens bourrés qui chantent faux. C'est soudain très important pour moi qu'on franchisse cette porte. Un peu comme si la nouvelle année, et à peu près tout, ne pouvait réellement commencer que de l'autre côté.
Max hoche la tête. Je tiens toujours sa main. J'appuie avec l'autre sur la porte, l'air froid s'engouffre dans la cage d'escalier et, avec lui, la réalité. On sort sur la terrasse. La première personne que je vois est Ari, qui pose aussitôt ses yeux sur nos doigts entrelacés. Elle sourit en coin.
J'entraîne Max vers l'autre bout de la terrasse, à l'écart. On se délecte de la nuit. Les lumières, les silhouettes des bâtiments, le bourdonnement de la ville qui continue à bouillonner. Max pose une main sur ma joue pour faire pivoter mon visage vers le sien, et on s'embrasse à nouveau. Lentement, doucement, comme si

on était déjà des pros. Comme si on avait toute la vie devant nous.

— Et maintenant ? demande Max.

— À toi de me dire, je lui réponds en me défaussant de cette responsabilité.

— On rentre. Je reprends mon job, toi le lycée. Il nous reste la fin de l'hiver, le printemps et l'été.

À ce dernier mot, *été*, j'imagine aussitôt le lac où on peut se baigner, et la rivière où je sais que Max et ses copains aiment passer du temps. J'imagine la fête à Ulster, et le minigolf où je travaille toujours de juin à août. Tous ces tableaux défilent devant mes yeux, pareils aux scènes d'une tapisserie.

Peut-être parce que je me projette à une période de l'année où il fera beaucoup plus chaud, je frissonne de façon incontrôlable. Max écarte les pans de son manteau. Il n'a pas besoin d'ajouter quoi que ce soit, je me blottis contre lui et il me serre très, très fort. Je glisse mes bras autour de sa taille, puis plonge les mains dans les poches arrière de son jean. C'est un geste très intime, limite déplacé, mais je m'en fiche. Je trouve que c'est une petite concession tant je rêve de poser les mains partout sur son mètre quatre-vingt-dix ou plus.

Dans une des poches, je tombe sur un objet anguleux.

— C'est une enveloppe ou tu es très heureux de me voir ?

Il rit et me chatouille le cou avec le bout de son nez. Oh, mon Dieu ! Recommence ! Ou encore mieux, continue jusqu'à la fin des temps !

— Très drôle ! Grand Chef me l'a donnée tout à l'heure. J'avais complètement oublié.

— Tu ne l'as pas ouverte ?

— Il adore me refourguer des articles de magazine. Je verrai ça plus tard.

Je sors l'enveloppe et la brandis entre nous deux.

— Ouvre-la tout de suite ! C'est peut-être un truc marrant.

— Je pense pouvoir affirmer que non.

— Lis le titre, au moins. Comme ça, on pourra donner un nom à cette nouvelle année. « L'année de… blablabla » !

Il sourit en secouant la tête.

— Tu es folle, mais adorable.

— Ça me va.

Je souris aussi, heureuse que notre relation ait retrouvé son sens. Jouer, batailler, s'amuser (et s'embrasser, beaucoup plus souvent).

Max sort une feuille blanche pliée, couverte de l'écriture de Grand Chef. L'enveloppe contient autre chose, mais je n'arrive pas à voir quoi. J'observe Max : il fronce les sourcils parce qu'il ne s'attendait pas à trouver ça. Au point qu'il se détourne et fait le dos rond pour se protéger du vent.

— Quoi ? je demande en essayant d'apercevoir quelque chose.

— Je n'en reviens pas, murmure-t-il.

— Quoi ?

Max pivote vers moi. Il a replié la feuille et la serre dans son poing.
— Grand Chef m'a créé un avoir dans une compagnie aérienne. Et dans son mot, il m'explique que c'est pour que j'aille à Seattle.
— D'accord. C'est… original.
— Non, en fait mon oncle m'a proposé de venir chez lui avant mon entrée à la fac. Il peut m'héberger. Je ferais un stage dans sa boîte d'high-tech et j'en profiterais pour voyager. Je ne me doutais pas que quelqu'un d'autre était au courant.
Je ne sais pas quoi dire. Je ne sais pas comment réagir à la perspective que Max parte, sans moi.
— Je suis un peu sonné, là, reprend-il. Dommage que je ne puisse pas accepter ce cadeau.
Il range l'enveloppe dans sa poche et m'enlace. Il m'embrasse si passionnément que c'est presque suffisant pour faire taire les pensées-vers de terre qui grouillent dans ma tête.
Je revois les nombreux mois que je viens de faire défiler devant mes yeux. Sur ces images, Max est présent tout au long de mon dernier semestre.
Et puis une pensée-ver de terre me rappelle combien Max s'en est voulu d'avoir renoncé à la fac pour Eliza.
Max a des regrets ! glapit-elle.
Elle est presque assez forte pour que je la répète à Max.
Soudain, j'entends Ari crier :
— Hé, les amis !

Camden et elle viennent dans notre direction.

— Bonne année ! dit-elle.

Ils nous enlacent et on se fait un gros câlin tous les quatre.

Je ferme les yeux, je laisse le bruit du vent noyer mon vacarme intérieur.

Max

Dans le métro, on se tient à la même barre, Kendall et moi, nos deux corps pressés l'un contre l'autre. Front contre front.

Le train va s'arrêter d'une seconde à l'autre à mon arrêt. Kendall, Ari et Camden vont continuer, pour aller dormir dans l'appartement de l'ex-copain d'Emerson. Après ça, je ne sais pas ce qui va se passer.

— Bon, je suis arrivé, je dis au moment où la rame ralentit.

Qu'est-ce que je peux ajouter ? *Je t'appelle ! Et on pourrait sortir ensemble dans des circonstances qui n'auraient rien de tordu !* J'ai vraiment envie de l'embrasser, mais je suis pris d'une timidité soudaine.

Kendall hoche la tête, les yeux écarquillés. Ils s'agitent dans tous les sens et posent des questions. Cherchent des réponses.

Les portes du wagon s'ouvrent dans un sifflement et je lâche la barre. Je recule en levant les mains pour esquisser le plus minable des au revoir. Puis je cligne des yeux et me retourne. Saute sur le quai.

Le métro repart, et me voilà complètement démuni. Comme dans le hall de l'immeuble de Taj, tout à l'heure. Je n'ai pas pu partir. Je n'ai pas pu laisser Kendall. C'est pour ça que j'ai fait demi-tour et repris l'ascenseur.

Heureusement, par un miracle inexplicable, Kendall se trouve sur le quai, à côté de moi. Je sursaute presque au moment où je la découvre.

— Pas encore, dit-elle. Pas comme ça.

Oh merci !

Je lui souris et lui offre ma main. Elle l'accepte. On avance ensemble.

On atteint l'immeuble de Grand Chef sans avoir échangé un seul mot. Je ne l'ai pas vraiment regardée depuis plusieurs minutes, parce que la dernière fois j'ai lu sur son visage un mélange de confusion et de contrariété.

— Bonne année ! je lance à Tony dans le hall, qui me répond la même chose.

C'est tellement commode d'avoir cette formule simple et passe-partout qui facilite la communication avec n'importe qui.

Dans l'ascenseur, Kendall regarde la caméra de sécurité fixée dans un coin de la cabine. Elle plisse les yeux comme pour essayer de voir à l'intérieur.

Grand Chef s'est assoupi devant la soirée du Nouvel An à la télé. Je n'arrive toujours pas à croire qu'il m'a offert un billet d'avion. Je me demande quand il l'a acheté. Sans doute avant Noël, avant que je passe du temps chez lui. Je me demande aussi s'il a hésité à me le donner.

Kendall s'engage dans le couloir devant moi et file vers ma chambre. Je la suis. Ça devrait me mettre mal à l'aise, parce qu'elle n'est pas chez elle, et pourtant rien ne me paraît plus naturel. Je referme la porte derrière nous. Jette un coup d'œil à Freddie Mercury, qui m'a l'air bien moins en colère. Il semble fou de joie pour nous, en réalité. Après avoir retiré son manteau, Kendall s'approche de moi.

On échange un long baiser. Et laissez-moi vous dire que quand on a embrassé quelqu'un seulement dans des endroits bizarres, le faire dans une chambre tout ce qu'il y a de plus banal ajoute plusieurs degrés de kiffe.

J'ôte mon manteau. Mes chaussures. Elle aussi. Et maintenant on est sur mon lit. Un énorme point d'interrogation rouge clignote dans mon esprit. Que veut-elle ? Qu'attend-elle ? Ces questions valent aussi pour moi.

— Je préfère te prévenir, me dit-elle en s'écartant légèrement, le souffle court. Je ne coucherai pas avec toi. Pas ici, pas ce soir.

— D'accord. Tant mieux.

Maintenant, je sais que je veux la même chose, moi aussi. Enfin, mon cerveau en tout cas. Mon corps, lui, finira par suivre le mouvement.

— Je voulais prolonger la soirée, c'est tout. Même si on la passe à dormir.

— Tu es fatiguée ?
— Pas du tout.
— Moi non plus.
On reste quand même allongés sur le lit. Elle s'imbrique parfaitement dans le creux de mon bras, la tête sur mon torse. J'ai l'impression qu'on est censés parler. S'ouvrir à l'autre, partager nos secrets. Sauf qu'on l'a déjà fait. Peut-être qu'en fait c'est très bien comme ça, d'être juste là, ensemble. Plusieurs minutes s'écoulent. Je suis convaincu qu'elle s'est endormie et commence, moi aussi, à me sentir partir.
— Max ?
Sa voix transperce soudain le silence.
— Mmmh ?
Elle hésite. Elle a quelque chose sur le cœur, je le devine. Je dois faire un effort pour rester attentif le temps qu'elle parle.
— Laisse tomber.
Mes paupières se referment. Je ne ressens plus que l'épuisement et la présence, bien réelle, de Kendall à côté de moi.
Demain matin, je serai prêt à être celui dont elle a besoin.

1er janvier

Max

Je me réveille tard. Je le devine à la lumière qui passe à travers les rideaux.

Il me faut quelque secondes pour que le souvenir de la veille me revienne en force, et je me tourne vers Kendall, un sourire aux lèvres.

Sauf qu'elle n'est pas là.

Je me redresse sur les coudes et regarde autour de moi. Son manteau et ses chaussures ont disparu aussi.

L'enveloppe de Grand Chef est posée sur la table de nuit. Elle a écrit un message au dos.

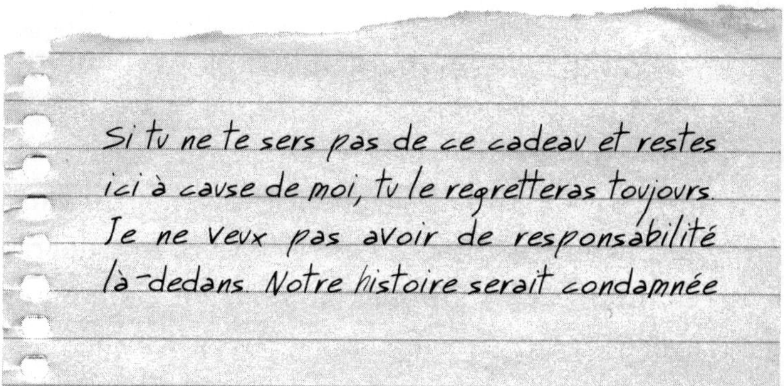

Si tu ne te sers pas de ce cadeau et restes ici à cause de moi, tu le regretteras toujours. Je ne veux pas avoir de responsabilité là-dedans. Notre histoire serait condamnée

dès le départ. Va à Seattle. Profites-en à fond. S'il te plaît, n'appelle pas et n'écris pas pendant un moment, ça rendra les choses bien plus difficiles qu'elles ne le sont déjà. J'ai adoré ces derniers jours.
Fais-moi signe à ton retour.
Bonne année

K.

Je lis le message trois fois pour m'assurer que je comprends bien ce qui vient de se passer. Et pourquoi. Et j'essaie aussi de comprendre ce que je ressens.

À savoir : j'ai été libéré. Cette liberté est terrifiante, mais, maintenant, je sais combien j'y aspirais. Je pars à Seattle.

La période qui s'étend de maintenant à septembre a changé du tout au tout. Et a enfin pris l'apparence qu'elle doit avoir.

Je ferme les yeux et imagine que je tiens Kendall dans mes bras, le visage enfoui dans ses cheveux. Je devrai m'en contenter dans l'immédiat, pour un moment et peut-être pour toujours. Ça fait mal, mais c'est un mal nécessaire.

Quand je finis par m'aventurer dans le salon, Grand Chef est réveillé et regarde les informations. Je m'affale dans un fauteuil à côté de lui. Au bout d'une minute, il coupe le son de la télé et se tourne vers moi.

— Merci, je lui dis. Pour… l'enveloppe.

Il me dévisage un instant. Un sourire lui chatouille les lèvres.

— Ton père m'a parlé de cette opportunité à Seattle. Il m'a aussi dit que tu te conduisais comme un imbécile et que tu t'étais persuadé que tu devais rester ici et travailler pour payer tes frais de scolarité à la rentrée.

— C'est vrai.

— Si vous avez du mal à tout régler, ton père et toi, je vous aiderai.

— Grand Chef, rien ne t'oblige à…

— Évidemment que rien ne m'y oblige, bon sang ! Tu vas prendre cet avion ?

— Oui.

— Formidable.

— Quand pars-tu ?

— Je ne sais pas. Je dois encore régler deux ou trois choses.

— De quel ordre ?

J'ouvre la bouche pour répondre avant de me rendre compte que je n'en ai pas la moindre idée.

— Je vais appeler oncle Jake aujourd'hui, je finis par dire. Je peux partir directement, de toute façon. Peut-être dès demain.

Mon grand-père m'observe attentivement. Je ne sais pas ce qu'il cherche sur mon visage. Mais pour la première fois depuis longtemps, depuis toujours peut-être, il me semble bien qu'il le trouve.

— Bien. Ne perds pas une seule journée de plus, si c'est inutile.

D'accord. Peut-être que je peux y arriver. Je me lève et me retourne vers lui une dernière fois.

— Je t'enverrai des cartes postales, mais ça va te forcer à regarder ton courrier.

— Je suis disposé à faire cet effort.

On redevient silencieux. Je sais que, d'une seconde à l'autre, la télé va à nouveau l'accaparer. À moins qu'il ne tende les bras pour me serrer contre lui. Je ne sais pas ce qui serait le pire.

— Il faut que j'aille préparer mon sac, je dis.

— File, file.

Grand Chef agite la main comme si j'étais un nuisible dont il veut se débarrasser au plus vite. Mais il a un sourire jusqu'aux oreilles maintenant.

Filer.

Oui, il est temps. C'est drôle, je ne me suis jamais senti aussi présent qu'en cet instant.

Kendall

Erica travaille ce matin. Fraîche et dispose, elle paraît cinq cents fois plus réveillée que tout le monde dans le café. En toute honnêteté, je n'avais pas envisagé une seule seconde qu'elle puisse être absente aujourd'hui. Je ne l'imaginais pas ailleurs qu'ici, à guetter notre venue, à Max et à moi. Même si, en prenant place sur un des tabourets devant le comptoir, je me rends compte qu'il est tout à fait possible qu'elle ait oublié notre existence. Peut-être qu'elle lance des défis à des dizaines de personnes chaque jour.

J'attends qu'elle passe derrière le comptoir pour récupérer une verseuse à café.

— Bonjour, je dis en agitant la main pour attirer son regard. Erica, c'est ça ?

Elle me sourit poliment. Ouais, elle ne sait absolument pas qui je suis.

— Bonjour, dit-elle.

— Je suis venue il y a quelques jours, avec un copain. Un type gigantesque ?

Erica plisse les yeux comme pour tenter de se remémorer le défilé flou de clients de la semaine.

— Vous nous avez lancé un défi : accomplir sept bonnes actions, en aidant des inconnus, avant le Nouvel An.

Elle pose la verseuse à café.

— Oui, je me souviens.

— Eh bien, c'est fait.

— Vous l'avez fait.

— Sept bonnes actions. On a des preuves.

Le sourire d'Erica est sincère.

— Vraiment ?

Elle jette un coup d'œil en direction des clients attablés.

— Ne bouge pas, je reviens tout de suite.

Elle s'approche d'une table, remplit plusieurs tasses, puis revient placer la verseuse sur son socle.

— Très bien, je suis toute à toi.

Elle prend appui sur le comptoir avec ses deux coudes, comme si elle s'attendait à ce que je lui raconte une histoire.

Je sors mon carnet et le lui montre. Tout en faisant cela, je me rends compte que j'ai réussi à aller jusqu'au bout de quelque chose. Ce n'est pas mon roman sur la fin du monde, mais c'est beaucoup mieux, parce que ça marque le début de quelque chose, au moins pour moi, avec des tas de personnages plus passionnants que tous ceux que je pourrais inventer.

Quand j'ai terminé, Erica se contente de dire :

— Waouh ! Je ne me doutais pas que vous me prendriez au mot.

— Eh bien, si.

— Je vous avais promis un petit déjeuner d'anthologie, non ?

J'y ai réfléchi.

— Oui, mais mon ami n'est pas là, et je trouve ça injuste de le prendre sans lui. Pourriez-vous le servir à un client dans la journée ? Quelqu'un qui aura l'air d'en avoir vraiment besoin ?

Elle éclate de rire.

— Bien sûr, ma belle. Je n'aurai aucun mal à trouver un élu, crois-moi. Je vous ai aussi promis une photo sur le mur, non ?

— Oui, et je veux bien que vous le fassiez. Je peux vous l'envoyer ?

Je lui montre la photo de Max et moi devant l'enclos des manchots. On a un air crispé, mal à l'aise, comme si quelqu'un nous avait forcés à aller au zoo. On n'est plus tout à fait les mêmes, aujourd'hui. Mais ça me plaît de savoir que cette version de nous continuera à vivre sur le mur de ce café : perplexes et perdus, cherchant à mener notre barque dans une direction imprécise au beau milieu du reste du monde. Ignorant de quoi on était capables. Ignorant que tout prendrait sens à minuit.

Avec Ari et Camden, on s'assied sur les trois dernières places libres, côte à côte, à bord du train. On est dans le sens de la marche, et c'est important. Je n'aurais pas supporté de tourner le dos à la voie, le symbole aurait été trop fort. Parce qu'après tout ce qui s'est passé, je rentre finalement chez moi pour retourner au lycée. Je le fais parce que maintenant je sais que j'en suis capable, ou du moins je sais que je peux essayer, et c'est suffisant pour le moment.

Ari et Camden me laissent la fenêtre. Le train n'a pas encore quitté Grand Central qu'ils se sont déjà assoupis. Ari a la tête sur les genoux de Camden, et je vais être honnête, ça fait mal. Parce que si je n'étais pas partie de l'appartement de Grand Chef aussi précipitamment, si je n'avais pas griffonné ce message avant de changer d'avis, on pourrait être en train de partager la même chose, Max et moi. Tout serait différent.

Mais ce ne serait pas bien.

Le fait d'avoir pris la bonne décision devrait m'apporter du réconfort, or à cet instant très précis ce n'est pas le cas. J'ai au moins vingt moments choisis de la soirée d'hier, avec Max, à me repasser mentalement, et je peux vous garantir que chacun d'entre eux me met à la torture.

Enfin, le train démarre et, au moment où il ressort du tunnel pour traverser Harlem vers le nord, je me décide à penser à autre chose.

Jamie ? suggère une pensée-ver de terre.

Pourquoi pas. Que dire ? Je revois son expression juste avant qu'il ne se lance à la poursuite d'Eliza, m'attendant à ressentir un mélange de colère et de culpabilité. Mais je n'éprouve que du soulagement. Chaque instant passé avec lui exigeait des efforts, et même si je n'ai rien contre les efforts, quand on a fait l'expérience d'un autre type de relation, on remet les choses en perspective. Il n'y aurait jamais eu d'histoire entre Jamie et moi, du moins rien de sérieux ni de durable. Tout s'est terminé comme il le fallait, pour lui et pour Eliza.

Je pense plutôt à Luna. J'ouvre mon carnet pour l'esquisser d'après mes souvenirs. Je commence par les yeux, ensuite je m'attaque à la bouche. Le reste est un peu plus flou dans ma mémoire, mais je continue, sans réfléchir.

Maintenant il faut que je passe à la description de son personnage. J'inscris son nom, avant de constater que je suis incapable d'écrire quoi que ce soit d'autre. Alors je rajoute le mot « chère » devant son prénom, et soudain les mots viennent.

Je lui raconte tout ce qui est arrivé depuis qu'elle est descendue de ce trottoir. Ça m'occupe pendant l'essentiel du trajet. Mon écriture tremble, et j'ai du mal à rester lisible. Quand je serai rentrée, j'enverrai ma lettre à l'hôpital. Peut-être que Luna la recevra, peut-être pas. Peut-être qu'elle sera en état de la lire elle-même, ou peut-être que quelqu'un le fera pour elle. Peut-être qu'elle ne pourra même pas entendre mes mots ni les comprendre. Ce sont des choses sur lesquelles je n'ai aucun contrôle.

Je prends une photo de la lettre terminée, pour avoir une preuve supplémentaire que, oui, j'ai bien fait ça. L'Hudson scintille sous le soleil de midi et c'est difficile, dans ces conditions, de ne pas avoir l'impression que, finalement, tout ira peut-être bien.

2 janvier

Max

Qui dit billet de dernière minute, dit place du milieu, évidemment. Je ne sais pas qui est le plus agacé par ma présence, de la femme en survêt à ma gauche, côté allée, ou du type en gilet en daim à ma droite, côté hublot. Je me suis quasiment transformé en accordéon humain, les genoux écrabouillés contre le dossier du siège de devant. Chaque fois que le gosse qui l'occupe bouge, je reçois un coup. Super.

Je regarde à nouveau mon téléphone.

Je ne sais pas de qui j'attends des nouvelles. Tout le monde a repris les cours aujourd'hui, y compris Kendall (enfin, j'espère qu'elle est retournée au bahut). Il est 10 h 30, et je regrette de ne pas savoir quel cours elle a, à cette heure. Je regrette de ne pas savoir ce qu'elle pense, ce qu'elle ressent, ce dont elle se souvient. Je commence à taper « Bonne chance pour la rentrée », avant de me raviser.

Respecte sa requête, abruti. Elle ne veut pas de nouvelles, sois sympa.

Je me penche pour regarder dehors. Sur le tarmac, il y a de la neige blanche et du bitume gris. Un ciel argenté complète le tableau. Je peux dire adieu à cette palette de demi-tons pour un moment. Je vais retrouver les couleurs. Pas celles à l'éclat artificiel des vacances, mais de vraies couleurs. Celles qu'on trouve dans la nature. Surtout le vert. Le vert a un talent inégalé pour mettre de bonne humeur.

Le type au gilet en daim appuie son front contre la partie incurvée du hublot. Croise les bras en soupirant. Ma présence l'étouffe. Je suis sûr qu'il espérait que mon siège resterait vide. Je vais lui gâcher tout le vol par ma simple existence.

Une hôtesse de l'air s'adresse à nous à travers les haut-parleurs, nous demande de couper tous nos appareils électroniques.

Le type lève les yeux en entendant l'annonce. Je vois son visage pour la première fois. Un visage doux, paisible. Ses joues sont mouillées de larmes.

Mon premier réflexe est de me détourner. C'est archi gênant.

La femme en jogging sent qu'il se passe quelque chose et nous jette un coup d'œil. Quand elle remarque que le type près du hublot pleure en silence, elle se replonge dans la lecture du magazine de la compagnie aérienne. Je vois bien qu'elle a réagi ainsi par égard pour lui. Elle respecte son intimité.

Je ne vais pas faire la même chose. J'effleure l'épaule du type.

— Monsieur ?

Il se tourne vers moi, mortifié.

— Je suis désolé, marmonne-t-il.

— Je voulais juste m'assurer que vous alliez bien. Ça va ?

Je croise son regard, et je vois qu'il comprend ce qui se cache entre les lignes : *Vous avez besoin d'aide ? Parce que je suis là dans ce cas.*

Il s'essuie les joues, me sourit faiblement.

— Non, ça ne va pas du tout. Mais ça va passer.

Il se tourne à nouveau vers le hublot. Je crois que je n'en saurai pas davantage. Soudain, il pivote vers moi. Il s'est un peu ressaisi.

— Merci de vous en être inquiété. Ça me touche beaucoup.

À son tour il complète, d'un regard, notre conversation entre les lignes : *Vous m'avez parlé, tout le monde n'aurait pas fait comme vous.*

Je hoche la tête, et lève les yeux vers la bouche d'aération. C'était un tout petit geste. Peut-être que je l'aurais fait il y a une semaine, peut-être pas. J'ai tellement envie d'en parler avec Kendall que l'amertume de la frustration me brûle la gorge.

J'ai tellement envie que Kendall soit à côté de moi à cet instant précis que je pourrais bien avoir besoin de ce sac à vomi.

Oh ! et merde, tant pis si elle ne voulait pas que je la contacte.

Je me mets à taper un texto, le plus vite possible. Une hôtesse remonte déjà l'allée pour s'assurer que tous les appareils électroniques ont été éteints.

Nouveau personnage assis à côté de moi. Je ne connais pas son nom, mais je vais l'appeler Hal. Il pleure. Quand je lui ai demandé si tout allait bien, il m'a répondu que non mais que ça s'arrangerait. Je ne crois pas à un chagrin d'amour. Peut-être qu'il a perdu quelqu'un. Peut-être sa grand-mère centenaire.

J'appuie sur la touche « Envoi ».

Allez, Kendall. Si je n'ai pas de réponse, je saurai qu'elle était sérieuse lorsqu'elle m'a demandé de ne pas la contacter. Et je respecterai son souhait. L'hôtesse n'est plus qu'à quelques rangées maintenant.

Allez, allez, allez ! Juste un petit message, et je pourrai prendre mon envol avec cet avion. Je serai prêt.

— Monsieur, lance une voix au-dessus de ma tête. Vous devez éteindre votre téléphone.

— Oups ! pardon, je dis comme si j'avais oublié que j'en avais un.

Zut, elle va rester plantée là jusqu'à ce que je l'éteigne sous ses yeux. Mon doigt s'approche du bouton. À cet instant précis, mon portable sort de son état de veille. Il émet un petit son en vibrant.

Quelqu'un m'a envoyé une photo. La photo d'une page d'écriture. Je reconnais aussitôt le carnet de Kendall. Et je lis les mots *Chère Luna* tout en haut.

Mon cœur explose.

Et tout commence.

Remerciements

J'ai tellement de chance de pouvoir écrire les mots : « C'est mon quatrième livre avec mon éditrice Rosemary Brosnan. » Je pourrais ajouter qu'elle est « incroyable », « drôle », « d'une intelligence fulgurante », ou tout simplement qu'« elle me comprend ». Je suis vraiment une auteure, et une femme, très chanceuse.

Je n'imagine pas de meilleur agent, de meilleure amie ni de meilleur porte-parole dans ce monde que la douce, la coriace, la toujours très fûtée Jamie Weiss Chilton. Si on me chargeait de former une équipe en cours de gym, ce serait elle que je choisirais en premier, toujours.

Mon séjour dans la résidence pour écrivains Kindling Words East a été déterminant dans l'orientation que j'ai décidé de donner à cette histoire. Merci à Alison James et à Tanya Lee Stone d'offrir aux auteurs et aux illustrateurs de littérature jeunesse une occasion d'attiser la flamme, de raviver la joie de notre métier.

Je suis très reconnaissante à Courtney Stevenson et à Jessica MacLeish chez HarperCollins. Et, hou là là !

à Heather Daugherty ! Tu as encore réussi une couverture magnifique !

J'envoie toute mon affection éternelle à mes amis et à ma famille, pour leur soutien inconditionnel, en particulier Bill, Sadie, Clea, maman, papa et Squash, le chat. (Je n'avais encore jamais mentionné un animal de compagnie dans mes remerciements, mais laissez-moi vous dire que celui-là le mérite.)

Aux lecteurs, libraires et enseignants qui ont, même brièvement, fait une place à mes livres dans leur vie personnelle ou professionnelle : merci de votre générosité. C'est très important pour moi. J'espère que ce que j'écris vous apparaît aussi comme une forme de générosité, quelle que soit la forme que vous souhaitiez qu'elle prenne.

Si vous avez aimé…

Ensemble à minuit

… vous allez adorer :

Juniper Lemon ou la stratégie du bonheur

Découvrez un extrait

Après les cours, je trouve enfin l'occasion d'aller fouiller la cafétéria sans être vue. Évidemment, la 65 n'y est pas. De toute façon, je ne m'attendais pas à la trouver là-bas ; cela fait déjà deux jours que je l'ai perdue. Mais il fallait que j'aille vérifier avant de passer à l'étape supérieure.

L'étape supérieure, en l'occurrence, implique des bottes en caoutchouc, un ciré et des gants de vaisselle jaunes.

Je me suis toujours représenté les bennes à ordures comme des coffres au trésor tout collants, pleins de moisissures, où n'importe quoi est mélangé avec n'importe quoi : des briques de lait avec des pots de beurre de cacahuète et des morceaux de *calzone*, des bâtonnets de carotte avec des restes de saucisse et des Mr. Freeze fondus. En soulevant le couvercle de l'une des quatre bennes à l'arrière du bâtiment, je ne trouve que du plastique noir, de gros sacs en plastique noir identiques à ceux qui ont servi à entreposer les tessons. Bien sûr que tout n'est pas jeté pêle-mêle, comme ça.

Mais sac ou pas sac, *l'odeur* est là. Je me prends une bouffée de Poubel N° 5 en plein nez et lâche le couvercle illico. Plusieurs grosses mouches s'envolent.

Mon Dieu. Comment est-ce que je vais faire ?

Je vérifie une nouvelle fois l'état de mes gants de ménage avant de me tourner face à la benne. Puis je regarde autour de moi et prends une grande respiration.

Cette fois, je fonce, soulève le couvercle et extirpe d'un coup le premier sac à portée de main. Le couvercle retombe en claquant. Je me retrouve tout essoufflée, avec mon butin.

Bon – ce n'était pas si terrible, hein ? Je pose le sac par terre. Je n'ai même pas eu besoin de grimper à l'intérieur de la benne, comme je le pensais au départ.

Après avoir repéré le nœud, je défais le lien. Le sac s'ouvre.

— Beurk !

Par réflexe, je me couvre le nez avec ma manche. Un mélange d'odeurs de pizza, de curry et de banane pourrie me prend à la gorge. Et pour cause : à en juger par les morceaux de petits pains au sésame et les cornets de frites pleins de graisse qui dépassent à la surface, je viens de dénicher les restes de la cafétéria.

Je décide de prendre sur moi et, après l'avoir ouvert en grand, je commence à fouiller à l'intérieur du sac.

Pot de nouilles instantanées. Fourchette en plastique. Canette de soda. Petites barquettes avec trace de moutarde. Sachet en kraft. Paquet de bretzels. Doritos plus peau de banane. Viande panée (quant à savoir s'il s'agit de nuggets ou de *chicken fried steak* – qui, malgré son nom, se prépare avec du bœuf et pas du poulet –, impossible à dire). Laitue confite. Haricots écrasés. Reste de tacos.

Ma main tombe sur une substance visqueuse, sûrement du pudding, qui me fait bondir en arrière. En me tombant des mains, le sac se perce à cause d'une paille et laisse échapper un liquide orange visqueux qui se répand par terre.

Bottes en caoutchouc, par pitié, ne me lâchez pas.

Je passe en revue le reste du sac, mais il n'y a rien qui ressemble à une feuille de papier. C'est au moment où je m'apprête à le remettre dans la benne que je pense à une chose : ma fiche doit plutôt se trouver au fond – dans un sac jeté il y a deux jours. Alors j'en sors un autre, puis un deuxième, situé en dessous.

Quand je finis par tomber sur des papiers datés du 8 septembre, soit le jour où j'ai perdu la 65, je suis obligée de plonger le bras tellement profond que j'ai du mal à atteindre les sacs. La seule manière de les attraper, à ce stade…

N'y pense même pas.

… c'est de rentrer à l'intérieur de la benne.

Un frisson me parcourt le dos.

Je l'ignore.

Plus dégoûtée que jamais, je remonte la fermeture de mon ciré jusqu'au menton ; tire sur mes bottes ; mes gants. Et ma capuche, juste par précaution.

Puis, après avoir pris la respiration la plus ample, la plus profonde qui soit (même si je ne garantis pas que ce ne sera pas la dernière), j'enjambe le rebord et me laisse tomber à l'intérieur du container.

Scouic.

J'ai posé le pied sur un truc mou. Je glisse, malgré mes bottes en caoutchouc, et tombe en arrière, sur les fesses.

Mon Dieu –

Les mouches. L'une d'elles grimpe sur mon bras, une autre vole près de l'ouverture de mon gant et une troisième me chatouille la joue. Je les chasse en gémissant. Les mouches s'envolent, mais continuent à bourdonner partout. J'ai les yeux qui piquent, j'ai envie de vomir, à cause de l'odeur, à cause des mouches, à cause de toute cette pourriture.

Je me redresse – en m'enfonçant un peu plus dans d'autres déchets inidentifiables qui plient, craquent, s'effondrent ou s'affaissent sous mon poids – et me relève en vitesse. Mais je n'ai pas le temps de reprendre mon souffle que…

Une voix.

Pas possible.

Je me rassois.

La voix – masculine – est suivie par des bruits de pas accompagnés d'une mélodie de plus en plus proche. Je m'accroupis le plus bas possible, en priant pour que le chanteur n'ait pas l'idée de regarder à l'intérieur de la benne – ou, pire, de jeter quelque chose dedans.

Mais le but de sa petite expédition n'est apparemment pas de fouiller dans les poubelles. J'entends un *clic*, puis une nouvelle odeur s'élève et l'air qu'il fredonnait, *Another One Bites the Dust*, se transforme en un son nasillard, comme s'il chantait en serrant les dents.

Je retiens ma respiration. De la fumée de cigarette flotte jusqu'à moi. Il n'est sûrement qu'à quelques centimètres de là.

Puis il s'arrête de chanter, et j'entends une chaussure crisser sur le gravier : il est en train d'écraser son mégot. Dieu merci. Je recommence à respirer par le nez, puis j'espère que ses pas s'éloignent.

Mais rien.

Une série de bruits métalliques retentit à la place.

Une nouvelle odeur asphyxiante me prend à la gorge, une odeur musquée que je pourrais reconnaître n'importe où après deux ans de lycée. Bien sûr, je ne tarde pas à apercevoir le nuage de l'aérosol.

Je n'en peux plus. Les poubelles, la fumée de cigarette, le déo Axe – les trois se mélangent et me remplissent la bouche comme si on m'étouffait avec un chiffon. J'ai l'estomac qui se soulève, les yeux qui pleurent, la gorge qui pique et… je tousse.

— Hein ? Mais c'est quoi ce…

Le bruit de la bombe s'arrête.

J'entends un objet métallique tomber puis une ombre se dresse au-dessus de moi. Quand j'ose enfin ouvrir les yeux, je découvre le visage sculpté au couteau de Brand Sayers, qui me regarde d'en haut.

— Tiens, tiens ! s'exclame-t-il avec un sourire narquois. La Miss Lemon. On se fait une petite virée ?

Je le regarde, pétrifiée – non seulement parce que je ne sais pas quoi répondre, mais aussi parce que Brand est en train de rire tout seul et que je ne sais pas si je suis censée rire aussi ou craindre pour ma vie. Je penche pour la deuxième option. Alors je me lève doucement et me colle contre la paroi, le plus loin possible de lui.

Reste naturelle, me souffle une petite voix.

— Hey, dis-je comme si de rien n'était, tout en réprimant un haut-le-cœur à cause de cette odeur de déo. Je, euh… j'ai perdu quelque chose.

— Ah ouais ?

Son sourire s'agrandit dangereusement. Ses canines sont très pointues – ce qui le rend terriblement sexy tout en lui donnant un petit air diabolique.

— Ouais, dis-je, moins fermement que je ne le voudrais.

Il me regarde de haut en bas et ses lèvres s'étirent.

— Je ne m'imaginais pas que tu rentrais chez toi ou que tu t'abritais du mauvais temps, remarque-t-il.

Les bottes et le ciré. Les gants de ménage.

— À moins que le style pêcheur ne soit à la mode en ce moment ?

— Je… j'ai fait tomber… mon épingle à cheveux fétiche. Ah, elle est là ! C'est bon, je peux sortir !

— Hé, Lemon.

Brand s'approche de moi avec un air faussement complice – sans me barrer le passage, même si, de fait, je ne peux plus avancer.

— Tu sais que j'ai pris cher à cause de toi ? Cinq jours de colle plus un rapport bien pourri dans mon dossier. J'aimerais juste que tu répondes à une petite question en échange. C'est trop demander ?

Les bras croisés sur la poitrine, je me tourne vers lui.

— Qu'est-ce que tu veux ?

— Tout ce que je veux, commence Brand (il plisse les yeux et plonge son regard bleu dans le mien), c'est savoir ce que tu cherches vraiment.

Ce que je cherche « vraiment » ?

— Dans la benne ou dans la vie en général ?

Il me regarde d'un air consterné.

— O.K.

Je baisse les yeux vers mes pieds. Je devrais partir, m'éloigner de là sans un mot de plus et revenir demain chercher ma fiche, mais sa curiosité m'intrigue. Pourquoi est-ce que cette histoire l'intéresse ?

Comment se fait-il que ça l'intéresse ?

Je lui réponds avec un petit soupir, comme si de rien n'était :

— Une fiche de classement.

— Une fiche de classement, répète-t-il.

Il semble sceptique.

Je hausse les épaules. Il n'a qu'à penser ce qu'il veut.

Ses yeux se plissent davantage.

— Et qu'est-ce qu'il y a sur cette fiche ?

— C'est… c'est mon problème.

Et seulement le mien.

Alors je lui tourne le dos et m'accroupis pour reprendre mes recherches en me disant qu'il ne tardera pas à se lasser et à me laisser tranquille. Mais non : au lieu de ça, Brand se met à pianoter du bout des doigts sur la benne, comme s'il réfléchissait.

Puis, les coudes sur le rebord, il se penche vers l'intérieur.

— Tu sais quoi, Lemon ?

— Juniper.

— Je crois bien que je vais te filer un coup de main.

Je renverse le sac que je fouille.

— Quoi ?

La benne tangue lorsque Brand saute à l'intérieur. Quelques secondes plus tard, il est en train d'ouvrir le sac qui se trouve à côté de moi.

— Et quand on aura trouvé ta fiche, ajoute-t-il, tu me liras ce qui est écrit dessus.

Puis je le vois en attraper un autre au sommet de la pile.

— Mais…

Je n'ai pas d'arguments. Je parviens seulement à dire :

— *Pourquoi ?*

— Pourquoi pas ? Apparemment ça en vaut la peine.

Il repose le sac et s'époussette les mains, tourné vers le soleil.

— Qu'est-ce qu'on cherche comme fiche ? Une grande ? Une petite ? Blanche ? Avec des lignes ?

Je ne réponds pas.

— Ce n'est pas une recette de cuisine, genre « le secret des cookies de mamie », hein ?

— Écoute, dis-je en prenant une grande respiration et en me redressant dans l'espoir d'avoir l'air plus crédible, je ne t'ai rien demandé.

Brand rejette ses mèches en arrière.

— Et je ne t'ai pas demandé si tu voulais être aidée.

— Brand…

— Mais *attends*, Lemon. Je suis en train de te rendre service, alors quoi, profite !

Un ricanement m'échappe. Comme si c'était une bonne chose que Brand Sayers vous « rende service ».

— Hé, sérieux, c'est quoi le problème ? continue-t-il. Tu as vu que je savais garder les secrets. Je n'ai rien dit pour la poterie, pas vrai ?

Je reste bouche bée. Impossible de parler. Brand me regarde en levant un sourcil.

— … Du moins pas encore, ajoute-t-il.

Mon ventre se contracte.

— Tu ne ferais pas ça.

— Il n'y a qu'un moyen de le savoir. Alors, Lemon ?

Je soutiens son regard. *Grrr*, ce maudit sourire !

— D'accord, finis-je par dire, agacée. Si ça t'amuse de fouiller dans les poubelles, fais-toi plaisir.

Je jette mon sac par terre en ronchonnant. Mais le temps que je descende de la benne pour aller l'ouvrir, je vois que son petit sourire s'est transformé en jolie grimace : Brand est en train d'essuyer sur une serviette une substance couleur caramel collée à son doigt.

— Bon, fait-il.

Il lève la tête vers moi et je détourne le regard.

— Si j'ignore ce qu'il y a sur ta petite fiche secrète, comment je suis censé la reconnaître ?

— Qu'est-ce que j'en sais ? C'est *toi* qui as tenu à m'aider.

Il me lance un regard noir (ou ce que serait un regard noir chez une personne normale ; venant de quelqu'un qui possède une passion pour le feu, de mauvaises fréquentations et des pommettes taillées au couteau comme Brand, vous avez plutôt l'impression de recevoir une menace de mort).

— Cela fait seulement une semaine qu'on est rentrés, dis-je en élevant un peu le ton. Qu'est-ce que tu crois ? Il ne doit pas y avoir trente-six fiches dans ces sacs.

Mais peut-être que si, en fait. Pendant que je passe en revue le contenu de mon sac poubelle, Brand tombe sur des papiers qui, apparemment, datent de notre premier cours de Prévention et Santé. Il s'interrompt pour lire à voix haute plusieurs questions anonymes que les élèves ont rédigées, du type « Peut-on attraper des M.S.T. sur la cuvette des toilettes », « À quoi servent les poils sous les bras » et « Si un homme meurt pendant un rapport sexuel, est-ce qu'il reste au garde-à-vous ? Comment fait-on au moment de l'enterrement ? » À chaque question, je l'entends ricaner tout seul avant de me demander si cette feuille est la mienne. Je lève les yeux au ciel.

Le sac suivant contient aussi des papiers, mais heureusement, ce ne sont que des questionnaires sur *Les Grandes Espérances*. Brand a l'air déçu : plus de munitions pour me chambrer.

Au moment où je croyais qu'il allait enfin la fermer – mon Dieu, comme je le préférais dans le rôle du mec ténébreux –, il déclare :

— Au fait, sinon… sans vouloir me mêler de ce qui ne me regarde pas… c'était quoi le délire, l'autre fois ?

— Quel délire ?

— Les poteries et compagnie. Ne me dis que tu avais perdu quelque chose, là aussi. T'étais folle de rage.

Mes mains restent figées autour d'un paquet de questionnaires.

— Ma sœur est morte, articulai-je doucement. Comment veux-tu que je le vive ?

Cette fois, Brand n'ajoute pas un mot.

Je ne voulais pas discuter de ça avec lui. Maintenant, un long silence pesant s'étire.

Tout d'un coup, sans aucune raison – ou peut-être pour combler ce silence –, je regarde par-dessus mon épaule et j'annonce :

— J'ai trouvé quelque chose.

Brand s'arrête de fouiller.

— Quoi ?

— Non, pas là. Je veux dire… quelque chose qui lui appartenait.

— À ta sœur ?

Que peut-on lui confier ? Je ne suis pas sûre de pouvoir me fier à lui.

— Oui. Un truc dont elle ne voulait parler à personne.

— On a tous nos secrets, Lemon.

— Je sais.

Je me retourne pour lui faire face.

— Mais pas des secrets comme celui-là.

— Comme quoi ?

Ce secret n'est pas le mien. Mais puisque je ne peux pas en parler avec Camilla – ni avec personne d'autre, d'ailleurs…

— L'autre jour, j'ai… j'ai trouvé une lettre.

Je lui raconte juste l'essentiel : leur petit jeu avec « Mon Toi », « Ton Moi », le fait que le garçon dont parle Camie soit « resté au lycée » et – *last but not least* –, qu'elle ait décidé de rompre avec lui.

— Elle avait une histoire… une histoire secrète avec quelqu'un. Ici, très certainement. À Fairfield.

Pendant quelques instants, nous nous regardons, Brand et moi, puis tout d'un coup, comme si le charme s'était rompu, je le vois s'animer et reprendre ses fouilles.

— Qu'est-ce que tu ferais si tu le retrouvais ? me demande-t-il en travaillant.

— Je lui donnerais la lettre. Et puis…

Les sourcils froncés, je hausse les épaules. Brand attend que je termine ma phrase, mais au lieu de ça je secoue la tête.

— Je ne sais pas. Peut-être que je mets le nez dans des affaires qui ne me regardent pas. Si ça se trouve, tout ça, c'est du passé. C'est vrai, quoi, Camilla est…

Mais ma gorge se bloque et mon poing se serre. Brand sait très bien ce que j'entends par là.

Je décide de changer de registre.

— À ton avis, est-ce que ce mec aurait les glandes de recevoir cette lettre maintenant ?

Sourire de traviole.

— « Les glandes » ? répète Brand.

Je lui fais les gros yeux.

— Non. Si tu veux mon avis, le problème, ce n'est pas qu'il la reçoive maintenant, dit-il. C'est même tout le contraire. Elle te manque encore à toi, pas vrai ?

— C'est quoi cette question ? Bien sûr qu'elle me manque.

— Dans ce cas, elle doit sûrement manquer à ce mec aussi. Moi, je parie que cette lettre lui permettrait de tourner la page. Et toi aussi, ça te permettrait de tourner la page, putain.

Ou bien de me racheter une conscience.

— Peut-être, oui. Et ce « Toi », alors, je suis censée le trouver comment ? J'ai déjà mené ma petite enquête. Camie avait deux meilleures amies : l'une ne sait rien, et l'autre refuse de parler. Si je ne peux rien tirer d'elles, je…

Mais Brand a cessé de m'écouter. Son regard est planté sur quelque chose en face de lui.

Une fiche.

Une bouffée d'espoir et de peur monte soudain dans ma poitrine – je savais que la dernière fois que je l'avais vue, c'était dans mon livre ! J'ai donc dû la perdre pendant le cours de littérature, finalement.

Mais mon sourire s'évanouit au moment où je la lui prends des mains.

Brand a percé l'un de mes secrets, très bien. Sauf que la fiche n'a rien à voir avec ça.

Ce qu'elle contient est pire.

Cette fiche fait partie des questionnaires, et sous l'une des questions (« Quel personnage change le plus au cours du roman ? Justifiez votre réponse »), quelqu'un a griffonné d'une main rageuse, dans une écriture toute serrée :

ALLEZ TOUS VOUS FAIRE FOUTRE
C'est bon, ça suffit. Dire que je croyais que cette année serait différente. (C'est le cas : elle est PIRE.) Comment les gens peuvent-ils être aussi cruels ? Demain, je vide mon casier. Et samedi, j'en finirai une bonne fois pour toutes.

— C'est moi, ou la dernière phrase est légèrement morbide ? fait Brand.

Je retourne la fiche. Le nom est presque effacé, mais je parviens à le déchiffrer – juste avant de remarquer la pile de chocolats Hershey's Kiss que contient le sac poubelle de Brand.

— Kody.

Les rumeurs étaient donc vraies : il n'y a pas que dans son casier que Kody reçoit des petits cadeaux.

Les chocolats. Les sachets de sucre. Les sodas *light* et les boissons amincissantes. L'œuvre de Morgan, évidemment. J'ai entendu une fille en cours d'Histoire dire que chaque fois que le prof distribuait des photocopies, les autres en profitaient pour faire passer tous ces trucs jusqu'à elle.

Quelle horreur.

— Kody Hotchkiss ?

Brand a l'air d'être au courant, lui aussi. On doit entendre des bruits quand on sèche les cours aussi souvent que lui.

— Oui, dis-je en relisant ses mots. Il faut faire quelque chose.

Il croise les bras sur sa poitrine.

— Et quoi, au juste ?

— N'importe quoi ! Appeler chez elle. Le dire à un prof. Le dire à…

— Du calme, Superman. Tu imagines les retombées pour Kody ?

— Euh, oui… qu'elle continue à *vivre ?*

— Tu vois très bien de quoi je parle, Lemon. C'est délicat d'intervenir. Si ça se passe mal, sa vie sera encore pire. Il va falloir la jouer fine.

— « La jouer fine » ? *Dixit* un type qui se promène toujours avec un briquet et un cutter pour tout détruire sur son passage ? Tu te fous du monde.

— Non, justement. Moi, j'ai bien l'impression que la petite Kody aurait besoin d'un ami par les temps qui courent.

— Et donc… quoi ? On l'invite à manger avec nous à la cafétéria ?

— Mmm, fait Brand. Invite-la, toi. Moi, j'ai une image à défendre.

— C'est toi qui dis ça ? Alors que tu écris toujours « Va te faire foutre » quand quelqu'un te demande de signer son agenda ? Je croyais que tu te fichais de ce que les gens pensent.

— Individuellement, oui.

— Et quelle est la différence ?

— Ce que *les gens* – en général – pensent, c'est ça qui fait ta réputation. Et si *les gens* pensent que je suis un gentil, c'est tout mon groupe de rock qui prend.

— Parce que… tu en es un, gentil ?

Brand fronce encore un peu plus les sourcils.

Je recule d'un pas pour mieux admirer le tableau : mèche de cheveux, jean, cigarettes, guitare – et même l'attitude désinvolte.

— J'y crois pas ! Mais si ! Si, tu en es un !

Un grand sourire se dessine sur mes lèvres.

— Va te faire, me lance-t-il en s'éloignant, les mains dans les poches.

Sa réaction me fait encore plus sourire.

— Tu sais, ajoute-t-il sans s'arrêter, je me serais attendu à un peu plus d'empathie de la part d'une fille qui a filé tout droit vers le Club des Sans-Amis pendant les inscriptions.

Je réfléchis deux secondes.

— Qu'est-ce que tu veux dire ?

— Le club que tu as choisi. Ce n'est pas pour éviter les…

— C'est pas vrai ! Le Club !

Je me débats avec un de mes gants de vaisselle pour regarder ma montre.

Génial.

Je viens tout juste de rater la première réunion officielle du C.D.I.E.

Composition et mise en pages
Nord Compo à Villeneuve-d'Ascq